Œuvres&thèmes
CLASSIQUES HATIER

Collection dirigée
par Hélène Potelet et Georges Décote

Émile Zola

Au Bonheur des Dames

Et un dossier Histoire des arts
Émile Zola à travers les arts

atier
s 2014
N 978-2-218-97831-9
N 01840851

Marigold Bobbio,
certifiée de lettres classiques

Hatier

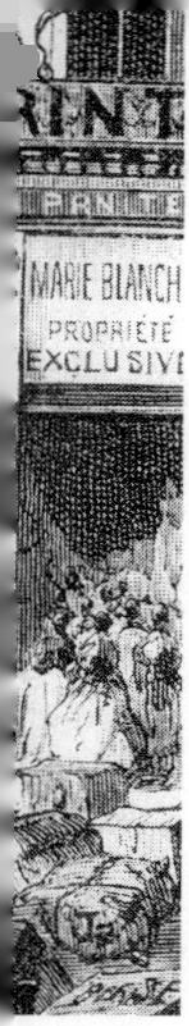

SOMMAIRE

Au Bonheur des Dames

CARNET DE LECTURE

QUESTIONS SUR LE...

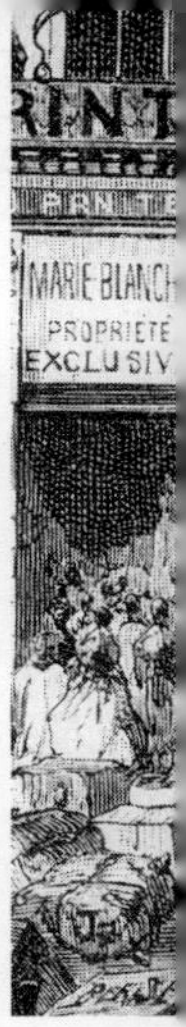

BILAN DE LECTURE

DOSSIER HISTOIRE DES ARTS

Repères

Questions

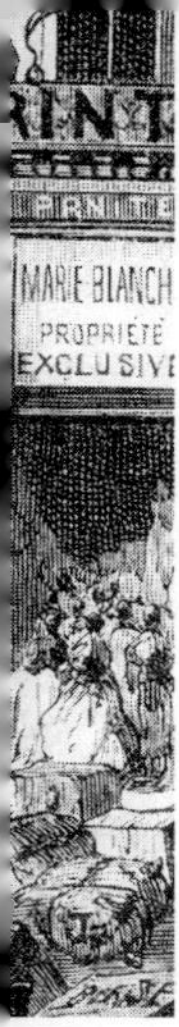

L'AIR DU TEMPS

Le contexte historique

- Le XIXe siècle est une **période d'instabilité politique.** Premier Empire, restauration de la monarchie, IIe République, Second Empire, IIIe République : la France ne cesse de changer de régime.
- Paris est au cœur des crises politiques et connaît ainsi plusieurs moments révolutionnaires (les **Trois Glorieuses** en 1830, le **Printemps des peuples** en février 1848, la **Commune de Paris** en 1871).
- La seconde moitié du XIXe siècle est marquée par un **essor de l'industrie** (Révolution industrielle) et du commerce (développement des **grands magasins** à partir de 1860, avec le *Bon Marché* d'Aristide Boucicaut).
- En 1881-1882, les **lois Jules Ferry** rendent l'école primaire gratuite, laïque et obligatoire pour tous les enfants de six à treize ans. La langue française l'emporte définitivement sur les patois régionaux.

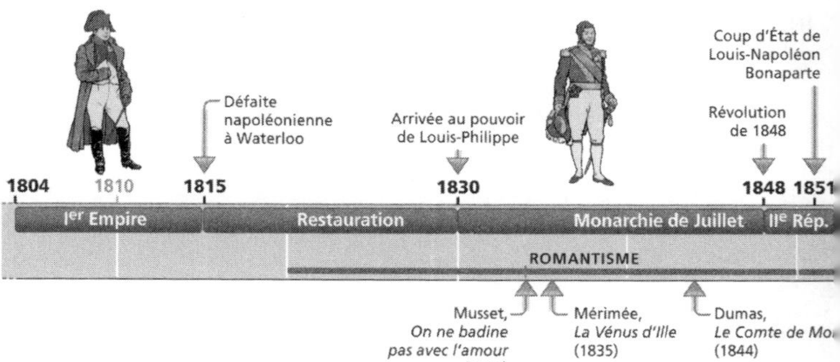

Le contexte culturel

- Préfet de la Seine sous le Second Empire, le baron **Georges Eugène Haussmann** mène une politique de **grands travaux** pour transformer Paris en améliorant la circulation (larges avenues…) et l'hygiène (parcs, égouts, démolition…). Zola s'en inspirera pour le personnage du **baron Hartmann**.
- Le XIXe siècle est aussi une période de **découvertes scientifiques et techniques** : vaccins (Pasteur), ampoule électrique (Edison)…
- En littérature, le **naturalisme** de Zola rompt avec le romantisme en dépeignant la réalité telle qu'elle est, sans l'idéaliser.
- En peinture, **Édouard Manet** (1832-1883), ami de Zola, ouvre la voie à l'**impressionnisme**, représenté par des artistes comme **Claude Monet** (1840-1926) et **Edgar Degas** (1834-1917), qui proposent de nouvelles expériences.

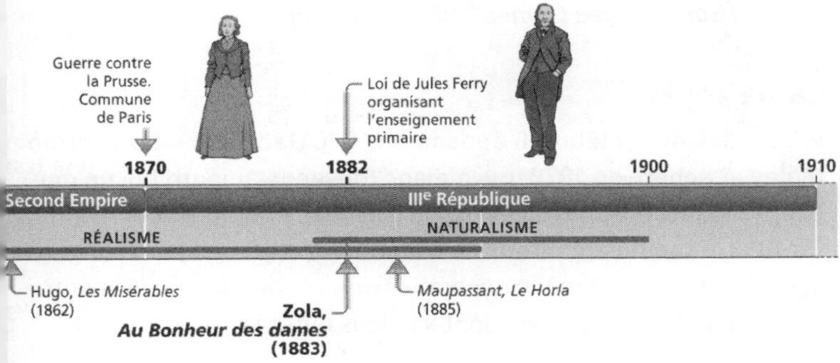

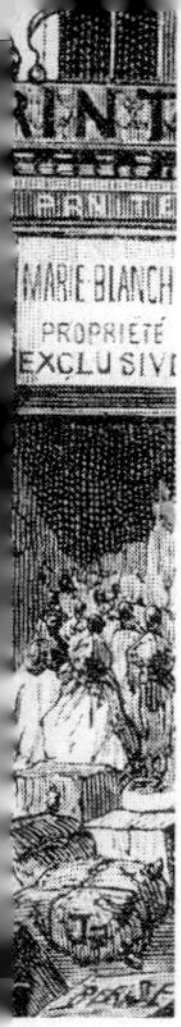

LES REPÈRES CLÉS

La vie d'Émile Zola (1840-1902)

Les années de jeunesse

► Émile Zola est né à **Paris** en 1840 d'un père italien, ingénieur des travaux publics, et d'une mère française. La famille s'installe à **Aix-en-Provence**, mais le père d'Émile meurt en 1847. Après avoir fait ses études au collège d'Aix, Émile suit sa mère à **Paris**. Il échoue deux fois au baccalauréat et entre en 1862 comme manutentionnaire aux éditions Hachette où il devient bientôt chef de publicité.

Zola romancier

► Zola décide de vivre de sa plume et quitte l'édition. Il devient **critique littéraire et journaliste** politique, fréquente les grands **peintres impressionnistes** (Cézanne, Pissaro, Monet, Manet, Sisley, Renoir). En 1867, il publie son premier roman, ***Thérèse Raquin***, histoire d'un crime passionnel.

► En 1868, il forme un vaste projet : réaliser une série romanesque retraçant l'histoire, sur plusieurs générations, d'une famille marquée par une hérédité alcoolique. Cette œuvre intitulée ***Les Rougon-Macquart, Histoire naturelle et sociale d'une famille sous le Second Empire*** comporte **vingt romans** publiés entre 1871 et 1893 dont ***Au Bonheur des Dames*** (1883) et ***Germinal*** (1885).

La vie privée

► Zola devient célèbre. Il épouse en 1870 **Gabrielle-Alexandrine Meley** et achète en 1878 une maison (devenue aujourd'hui un musée) à Médan, non loin de Paris, où il invite de nombreux écrivains. En 1888, il tombe amoureux de **Jeanne Rozerot**, une jeune lingère âgée de vingt ans et mène désormais une double vie, partagé entre sa femme et sa maîtresse, dont il a deux enfants.

L'engagement politique

► Zola est soucieux du sort des classes sociales défavorisées et **sensible à toutes les injustices.** L'**affaire Dreyfus**, cas exemplaire d'injustice politique et judiciaire, lui donne l'occasion de manifester son engagement. Le 15 octobre 1894, le capitaine Dreyfus, officier juif de l'armée française est **accusé d'espionnage** au profit de l'Allemagne. Il est **dégradé et déporté** en Guyane. Zola, convaincu de l'innocence de Dreyfus, publie dans le **journal *L'Aurore*** du 13 janvier 1898 le fameux « J'accuse » qui lui vaut une sévère condamnation. Il s'exile en Angleterre puis rentre en France.

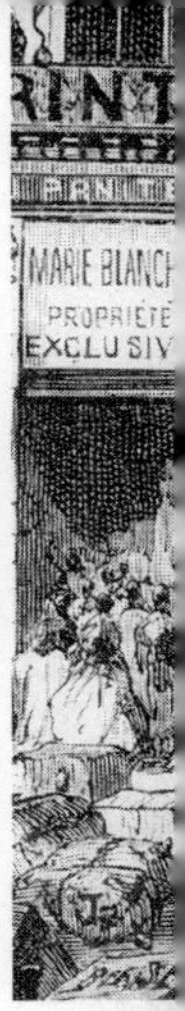

La mort

► Zola meurt le 29 septembre 1902, à l'âge de soixante-deux ans, dans son appartement parisien, asphyxié par des émanations toxiques produites par sa cheminée. On a longtemps pensé à un **accident** ; aujourd'hui, la thèse de l'**assassinat** est largement mise en avant. Malheureusement, Zola n'aura pas assisté au triomphe de sa cause : Dreyfus sera innocenté et réhabilité en 1904.

Zola et le naturalisme

Qu'est-ce que le naturalisme ?

► Dès 1866, Zola utilise le mot « **naturalisme** » pour définir un projet littéraire nouveau, fondé sur **l'observation et l'expérience** : son ambition est de réaliser un document sur la **nature humaine**. À partir de l'observation du réel, il reconstitue un **milieu**, y fait évoluer des **personnages**, convaincu que les comportements humains sont **déterminés par l'hérédité, le milieu familial et l'état physiologique du corps**.

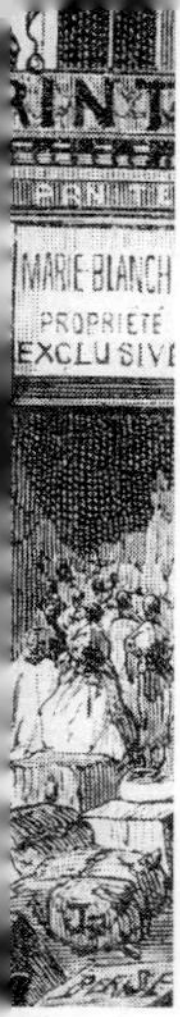

► Mais chez Zola, l'observation du réel est soumise à une **imagination puissante**. Sous sa plume, la réalité se transforme en une **vision épique et symbolique** où tout prend vie : grands magasins, quartiers, maisons...

► L'œuvre de Zola revêt par ailleurs une **dimension picturale**. Ami intime de Cézanne, admirateur de Manet, de Monet, de Pissaro, il a restitué dans son écriture les jeux de lumière, l'atmosphère, par juxtaposition de touches de couleurs.

Les principes naturalistes dans *Au Bonheur des Dames*

► Pour dépeindre la société de son époque, Zola rassemble une **documentation abondante et minutieuse**. Ainsi, avant d'écrire *Au Bonheur de Dames*, Zola s'est rendu dans les premiers grands magasins, notamment *Au Bon Marché*, *Le Louvre* et *À la place Clichy*, dont sa femme était cliente.

► Il a rassemblé 380 pages de notes, prises sur le terrain, à la suite de nombreuses visites des lieux et conversations avec les uns et les autres : vie des vendeuses, chambres où elles sont logées, salaires, menu des repas pris par le personnel, agencements des rayons et science des étalages, comportement des acheteuses, grandes ventes, inventaire... Toutes ces informations lui permettent de nourrir son œuvre.

Zola et le progrès

► Zola, enthousiasmé par la Révolution industrielle et les bienfaits du progrès, a voulu écrire un **roman de l'activité moderne**. Mais pour autant, il est **sensible aux méfaits et aux injustices** et met en garde contre les dangers d'un progrès qui ne tiendrait pas compte de l'humain.

► Le titre du roman contient une charge d'ironie : le *Bonheur des Dames* procure-t-il le vrai bonheur ?

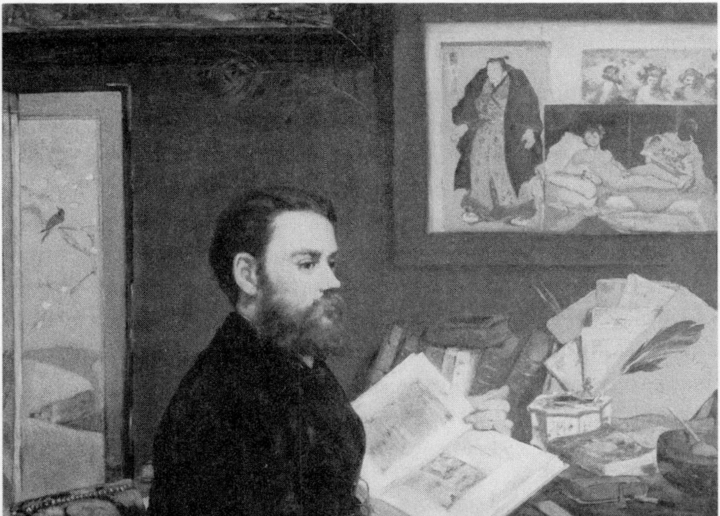

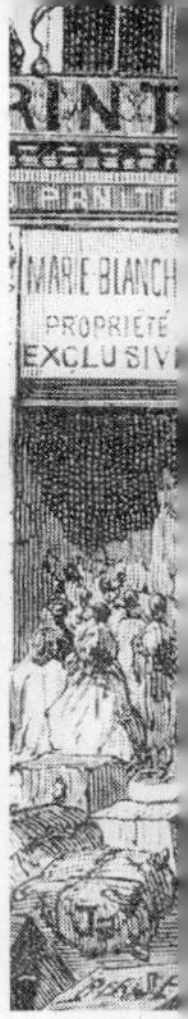

Édouard Manet (1832-1883), *Émile Zola*, 1868, huile sur toile, 146 x 114 cm.
Paris, musée d'Orsay.

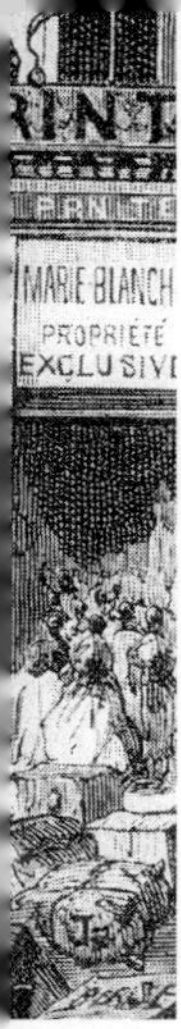

Le résumé du roman

► Chapitre I, lundi 3 octobre 1864

Denise Baudu, vingt ans, et ses frères Jean (seize ans) et Pépé (cinq ans), tous trois orphelins, arrivent de Valognes, en Normandie, à Paris. Denise espère être employée comme vendeuse par son oncle Baudu, qui tient avec sa femme et sa fille Geneviève, une petite boutique de draps à l'aspect misérable et triste, *Au Vieil Elbeuf*, située en face d'un grand magasin de nouveautés, *Au Bonheur des Dames*. Les affaires de Baudu marchent mal depuis qu'il subit la concurrence sévère du grand magasin : il n'a pas de travail pour Denise. Chez un commerçant voisin, Robineau, vendeur au *Bonheur des Dames*, leur apprend qu'on recherche une vendeuse au rayon des confections. Denise décide de s'y présenter, bien que son oncle s'y oppose.

► Chapitre II, mardi 3 octobre

En attendant l'ouverture du magasin, Denise rencontre Deloche, qui vient lui aussi pour une place de vendeur ; puis elle y croise Octave Mouret sans savoir qui il est. Ce dernier, ancien employé du magasin, en a épousé la patronne, Mme Hédouin, qui vient de mourir. Mouret fait le tour des rayons avec son adjoint Bourdoncle. Il prépare la grande vente des nouveautés d'hiver. Entre temps, Denise est entrée ; elle se perd puis finit par arriver au rayon des confections où se trouvent Clara et Marguerite, deux vendeuses, Mme Frédéric, la seconde, et Mme Aurélie, la première (chef de rayon). Denise, mal vêtue, produit une impression défavorable. Mouret, apprenant que Denise est la nièce de Baudu, son malheureux concurrent, intervient en sa faveur.

► Chapitre III, samedi 8 octobre après-midi

Mme Desforges, maîtresse de Mouret, reçoit ses amis, comme tous les samedis : Mme Bourdelais, mère de famille ; Mme Guibal, qui a de nombreux amants ; la comtesse de Boves et sa fille Blanche

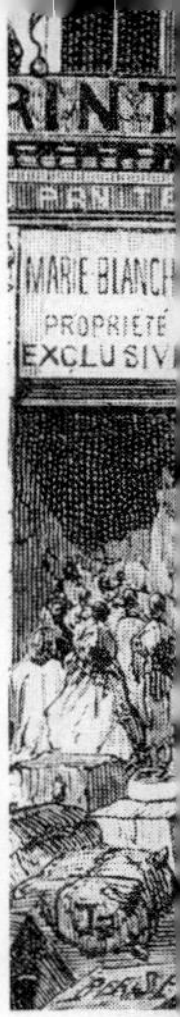

qui vivent dans une relative pauvreté ; Mme Marty qui, dans sa rage de dépense, ruine son mari professeur. Sont également présents M. de Boves et Paul de Vallagnosc, ancien camarade de collège de Mouret, ainsi que le baron Hartmann, directeur de banque. Ce dernier promet à Mouret de soutenir ses projets d'agrandissement si la grande vente du lundi suivant est un succès.

► Chapitre IV, lundi 10 octobre

En début d'après-midi, la foule des clientes arrive. Mme Desforges, Mme Marty et sa fille Valentine se font conduire aux confections où Denise, qui effectue sa première journée de travail, est contrainte de faire le mannequin. Denise subit le mépris des autres vendeuses qui l'humilient devant Mouret et sa maîtresse. À la fin de la journée, le succès est éclatant pour Mouret, tandis que Denise, épuisée et désespérée, rentre dans sa chambre.

► Chapitre V, octobre 1864-juillet 1865

À partir du lendemain, après une remarque de Mouret sur sa tenue et sa coiffure, Denise fait preuve de courage face à la pénibilité du travail, aux vexations des vendeuses, au manque d'argent. Il lui est difficile de payer la pension de Pépé et Jean, apprenti chez un ivoirier, logé et nourri, vient souvent lui demander de l'argent. Denise devient amie avec Pauline, une autre vendeuse, qui lui conseille de prendre un amant pour se faire entretenir, ce qu'elle refuse. Au cours d'un dimanche passé à la campagne avec Pauline et son amant, Denise rencontre Deloche qui lui déclare son amour. Mais Denise ne souhaite entretenir qu'une relation d'amitié avec lui. De retour au *Bonheur*, elle croise Mouret qui s'étonne en lui-même de sa transformation : il la trouve embellie et charmante.

► Chapitre VI, 20 juillet 1865

C'est la morte-saison d'été, chaque vendeur du *Bonheur* craint d'être renvoyé sous n'importe quel prétexte pour cause de baisse d'activité. Denise est inquiète, Clara et Marguerite font courir le bruit qu'elle aurait un amant et un enfant (il s'agit en fait de ses frères Jean et Pépé). Le 20 juillet, l'inspecteur Jouve surprend au sous-sol du magasin Denise avec son frère, venu lui réclamer de l'argent ; Bourdoncle renvoie immédiatement la jeune fille. Robineau est licencié le même jour, pour avoir procuré aux vendeuses un travail illégal. Mouret apprend avec colère le renvoi de Denise, d'autant qu'il découvre que Jean est bien son frère.

► Chapitre VII, juillet 1865-juillet 1866

Après son renvoi, Denise loge chez Bourras, le vieux marchand de parapluies, avec Pépé dont elle ne peut plus payer la pension. Bourras, puis Robineau, qui vient d'acheter un petit commerce dans le quartier, l'emploient dans leurs magasins. Tous deux tentent en vain de résister à Mouret et au succès grandissant du *Bonheur des Dames.* Un an après son renvoi, en juillet, Denise rencontre Mouret aux Tuileries, il lui fait des excuses pour son renvoi, l'invite à revenir au *Bonheur* ; ils parlent du nouveau commerce, et Mouret, séduit par ses propos, tombe sous le charme de Denise.

► Chapitre VIII, juillet 1866-mars 1867

Les travaux d'agrandissement du *Bonheur* ont commencé. Robineau est ruiné, il n'y a plus de travail pour Denise qui se fait réembaucher au *Bonheur* avec un bon salaire. Deloche lui apprend que Clara est devenue la maîtresse de Mouret.

► Chapitre IX, 14 mars 1867

Le *Bonheur* agrandi est inauguré, une grande exposition des nouveautés d'été a lieu à cette occasion. Grâce au génie commercial de Mouret, la vente est un succès. Mme Desforges, persuadée que Denise est la maîtresse de Mouret, tente en vain de l'humilier devant lui. Mouret nomme alors Denise seconde. Bourdoncle annonce la plus grosse recette jamais faite en un jour. Mouret tente de faire de Denise sa maîtresse en lui proposant de l'argent. Celle-ci refuse et se sauve.

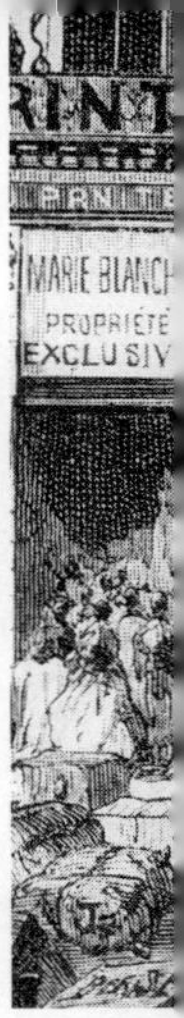

► Chapitre X, premier dimanche d'août 1867

C'est le jour de l'inventaire. Le matin, Denise, qui s'est fait une entorse, reçoit une lettre de Mouret l'invitant à dîner. Troublée, elle se rend compte qu'elle l'aime mais se refuse à devenir sa maîtresse, comme toutes les autres. Denise descend pour aider à l'inventaire : tout le magasin guette ses réactions car le bruit de cette lettre s'est répandu dans tous les rayons. Mouret et elle se retrouvent seuls dans la salle des échantillons : il lui déclare son amour mais elle refuse toutes ses avances.

► Chapitre XI, fin octobre-début novembre

Henriette Desforges, jalouse de Denise et délaissée par Mouret, manigance une rencontre chez elle pour les démasquer. Pendant que le baron Hartmann discute avec Mouret, Mme Desforges procède à une séance d'essayage, ne cessant d'humilier Denise. Mouret, très mal à l'aise de voir Denise ainsi traitée, finit par prendre la défense de la jeune fille et l'invite à partir. Puis il avoue à Mme Desforges, suffoquée, son amour pour Denise. Après le départ de Mouret, Mme Desforges propose à Bouthemont, renvoyé par Mouret, de l'aider à créer un magasin qui concurrencerait le *Bonheur*.

► Chapitre XII, 25 septembre-octobre 1868

Denise prend de plus en plus d'importance au *Bonheur des Dames*. Bourdoncle, ne supportant pas l'emprise que pourrait avoir Denise sur Mouret, cherche à la prendre en faute : il l'accuse injustement d'avoir des amants. Un jour, il réussit à la faire surprendre par Mouret, alors qu'accoudée à une fenêtre, elle évoque des souvenirs de Valognes avec Deloche, originaire de la même région. Denise le convainc de l'innocence de cette discussion, Mouret lui renouvelle ses déclarations d'amour, en vain. Le lendemain, Mouret la nomme première d'un rayon pour enfants. Denise obtient ensuite de Mouret des améliorations du sort des employés. Mouret, lui, commence confusément à songer au mariage.

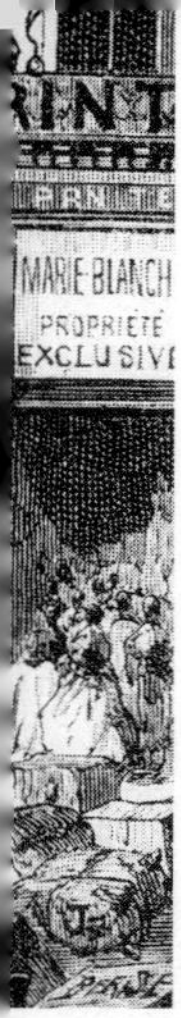

► Chapitre XIII, un matin de novembre 1868-février 1869

Geneviève, la fille de Baudu, vient de mourir de chagrin : son fiancé Colomban la trompait avec Clara Prunaire, une vendeuse du *Bonheur.* Tout le petit commerce du quartier assiste à l'enterrement, et rend Mouret responsable de ce deuil. Le soir même de l'enterrement, Denise et Mouret ont une discussion sur le progrès et ses conséquences négatives. Denise finit par accepter la loi du plus fort tout en se promettant de trouver des solutions pour améliorer la situation des victimes du progrès. Robineau, en faillite, tente de se suicider, Mme Baudu meurt à son tour ; Baudu, ruiné, reste seul, Bourras est exproprié par Mouret, la maison est démolie.

► Chapitre XIV, un lundi de février 1869

Le *Bonheur* organise une grande exposition de blanc pour l'inauguration de sa nouvelle façade. Il a définitivement écrasé le petit commerce du quartier. Denise, lassée des commérages et accusée par tous de manœuvrer pour se faire épouser par le patron, a annoncé à Mouret qu'elle quitterait le *Bonheur* après l'exposition et retournerait à Valognes pour fêter le mariage de son frère Jean. Mouret, de plus en désespéré, hésite encore à la demander en mariage. Ces dames, Mme Bourdelais, Mme Guibal, Mme Marty et sa fille Valentine toujours aussi dépensières, parcourent le magasin tandis que Mme de Boves ne peut résister aux dentelles que lui montre Deloche et en cache dans sa manche. Son vol est surpris par l'inspecteur Jouve, et Paul de Vallagnosc, devenu l'époux de sa fille Blanche, intervient auprès de Mouret. À la fin de la journée, Lhomme apporte la recette d'un million. Alors que Denise est venue dans le bureau de Mouret pour lui dire adieu, celui-ci la demande en mariage. Denise tombe dans ses bras. Le mariage est prévu un mois après.

Au Bonheur des Dames

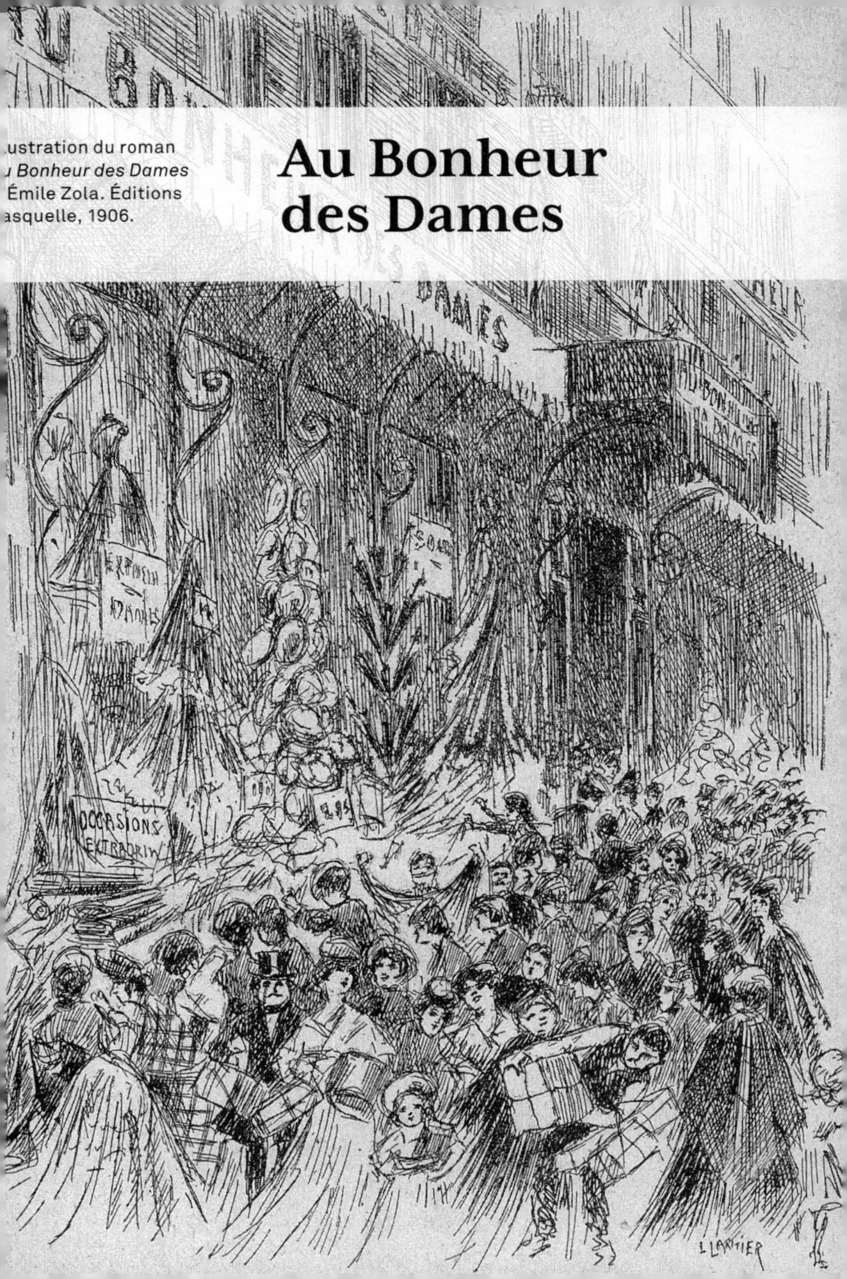

ustration du roman
u Bonheur des Dames
Émile Zola. Éditions
asquelle, 1906.

« En voilà un magasin ! »

Chapitre I

Denise était venue à pied de la gare Saint-Lazare, où un train de Cherbourg l'avait débarquée avec ses deux frères, après une nuit passée sur la dure banquette d'un wagon de troisième classe. Elle tenait par la main Pépé, et Jean la suivait, tous les trois brisés du voyage, effarés et perdus, au milieu du vaste Paris, le nez levé sur les maisons, demandant à chaque carrefour la rue de la Michodière[1], dans laquelle leur oncle Baudu demeurait. Mais, comme elle débouchait enfin sur la place Gaillon[2], la jeune fille s'arrêta net de surprise.

– Oh! dit-elle, regarde un peu, Jean !

Et ils restèrent plantés, serrés les uns contre les autres, tout en noir, achevant les vieux vêtements du deuil de leur père. Elle, chétive[3] pour ses vingt ans, l'air pauvre, portait un léger paquet ; tandis que, de l'autre côté, le petit frère, âgé de cinq ans, se pendait à son bras, et que, derrière son épaule, le grand frère, dont les seize ans superbes florissaient, était debout, les mains ballantes.

– Ah bien ! reprit-elle après un silence, en voilà un magasin !

1. **Rue de la Michodière :** voir le plan, p. 17.
2. **Place Gaillon :** voir le plan, p. 17.
3. **Chétive :** féminin de *chétif* ; d'apparence maladive, maigrichonne.

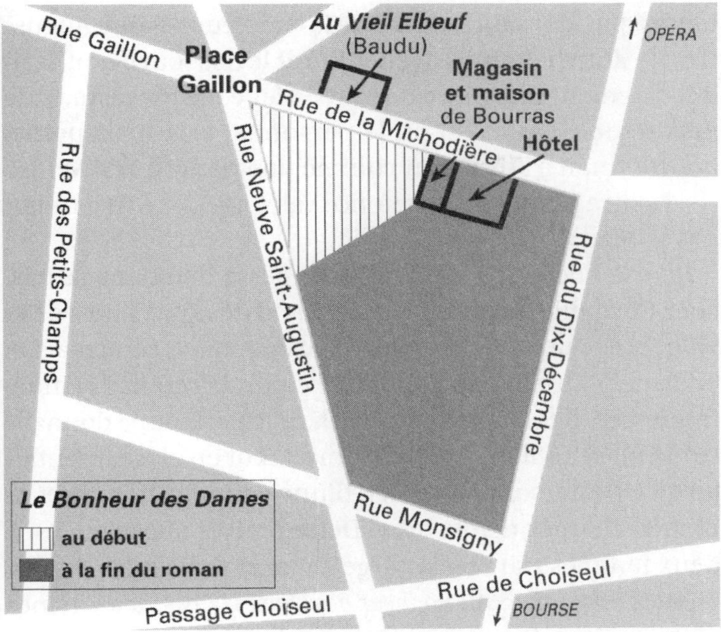

C'était, à l'encoignure de la rue de la Michodière et de la rue Neuve-Saint-Augustin[4], un magasin de nouveautés[5] dont les étalages éclataient en notes vives, dans la douce et pâle journée d'octobre. Huit heures sonnaient à Saint-Roch, il n'y avait sur les trottoirs que le Paris matinal, les employés filant à leurs bureaux et les ménagères courant les boutiques. Devant la porte, deux commis[6], montés sur une échelle double, finissaient de pendre des lainages,

4. Rue Neuve-Saint-Augustin : voir le plan ci-dessus.
5. Nouveautés : le magasin de nouveautés, apparu vers 1830-1840, vend des tissus, de la lingerie, des vêtements.
6. Commis : employés.

tandis que, dans une vitrine de la rue Neuve-Saint-Augustin, un autre commis, agenouillé et le dos tourné, plissait délicatement une pièce de soie*[7] bleue. Le magasin, vide encore de clientes, et où le personnel arrivait à peine, bourdonnait à l'intérieur comme une ruche qui s'éveille.

– Fichtre ! dit Jean. Ça enfonce Valognes[8]... Le tien n'était pas si beau.

Denise hocha la tête. Elle avait passé deux ans là-bas, chez Cornaille, le premier marchand de nouveautés de la ville ; et ce magasin, rencontré brusquement, cette maison énorme pour elle, lui gonflait le cœur, la retenait, émue, intéressée, oublieuse du reste. Dans le pan coupé donnant sur la place Gaillon, la haute porte, tout en glace, montait jusqu'à l'entresol[9], au milieu d'une complication d'ornements, chargés de dorures. Deux figures allégoriques[10], deux femmes riantes, la gorge[11] nue et renversée, déroulaient l'enseigne : *Au Bonheur des Dames*. Puis, les vitrines s'enfonçaient, longeaient la rue de la Michodière et la rue Neuve-Saint-Augustin, où elles occupaient, outre la maison d'angle, quatre autres maisons, deux à gauche, deux à droite, achetées et aménagées récemment. C'était un développement qui lui semblait sans fin, dans la fuite de la perspective, avec les étalages du rez-de-chaussée et les glaces sans tain[12] de l'entresol, derrière lesquelles on voyait toute

---

7. Les astérisques renvoient au lexique des tissus et dentelles, p. 317.
8. **Valognes :** petite ville du Cotentin, près de Cherbourg.
9. **Entresol :** étage intermédiaire entre le rez-de-chaussée et le premier étage.
10. **Figures allégoriques :** qui représentent une idée abstraite.
11. **Gorge :** poitrine.
12. **Glace sans tain :** plaque de verre uni dont une des faces est réfléchissante, et qui permet, grâce à l'autre face, d'observer par transparence sans être vu.

la vie intérieure des comptoirs. En haut, une demoiselle[13], habillée de soie, taillait un crayon, pendant que, près d'elle, deux autres dépliaient des manteaux de velours.

– *Au Bonheur des Dames*, lut Jean avec son rire tendre de bel adolescent, qui avait eu déjà une histoire de femme à Valognes. Hein ? c'est gentil, c'est ça qui doit faire courir le monde !

Mais Denise demeurait absorbée, devant l'étalage de la porte centrale. Il y avait là, au plein air de la rue, sur le trottoir même, un éboulement de marchandises à bon marché, la tentation de la porte, les occasions qui arrêtaient les clientes au passage. Cela partait de haut, des pièces de lainage et de draperie, mérinos, cheviottes, molletons*, tombaient de l'entresol, flottantes comme des drapeaux, et dont les tons neutres, gris ardoise, bleu marine, vert olive, étaient coupés par les pancartes blanches des étiquettes. À côté, encadrant le seuil, pendaient également des lanières de fourrure, des bandes étroites pour garnitures de robe, la cendre fine des dos de petit-gris, la neige pure des ventres de cygne, les poils de lapin de la fausse hermine et de la fausse martre*. Puis, en bas, dans des casiers, sur des tables, au milieu d'un empilement de coupons[14], débordaient des articles de bonneterie[15] vendus pour rien, gants et fichus[16] de laine tricotés, capelines[17], gilets, tout un étalage d'hiver, aux couleurs bariolées, chinées, rayées, avec des taches

13. Demoiselle : ici, vendeuse.
14. Coupon : pièce de tissu.
15. Bonneterie : articles en tricot.
16. Fichu : foulard.
17. Capeline : chapeau féminin à larges bords.

saignantes de rouge. Denise vit une tartanelle* à quarante-cinq centimes, des bandes de vison d'Amérique* à un franc, et des mitaines[18] à cinq sous. C'était un déballage géant de foire, le magasin semblait crever et jeter son trop-plein à la rue. [...]

Depuis un instant, un gros homme à cheveux blancs et à grande face jaune, debout sur le seuil d'une boutique, de l'autre côté de la rue, les regardait. Il était là, le sang aux yeux, la bouche contractée, mis hors de lui par les étalages du *Bonheur des Dames*, lorsque la vue de la jeune fille et de ses frères avait achevé de l'exaspérer. Que faisaient-ils, ces trois nigauds, à bâiller ainsi devant des parades[19] de charlatan[20] ?

– Et l'oncle ? fit remarquer brusquement Denise, comme éveillée en sursaut.

– Nous sommes rue de la Michodière, dit Jean, il doit loger par ici.

Ils levèrent la tête, se retournèrent. Alors, juste devant eux, au-dessus du gros homme, ils aperçurent une enseigne verte, dont les lettres jaunes déteignaient sous la pluie: *Au Vieil Elbeuf draps et flanelles, Baudu, successeur de Hauchecorne*. La maison, enduite d'un ancien badigeon[21] rouillé, toute plate au milieu des grands hôtels Louis XIV qui l'avoisinaient, n'avait que trois fenêtres de façade ; et ces fenêtres, carrées, sans persiennes[22], étaient simplement garnies d'une rampe

18. Mitaines : gants laissant à découvert l'extrémité des doigts.
19. Parade : comportement destiné à se faire valoir.
20. Charlatan : personne qui exploite la crédulité d'autrui.
21. Badigeon : peinture.
22. Persiennes : volets.

de fer, deux barres en croix. Mais, dans cette nudité, ce qui frappa surtout Denise, dont les yeux restaient pleins des clairs étalages du *Bonheur des Dames*, ce fut la boutique du rez-de-chaussée, écrasée de plafond, surmontée d'un entresol très bas, aux baies de prison, en demi-lune. Une boiserie, de la couleur de l'enseigne, d'un vert bouteille que le temps avait nuancé d'ocre et de bitume[23], ménageait, à droite et à gauche, deux vitrines profondes, noires, poussiéreuses, où l'on distinguait vaguement des pièces d'étoffe entassées. La porte, ouverte, semblait donner sur les ténèbres humides d'une cave.

– C'est là, reprit Jean.

– Eh bien ! il faut entrer, déclara Denise. Allons, viens, Pépé.

Tous trois pourtant se troublaient, saisis de timidité. Lorsque leur père était mort, emporté par la même fièvre qui avait pris leur mère, un mois auparavant, l'oncle Baudu, dans l'émotion de ce double deuil, avait bien écrit à sa nièce qu'il y aurait toujours chez lui une place pour elle, le jour où elle voudrait tenter la fortune à Paris ; mais cette lettre remontait déjà à près d'une année, et la jeune fille se repentait maintenant d'avoir ainsi quitté Valognes, en un coup de tête, sans avertir son oncle. Celui-ci ne les connaissait point, n'ayant plus remis les pieds là-bas, depuis qu'il en était parti tout jeune, pour entrer comme petit commis chez le drapier Hauchecorne, dont il avait fini par épouser la fille.

---

23. Bitume : ici, couleur entre le brun et le noir.

– Monsieur Baudu ? demanda Denise, en se décidant enfin à s'adresser au gros homme, qui les regardait toujours, surpris de leurs allures.

– C'est moi, répondit-il.

Alors, Denise rougit fortement et balbutia :

– Ah ! tant mieux !... Je suis Denise, et voici Jean, et voici Pépé... Vous voyez, nous sommes venus, mon oncle.

Baudu parut frappé de stupéfaction. Ses gros yeux rouges vacillaient[24] dans sa face jaune, ses paroles lentes s'embarrassaient. Il était évidemment à mille lieues de cette famille qui lui tombait sur les épaules.

– Comment ! comment ! vous voilà ! répéta-t-il à plusieurs reprises. Mais vous étiez à Valognes !... Pourquoi n'êtes-vous pas à Valognes ?

De sa voix douce, un peu tremblante, elle dut lui donner des explications. Après la mort de leur père, qui avait mangé jusqu'au dernier sou dans sa teinturerie, elle était restée la mère des deux enfants. Ce qu'elle gagnait chez Cornaille[25] ne suffisait point à les nourrir tous les trois. Jean travaillait bien chez un ébéniste[26], un réparateur de meubles anciens ; mais il ne touchait pas un sou. Pourtant, il prenait goût aux vieilleries, il taillait des figures dans du bois ; même, un jour, ayant découvert un morceau d'ivoire, il s'était amusé à faire une tête, qu'un monsieur de passage avait vue ; et justement, c'était ce monsieur qui les avait décidés à quitter Valognes, en trouvant à Paris une place pour Jean, chez un ivoirier.

---

24. Vacillaient : bougeaient irrégulièrement.
25. Cornaille : le magasin de Denise à Valognes.
26. Ébéniste : artisan qui travaille les bois de qualité.

– Vous comprenez, mon oncle, Jean entrera dès demain en apprentissage, chez son nouveau patron. On ne me demande pas d'argent, il sera logé et nourri... Alors, j'ai pensé que Pépé et moi, nous nous tirerions toujours d'affaire. Nous ne pouvons pas être plus malheureux qu'à Valognes.

Ce qu'elle taisait, c'était l'escapade amoureuse de Jean, des lettres écrites à une fillette noble de la ville, des baisers échangés par-dessus un mur, tout un scandale qui l'avait déterminée au départ ; et elle accompagnait surtout son frère à Paris pour veiller sur lui, prise de terreurs maternelles, devant ce grand enfant si beau et si gai, que toutes les femmes adoraient.

L'oncle Baudu ne pouvait se remettre. Il reprenait ses questions. Cependant, quand il l'eut ainsi entendue parler de ses frères, il la tutoya.

– Ton père ne vous a donc rien laissé ? Moi, je croyais qu'il y avait encore quelques sous. Ah ! je lui ai assez conseillé, dans mes lettres, de ne pas prendre cette teinturerie ! Un brave cœur, mais pas deux liards[27] de tête !... Et tu es restée avec ces gaillards[28] sur les bras, tu as dû nourrir ce petit monde !

Sa face bilieuse[29] s'était éclairée, il n'avait plus les yeux saignants dont il regardait le *Bonheur des Dames*. Brusquement, il s'aperçut qu'il barrait la porte.

– Allons, dit-il, entrez, puisque vous êtes venus... Entrez, ça vaudra mieux que de baguenauder[30] devant des bêtises.

---

27. Liard : petite quantité (un liard était une petite pièce de monnaie aux XVIIe et XVIIIe siècles).
28. Gaillards : garçons solides, costauds.
29. Bilieuse : marquée par l'exaspération.
30. Baguenauder : flâner.

Et, après avoir adressé aux étalages d'en face une dernière moue[31] de colère, il livra passage aux enfants, il pénétra le premier dans la boutique, en appelant sa femme et sa fille.

– Élisabeth, Geneviève, arrivez donc, voici du monde pour vous !

Mais Denise et les petits eurent une hésitation devant les ténèbres de la boutique. Aveuglés par le plein jour de la rue, ils battaient des paupières comme au seuil d'un trou inconnu, tâtant le sol du pied, ayant la peur instinctive de quelque marche traîtresse. Et, rapprochés encore par cette crainte vague, se serrant davantage les uns contre les autres, le gamin, toujours dans les jupes de la jeune fille et le grand derrière, ils faisaient leur entrée avec une grâce souriante et inquiète. La clarté matinale découpait la noire silhouette de leurs vêtements de deuil, un jour oblique dorait leurs cheveux blonds.

– Entrez, entrez, répétait Baudu.

En quelques phrases brèves, il mettait au courant Mme Baudu et sa fille. La première était une petite femme mangée d'anémie[32], toute blanche, les cheveux blancs, les yeux blancs, les lèvres blanches. Geneviève, chez qui s'aggravait encore la dégénérescence[33] de sa mère, avait la débilité[34] et la décoloration d'une plante grandie à l'ombre. Pourtant, des cheveux noirs magnifiques, épais et lourds, poussés comme par miracle dans cette chair pauvre, lui donnaient un charme triste.

31. Moue : grimace faite en allongeant les lèvres.
32. Anémie : maladie qui affaiblit énormément, marquée par la pâleur de la peau.
33. Dégénérescence : fait de perdre ses qualités, affaiblissement.
34. Débilité : faiblesse (physique ici).

– Entrez, dirent à leur tour les deux femmes. Vous êtes les bienvenus.

Et elles firent asseoir Denise derrière le comptoir. Aussitôt, Pépé monta sur les genoux de sa sœur, tandis que Jean, adossé contre une boiserie, se tenait près d'elle. Ils se rassuraient, regardaient la boutique, où leurs yeux s'habituaient à l'obscurité. Maintenant, ils la voyaient, avec son plafond bas et enfumé, ses comptoirs de chêne polis par l'usage, ses casiers séculaires[35] aux fortes ferrures[36]. Des ballots[37] de marchandises sombres montaient jusqu'aux solives[38]. L'odeur des draps* et des teintures, une odeur âpre de chimie, semblait décuplée[39] par l'humidité du plancher. Au fond, deux commis et une demoiselle rangeaient des pièces de flanelle* blanche.

– Peut-être ce petit monsieur-là prendrait-il volontiers quelque chose ? dit Mme Baudu en souriant à Pépé.

– Non, merci, répondit Denise. Nous avons bu une tasse de lait dans un café, devant la gare.

Et, comme Geneviève regardait le léger paquet qu'elle avait posé par terre, elle ajouta :

– J'ai laissé notre malle là-bas.

Elle rougissait, elle comprenait qu'on ne tombait pas de la sorte chez le monde. Déjà, dans le wagon, dès que le train avait quitté Valognes, elle s'était sentie pleine de regret ; et voilà pourquoi, à l'arrivée, elle avait laissé la malle et fait déjeuner les enfants.

---

35. Séculaire : qui a au moins un siècle, très ancien.
36. Ferrure : pièce de fer placée sur un meuble pour le consolider.
37. Ballot : colis (de marchandises).
38. Solives : poutres du plafond.
39. Décuplée : multipliée par dix, fortement augmentée.

– Voyons, dit tout d'un coup Baudu, causons peu et causons bien… Je t'ai écrit, c'est vrai, mais il y a un an ; et, vois-tu, ma pauvre fille, les affaires n'ont guère marché, depuis un an…

Il s'arrêta, étranglé par une émotion qu'il ne voulait pas montrer. Mme Baudu et Geneviève, l'air résigné, avaient baissé les yeux.

– Oh ! continua-t-il, c'est une crise qui passera, je suis bien tranquille… Seulement, j'ai diminué mon personnel, il n'y a plus ici que trois personnes, et le moment n'est guère venu d'en engager une quatrième. Enfin, je ne puis te prendre comme je te l'offrais, ma pauvre fille.

Denise l'écoutait, saisie, toute pâle. Il insista, en ajoutant :

– Ça ne vaudrait rien, ni pour toi, ni pour nous.

– C'est bien, mon oncle, finit-elle par dire péniblement. Je tâcherai de m'en tirer tout de même.

[…] Tandis que Jean blêmissait[40], Denise avait serré contre sa poitrine Pépé terrifié. Elle laissa tomber deux grosses larmes.

– C'est bien, mon oncle, répéta-t-elle. Nous allons nous en aller.

Baudu propose à sa nièce de la loger pour la nuit et de l'aider à chercher du travail. Après un maigre repas pris en compagnie des Baudu et de leur premier commis, Colomban, fiancé de Geneviève, Denise contemple à nouveau le Bonheur des Dames, *attendant*

40. Blêmissait : pâlissait.

que son oncle la conduise chez un confrère qui recherchait une vendeuse.

[...] De l'autre côté de la rue, ce qui la passionnait, c'était le *Bonheur des Dames*, dont elle apercevait les vitrines par la porte ouverte. Le ciel demeurait voilé, une douceur de pluie attiédissait l'air, malgré la saison ; et, dans ce jour blanc, où il y avait comme une poussière diffuse de soleil, le grand magasin s'animait, en pleine vente.

Alors, Denise eut la sensation d'une machine, fonctionnant à haute pression [...]. Ce n'étaient plus les vitrines froides de la matinée ; maintenant elles paraissaient comme chauffées et vibrantes de la trépidation intérieure. Du monde les regardait, des femmes arrêtées s'écrasaient devant les glaces, toute une foule brutale de convoitise[41]. Et les étoffes vivaient, dans cette passion du trottoir : les dentelles avaient un frisson, retombaient et cachaient les profondeurs du magasin, d'un air troublant de mystère ; les pièces de drap elles-mêmes, épaisses et carrées, respiraient, soufflaient une haleine tentatrice ; tandis que les paletots se cambraient davantage sur les mannequins qui prenaient une âme, et que le grand manteau de velours se gonflait, souple et tiède, comme sur des épaules de chair, avec les battements de la gorge et le frémissement des reins. Mais la chaleur d'usine dont la maison flambait, venait surtout de la vente, de la bousculade des comptoirs, qu'on sentait derrière les murs. Il y avait là le

41. Convoitise : fort désir de possession.

ronflement continu de la machine à l'œuvre, un enfournement de clientes, entassées devant les rayons, étourdies sous les marchandises, puis jetées à la caisse. Et cela réglé, organisé avec une rigueur mécanique, tout un peuple de femmes passant dans la force et la logique des engrenages.

Denise, depuis le matin, subissait la tentation. Ce magasin, si vaste pour elle, où elle voyait entrer en une heure plus de monde qu'il n'en venait chez Cornaille en six mois, l'étourdissait et l'attirait ; et il y avait, dans son désir d'y pénétrer, une peur vague qui achevait de la séduire. En même temps, la boutique de son oncle lui causait un sentiment de malaise. C'était un dédain irraisonné, une répugnance instinctive pour ce trou glacial de l'ancien commerce. Toutes ses sensations, son entrée inquiète, l'accueil aigri de ses parents, le déjeuner triste sous un jour de cachot, son attente au milieu de la solitude ensommeillée de cette vieille maison agonisante, se résumaient en une sourde protestation, en une passion de la vie et de la lumière. Et, malgré son bon cœur, ses yeux retournaient toujours au *Bonheur des Dames*, comme si la vendeuse en elle avait eu le besoin de se réchauffer au flamboiement de cette grande vente.

– En voilà qui ont du monde, au moins ! laissa-t-elle échapper. [...]

Baudu accompagne sa nièce chez son confrère, mais celui-ci vient d'embaucher une vendeuse. Au cours de cette visite, elle rencontre Robineau, vendeur au rayon de la soie au Bonheur des Dames *; il lui apprend qu'on y recherche une vendeuse.*

– Je sais qu'on a besoin chez nous de quelqu'un, au rayon des confections.

Baudu ne peut retenir ce cri de son cœur :

– Chez vous, ah ! non, par exemple !

Puis, il resta embarrassé. Denise était devenue toute rouge : entrer dans ce grand magasin, jamais elle n'oserait ! et l'idée d'y être la comblait d'orgueil.

– Pourquoi donc, reprit Robineau surpris. Ce serait au contraire une chance pour mademoiselle... Je lui conseille de se présenter demain matin à Mme Aurélie, la première. Le pis qui puisse lui arriver c'est de ne pas être acceptée.

[...]

Le soir, au dîner, Baudu tente de dissuader sa nièce de rentrer au Bonheur des Dames. *Il lui raconte comment Octave Mouret, le patron, qu'il hait par-dessus tout, a réussi, par son arrivisme, à mettre la main sur le magasin.*

Par phrases coupées, il conta l'histoire de cet Octave Mouret. Toutes les chances ! Un garçon tombé du Midi à Paris, avec l'audace aimable d'un aventurier ; et, dès le lendemain, des histoires de femme, une continuelle exploitation de la femme, le scandale d'un flagrant délit[42], dont le quartier parlait encore ; puis, la conquête brusque et inexplicable de Mme Hédouin, qui lui avait apporté le *Bonheur des Dames*.

42. Flagrant délit : il s'agit d'un flagrant délit d'adultère. Dans le roman *Pot-Bouille*, où Zola raconte les débuts de Mouret à Paris, celui-ci est surpris par la police dans la chambre d'une femme mariée.

– Cette pauvre Caroline ! interrompit Mme Baudu. Elle était un peu ma parente. Ah ! si elle avait vécu, les choses tourneraient autrement. Elle ne nous laisserait pas assassiner... Et c'est lui qui l'a tuée. Oui, dans ses constructions ! Un matin, en visitant les travaux, elle est tombée dans un trou. Trois jours après, elle mourait. Elle qui n'avait jamais été malade, qui était si bien portante, si belle !... Il y a de son sang sous les pierres de la maison.

Au travers des murs, elle désignait le grand magasin de sa main pâle et tremblante. Denise, qui écoutait comme on écoute un conte de fées, eut un léger frisson. La peur qu'il y avait, depuis le matin, au fond de la tentation exercée sur elle, venait peut-être du sang de cette femme, qu'elle croyait voir maintenant dans le mortier[43] rouge du sous-sol.

– On dirait que ça lui porte bonheur, ajouta Mme Baudu, sans nommer Mouret.

Mais le drapier[44] haussait les épaules, dédaigneux de ces fables de nourrice[45]. Il reprit son histoire, il expliqua la situation, commercialement. Le *Bonheur des Dames* avait été fondé en 1822 par les frères Deleuze. À la mort de l'aîné, sa fille, Caroline, s'était mariée avec le fils d'un fabricant de toile, Charles Hédouin ; et, plus tard, étant devenue veuve, elle avait épousé ce Mouret. Elle lui apportait donc la moitié du magasin. Trois mois après le mariage, l'oncle Deleuze décédait à son tour sans enfants ; si bien que,

---

43. Mortier : mélange de matériaux nécessaires à la construction.
44. Drapier : personne qui vend des tissus.
45. Fables de nourrice : histoires racontées par les nourrices aux petits enfants.

lorsque Caroline avait laissé ses os dans les fondations, ce Mouret était resté seul héritier, seul propriétaire du *Bonheur*. Toutes les chances !

– Un homme à idées, un brouillon[46] dangereux qui bouleversera le quartier, si on le laisse faire ! continua Baudu. Je crois que Caroline, un peu romanesque[47] elle aussi, a dû être prise par les projets extravagants[48] du monsieur... Bref, il l'a décidée à acheter la maison de gauche, puis la maison de droite ; et lui-même, quand il a été seul, en a acheté deux autres ; de sorte que le magasin a grandi, toujours grandi, au point qu'il menace de nous manger tous, maintenant !

Il s'adressait à Denise, mais il parlait pour lui, remâchant, par un besoin fiévreux de se satisfaire, cette histoire qui le hantait. Dans la famille, il était le bilieux[49], le violent aux poings toujours serrés. Mme Baudu n'intervenait plus, immobile sur sa chaise ; Geneviève et Colomban, les yeux baissés, ramassaient et mangeaient par distraction des miettes de pain. Il faisait si chaud, si étouffé dans la petite pièce que Pépé s'était endormi sur la table, et que les yeux de Jean lui-même se fermaient.

– Patience ! reprit Baudu, saisi d'une soudaine colère, les faiseurs[50] se casseront les reins ! Mouret traverse une crise, je le sais. Il a dû mettre tous ses bénéfices dans ses folies d'agrandissement et de réclame. En outre, pour

---

46. Brouillon : quelqu'un qui met du désordre.
47. Romanesque : qui se laisse aller aux caprices de son imagination.
48. Extravagants : qui vont contre la raison, bizarres, farfelus.
49. Bilieux : qui est de tempérament pessimiste et coléreux.
50. Faiseurs : personnes qui cherchent à se donner de grands airs.

trouver des capitaux, il s'est avisé de décider la plupart de ses employés à placer leur argent chez lui. Aussi est-il sans un sou maintenant, et si un miracle ne se produit pas, s'il n'arrive pas à tripler sa vente, comme il l'espère, vous verrez quelle débâcle[51] !... Ah ! je ne suis pas méchant, mais ce jour-là, j'illumine[52], parole d'honneur !

Il poursuivit d'une voix vengeresse, on eût dit que la chute du *Bonheur des Dames* devait rétablir la dignité du commerce compromise. Avait-on jamais vu cela ? un magasin de nouveautés où l'on vendait de tout ! un bazar alors ! Aussi le personnel était gentil : un tas de godelureaux[53] qui manœuvraient comme dans une gare, qui traitaient les marchandises et les clientes comme des paquets, lâchant le patron ou lâché par lui pour un mot, sans affection, sans mœurs, sans art ! [...]

Cependant, Baudu criait plus fort, en accusant ce déballage d'en face, ces sauvages, qui se massacraient entre eux avec leur lutte pour la vie, d'en arriver à détruire la famille. Et il citait leurs voisins de campagne, les Lhomme, la mère, le père, le fils, tous les trois employés dans la baraque, des gens sans intérieur[54], toujours dehors, ne mangeant chez eux que le dimanche [...].

– Ce n'est pas pour te dégoûter, reprit-il en tâchant d'être calme. Si ton intérêt est d'entrer là-dedans, je serai le premier à te dire : Entres-y.

---

51. Débâcle : changement de situation entraînant un effondrement total.
52. J'illumine : j'explose de joie.
53. Godelureau : jeune homme élégant et prétentieux.
54. Intérieur : maison où l'on se retrouve dans l'intimité.

– Je le pense bien, mon oncle, murmura Denise, étourdie, et dont le désir d'être au *Bonheur des Dames* grandissait, au milieu de toute cette passion.

[...]

Baudu fait ensuite la liste des petits boutiquiers du quartier qui sont menacés par l'irrésistible expansion du Bonheur des Dames.

– Moi, jusqu'ici, je n'ai pas trop à me plaindre. Oh ! il m'a fait du tort, le gredin[55] ! Mais il ne tient encore que les draps* de dame, les draps légers, pour robes, et les draps plus forts, pour manteaux. On vient toujours chez moi acheter les articles d'homme, les velours de chasse*, les livrées[56] ; sans parler des flanelles* et des molletons*, dont je le défie bien d'avoir un assortiment aussi complet... Seulement, il m'asticote, il croit me faire tourner le sang, parce qu'il a mis son rayon de draperie, là, en face. Tu as vu son étalage, n'est-ce pas ? Toujours, il y plante ses plus belles confections, au milieu d'un encadrement de pièces de drap, une vraie parade de saltimbanque[57] pour raccrocher les filles... Foi d'honnête homme ! je rougirais d'employer de tels moyens. Depuis près de cent ans, le *Vieil Elbeuf* est connu, et il n'a pas besoin à sa porte de pareils attrape-nigauds. Tant que je vivrai, la boutique restera telle que je l'ai prise, avec ses quatre pièces d'échantillon, à droite et à gauche, pas davantage !

55. Gredin : bandit.
56. Livrées : habits d'un modèle particulier, portés par les domestiques.
57. Saltimbanque : comédien qui amuse les foules sur la place publique.

L'émotion gagnait toute la famille. Geneviève se permit de prendre la parole, après un silence.

– Notre clientèle nous aime, papa. Il faut espérer... Aujourd'hui encore, Mme Desforges et Mme de Boves sont venues. J'attends Mme Marty pour des flanelles*.

– Moi, déclara Colomban, j'ai reçu hier une commande de Mme Bourdelais. Il est vrai qu'elle m'a parlé d'une cheviotte* anglaise, affichée en face dix sous meilleur marché, la même que chez nous, paraît-il.

– Et dire, murmura Mme Baudu de sa voix fatiguée, que nous avons vu cette maison-là grande comme un mouchoir de poche ! Parfaitement, ma chère Denise, lorsque les Deleuze l'ont fondée, elle avait seulement une vitrine sur la rue Neuve-Saint-Augustin, un vrai placard, où deux pièces d'indienne* s'étouffaient avec trois pièces de calicot*. On ne pouvait pas se retourner dans la boutique, tant c'était petit... À cette époque, le *Vieil Elbeuf*, qui existait depuis plus de soixante ans, était déjà tel que tu le vois aujourd'hui... Ah ! tout cela est changé, bien changé !

Elle secouait la tête, ses paroles lentes disaient le drame de sa vie. Née au *Vieil Elbeuf*, elle en aimait jusqu'aux pierres humides, elle ne vivait que pour lui et par lui ; et, autrefois glorieuse de cette maison, la plus forte, la plus richement achalandée[58] du quartier, elle avait eu la continuelle souffrance de voir grandir peu à peu la maison rivale, d'abord dédaignée, puis égale en importance, puis débordante, menaçante. C'était pour elle une plaie toujours ouverte, elle se mourait du *Vieil Elbeuf* humilié,

58. Richement achalandée : qui est bien approvisionnée en marchandises.

vivant encore ainsi que lui par la force de l'impulsion[59], mais sentant bien que l'agonie de la boutique serait la sienne, et qu'elle s'éteindrait, le jour où la boutique fermerait.

Le silence régna. Baudu battait la retraite du bout des doigts sur la toile cirée[60]. Il éprouvait une lassitude, presque un regret, de s'être ainsi soulagé une fois de plus. Dans cet accablement, toute la famille d'ailleurs, les yeux vagues, continuait à remuer les amertumes[61] de son histoire. Jamais la chance ne leur avait souri. Les enfants étaient élevés, la fortune venait, lorsque brusquement la concurrence apportait la ruine. Et il y avait encore la maison de Rambouillet, cette maison de campagne où le drapier faisait depuis dix ans le rêve de se retirer, une occasion, disait-il, une antique bâtisse qu'il devait réparer continuellement, qu'il s'était décidé à louer, et dont les locataires ne le payaient point. Ses derniers gains passaient là [...].

– Voyons, déclara-t-il brusquement, il faut laisser la table aux autres... En voilà des paroles inutiles !

Ce fut comme un réveil. Le bec de gaz sifflait, dans l'air mort et brûlant de la petite pièce. Tous se levèrent en sursaut, rompant le triste silence. Cependant, Pépé dormait si bien, qu'on l'allongea sur des pièces de molleton*. Jean, qui bâillait, était déjà retourné à la porte de la rue.

– Et, pour finir, tu feras ce que tu voudras, répéta de nouveau Baudu à sa nièce. Nous te disons les choses, voilà tout... Mais tes affaires sont tes affaires.

---

59. Impulsion : élan.
60. Battait la retraite... toile cirée : abandonnait la partie en tapotant sur la toile cirée.
61. Amertumes : sentiments de tristesse dus à un échec, une humiliation.

Il la pressait du regard, il attendait une réponse décisive. Denise, que ces histoires avaient passionnée davantage pour le *Bonheur des Dames*, au lieu de l'en détourner, gardait son air tranquille et doux, d'une volonté têtue de Normande au fond. Elle se contenta de répondre :

– Nous verrons, mon oncle.

Et elle parla de monter se coucher de bonne heure avec les enfants, car ils étaient très fatigués tous les trois. Mais six heures sonnaient à peine, elle voulut bien rester un moment encore dans la boutique. La nuit s'était faite, elle retrouva la rue noire, trempée d'une pluie fine et drue[62], qui tombait depuis le coucher du soleil. Ce fut pour elle une surprise : quelques instants avaient suffi, la chaussée était trouée de flaques, les ruisseaux roulaient des eaux sales, une boue épaisse, piétinée, poissait[63] les trottoirs ; et, sous l'averse battante, on ne voyait plus que le défilé confus des parapluies, se bousculant, se ballonnant, pareils à de grandes ailes sombres, dans les ténèbres. Elle recula d'abord, prise de froid, le cœur serré davantage par la boutique mal éclairée, lugubre[64] à cette heure. Un souffle humide, l'haleine du vieux quartier, venait de la rue ; il semblait que le ruissellement des parapluies coulât jusqu'aux comptoirs, que le pavé avec sa boue et ses flaques entrât, achevât de moisir l'antique rez-de-chaussée, blanc de salpêtre[65]. C'était toute une vision de l'ancien Paris

62. Drue : forte.
63. Poissait : recouvrait d'une matière collante.
64. Lugubre : d'une profonde tristesse.
65. Salpêtre : petits cristaux blanchâtres (nitrate de potassium) présents sur les murs humides.

mouillé, dont elle grelottait, avec un étonnement navré[66] de trouver la grande ville si glaciale et si laide.

Mais, de l'autre côté de la chaussée, le *Bonheur des Dames* allumait les files profondes de ses becs de gaz. Et elle se rapprocha, attirée de nouveau et comme réchauffée à ce foyer d'ardente lumière. La machine ronflait toujours, encore en activité, lâchant sa vapeur dans un dernier grondement, pendant que les vendeurs repliaient les étoffes et que les caissiers comptaient la recette. C'était, à travers les glaces pâlies d'une buée, un pullulement[67] vague de clartés, tout un intérieur confus d'usine. Derrière le rideau de pluie qui tombait, cette apparition reculée, brouillée, prenait l'apparence d'une chambre de chauffe[68] géante, où l'on voyait passer les ombres noires des chauffeurs, sur le feu rouge des chaudières. Les vitrines se noyaient, on ne distinguait plus, en face, que la neige des dentelles*, dont les verres dépolis d'une rampe de gaz avivaient le blanc ; et, sur ce fond de chapelle, les confections s'enlevaient en vigueur, le grand manteau de velours*, garni de renard argenté*, mettait le profil d'une femme sans tête, qui courait par l'averse à quelque fête, dans l'inconnu des ténèbres de Paris.

Denise, cédant à la séduction, était venue jusqu'à la porte, sans se soucier du rejaillissement des gouttes, qui la trempait. À cette heure de nuit, avec son éclat de

---

66. Navré : désolé.
67. Pullulement : grand nombre, abondance.
68. Chambre de chauffe : local où sont installées les chaudières, en particulier dans un navire. Ces chaudières sont alimentées en charbon par des chauffeurs.

fournaise[69], le *Bonheur des Dames* achevait de la prendre tout entière. Dans la grande ville, noire et muette sous la pluie, dans ce Paris qu'elle ignorait, il flambait comme un phare, il semblait à lui seul la lumière et la vie de la cité. Elle y rêvait son avenir, beaucoup de travail pour élever les enfants, avec d'autres choses encore, elle ne savait quoi, des choses lointaines dont le désir et la crainte la faisaient trembler. L'idée de cette femme morte dans les fondations lui revint ; elle eut peur, elle crut voir saigner les clartés ; puis, la blancheur des dentelles l'apaisa, une espérance lui montait au cœur, toute une certitude de joie ; tandis que la poussière d'eau volante lui refroidissait les mains et calmait en elle la fièvre du voyage.

– C'est Bourras[70], dit une voix derrière son dos.

Elle se pencha, elle aperçut Bourras, immobile au bout de la rue, devant la vitrine où elle avait remarqué, le matin, toute une construction ingénieuse[71], faite avec des parapluies et des cannes. Le grand vieillard s'était glissé dans l'ombre, pour s'emplir les yeux de cet étalage triomphal ; et, la face douloureuse, il ne sentait pas même la pluie qui battait sa tête nue, dont les cheveux blancs ruisselaient.

– Il est bête, fit remarquer la voix, il va prendre du mal.

Alors, en se tournant, Denise vit qu'elle avait de nouveau les Baudu derrière elle. Malgré eux, comme Bourras qu'ils trouvaient bête, ils revenaient toujours là, devant ce spec-

69. Fournaise : feu violent.
70. Bourras : marchand de cannes et de parapluie qui résiste jusqu'au bout à Mouret.
71. Ingénieuse : astucieuse.

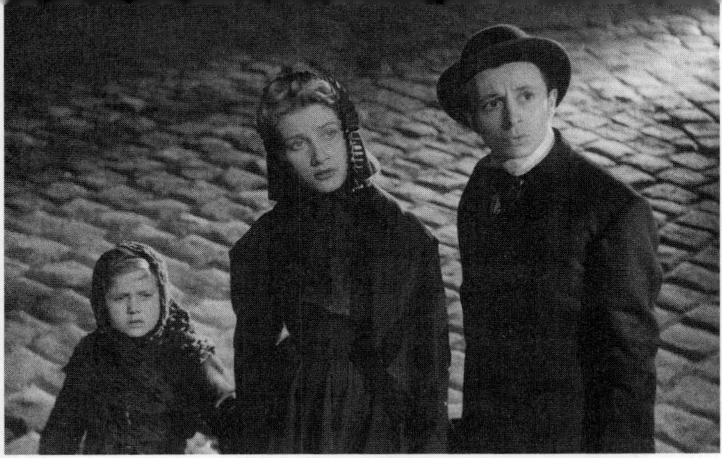

Blanchette Brunoy et André Reybaz dans le film *Au Bonheur des Dames* d'André Cayatte, 1943.

tacle qui leur crevait le cœur. C'était une rage à souffrir. Geneviève, très pâle, avait constaté que Colomban regardait, à l'entresol, les ombres des vendeuses passer sur les glaces ; et, pendant que Baudu étranglait de rancune[72] rentrée, les yeux de Mme Baudu s'étaient emplis de larmes, silencieusement.

– N'est-ce pas, tu t'y présenteras demain ? finit par demander le drapier, tourmenté d'incertitude, et sentant bien d'ailleurs que sa nièce était conquise comme les autres.

Elle hésita, puis avec douceur :

– Oui, mon oncle, à moins que cela ne vous fasse trop de peine.

Extraits du chapitre I.

---

72. Rancune : sentiment fait d'aigreur, de ressentiment, du désir de se venger.

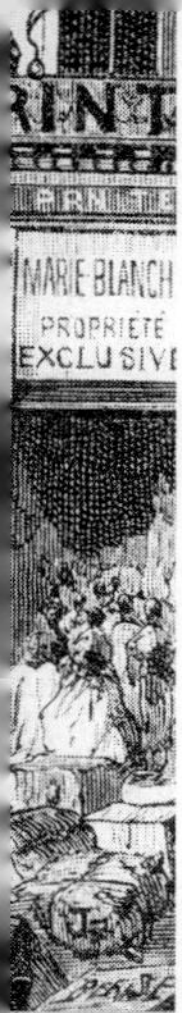

QUESTIONS SUR LE TEXTE 1

AI-JE BIEN LU ?

1 Faites correspondre les noms des personnages et leur identité.

Denise •	• Oncle de Denise
Jean •	• Fiancé de Geneviève
Pépé •	• Femme de Baudu
Baudu •	• Frère de Denise, seize ans
Élisabeth Baudu •	• Veuf de Caroline Hédouin
Geneviève •	• Orpheline, vingt ans, arrivant à Paris
Colomban •	• Frère de Denise, cinq ans
Octave Mouret •	• Fille de Baudu

2 **a.** D'où Denise vient-elle ? Dans quelle ville est-elle arrivée ?

b. Chez quel personnage se rend-elle ? Dans quel but ?

c. Quel est le nom de son commerce ? Face à quel magasin est-il situé ?

d. Pourquoi ne peut-il embaucher Denise ?

e. Dans quel magasin Denise décide-t-elle de tenter sa chance ?

J'ANALYSE LE TEXTE

Le narrateur, l'incipit

— Le narrateur et le point de vue

L'**auteur** est la personne réelle qui a écrit le texte. Le **narrateur** est celui qui **raconte** l'histoire. Il peut être personnage de l'histoire (récit à la première personne) ou être extérieur au récit (récit à la troisième personne).
Le narrateur adopte le plus souvent un **point de vue omniscient**, c'est-à-dire qu'il témoigne d'une connaissance complète des événements, des pensées et sentiments des personnages. Il peut fournir ainsi de nombreuses informations au lecteur.

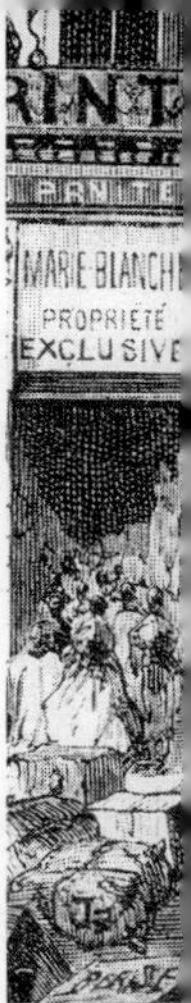

❸ **a.** À quelle personne le narrateur mène-t-il le récit ? Est-il ou non un personnage de l'histoire ?

b. Le récit est-il au présent ou au passé ? Justifiez votre réponse.

❹ Quelles principales informations le narrateur fournit-il au lecteur grâce à l'utilisation du point de vue omniscient ? Citez quelques exemples.

— L'incipit

> Signifiant en latin « il commence », le terme ***incipit*** s'emploie pour désigner le début d'un roman. Celui-ci peut commencer par la description d'un lieu, d'un personnage, par un dialogue, directement par une action.
> L'incipit comporte souvent des indices qui peuvent suggérer l'idée de commencement : arrivée d'un train, porte qui s'ouvre, journée qui commence...

❺ **a.** Comment le narrateur a-t-il choisi de commencer son roman (l. 1-10) ? Ce choix d'ouverture vous paraît-il dynamique ?

b. Quel personnage sera le héros ou l'héroïne de ce roman ?

c. Quels indices pourraient suggérer l'idée d'un début ?

Le cadre spatio-temporel

> Définir le **cadre spatio-temporel**, c'est préciser le lieu et le moment de l'action. Le cadre peut être imaginaire ou réaliste (l'action se déroule dans des lieux existants).

❻ Dans quelle ville l'action se situe-t-elle ? Dans quel quartier ? S'agit-il d'un cadre réaliste ?

❼ **a.** À quel mois et à quelle heure de la journée l'action débute-t-elle ? À quel moment se termine-t-elle ?

b. Quelle est la durée de l'action dans ce premier chapitre ?

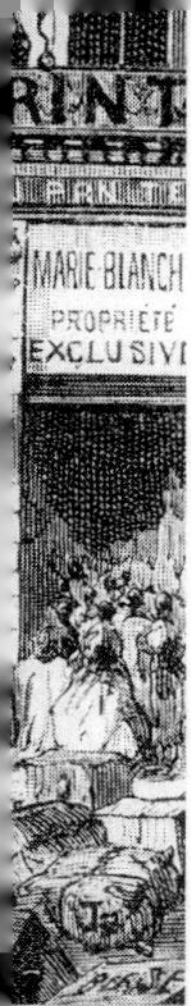

La description des deux magasins

— Le choix du point de vue

Le narrateur peut raconter l'histoire ou faire une description à travers le regard d'un personnage (**point de vue interne**). Le lecteur pénètre ainsi dans la conscience de ce personnage et partage son point de vue.

❽ Repérez les descriptions du *Bonheur des Dames* et du *Vieil Elbeuf* (l. 21-113) Quel point de vue le narrateur adopte-t-il pour les décrire ? Quel est l'intérêt de ce choix ?

— L'esthétique des contrastes

Chez Zola, la construction romanesque est souvent fondée sur l'utilisation de l'**antithèse** qui met en relief les oppositions observées dans la réalité.

❾ En quoi le *Vieil Elbeuf* et le *Bonheur des Dames* s'opposent-ils ? Prenez en compte les noms des magasins, leur dimension, l'éclairage, l'animation... Citez des termes précis.

— L'énumération

L'**énumération** est une figure de style qui consiste à énumérer une longue série de termes, de même nature et de même fonction.

❿ Quels sont les éléments énumérés lignes 60-82 ? Quel effet l'énumération produit-elle ?

— Réalisme et vision

L'imagination puissante de Zola déforme la réalité en une vision quasi fantastique, par l'utilisation de figures de style telles que la comparaison, la métaphore, la personnification.
La **comparaison** rapproche deux éléments à l'aide d'un outil de comparaison (*comme, pareil à...*) : *La mer brille comme un miroir.*

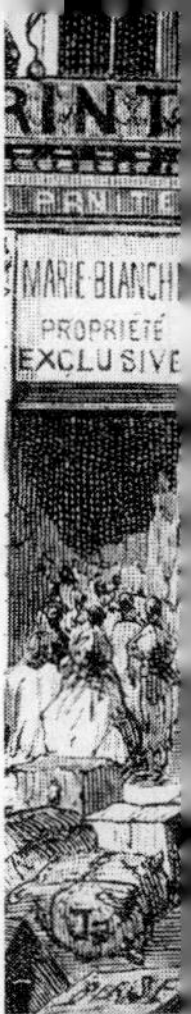

> La **métaphore** rapproche deux éléments, sans outil de comparaison : *La mer est un miroir*. On parle de **métaphore filée** quand la métaphore se prolonge sur plusieurs lignes.
> La **personnification** consiste à attribuer des caractères humains à un animal ou à un être inanimé (objet, végétal...).

11 **a.** À quoi le *Bonheur des Dames* est-il comparé le matin (l. 31-33), puis le soir (l. 528-530).
b. Relisez les lignes 270-279. Quels objets prennent vie ? Montrez qu'ils suggèrent la féminité.
c. Relevez la métaphore filée qui évoque le grand magasin (l. 264-267, 279-284, 507-516).
d. Quelle image ces figures de style donnent-elles du magasin : une vision séduisante ? inquiétante ? les deux ?

Le parcours de Denise

12 Quelle image le narrateur donne-t-il de Denise dans ce premier chapitre ?
13 **a.** À quels différents moments de la journée contemple-t-elle le *Bonheur des Dames* ? Que ressent-elle à chaque fois ?
b. Comment juge-t-elle le *Vieil Elbeuf* ?
14 Comment Baudu tente-t-il de dissuader Denise d'entrer au *Bonheur des Dames* ? Y réussit-il ?

J'ÉTUDIE LA LANGUE

— Grammaire : les valeurs des temps

> Dans un récit au passé, l'indicatif **passé simple** sert à exprimer les actions de premier plan et assure la progression du récit.
> L'**imparfait** est utilisé pour les actions de second plan (description, répétitions d'actions, actions à durée indéterminée).
> Le **plus-que-parfait** marque une antériorité dans le passé (c'est-à-dire qu'une action passée s'est produite avant une autre action passée).

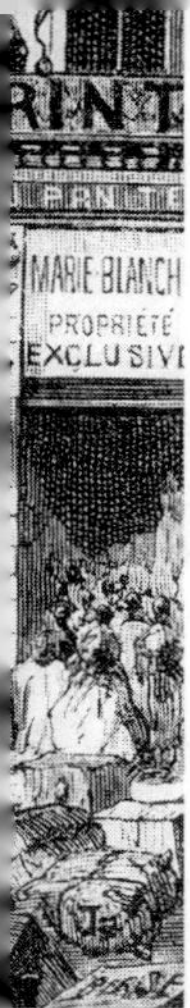

⓯ **a.** Relevez les verbes conjugués des lignes 1-10 et identifiez leur temps.
b. Justifiez l'emploi de ces temps.

Vocabulaire : le suffixe -*erie*

> Le **suffixe -*erie*** indique une action, un ensemble, une activité et le lieu où elle s'exerce, un lieu.

⓰ Indiquez le sens du suffixe -*erie* dans les mots suivants :
a. bonneterie. **b.** camaraderie. **c.** ganterie. **d.** étourderie. **e.** paysannerie. **f.** blanchisserie. **g.** droguerie. **h.** infirmerie. **i.** literie. **j.** soierie.

Orthographe : les adjectifs de couleur

> Règle générale : les **adjectifs de couleur** s'accordent avec le nom. Ex. : *des yeux rouges*.
> Exceptions : quand la couleur est exprimée par un nom (*marron, crème, orange, turquoise...*), ce nom reste invariable. Ex. : *des eaux turquoise.*
> **Attention** ! *Vermeil, pourpre, rose, fauve* s'accordent car ils sont considérés comme des adjectifs. Ex. : *Des soies roses*.
> Les adjectifs composés restent invariables. Ex. : *Des écharpes bleu marine*.

⓱ Accordez les adjectifs de couleur, si c'est nécessaire.
a. Sa chevelure (*noir*) était magnifique.
b. Sa robe (*marron foncé*) était triste.
c. Elle était habillée de soie (*blanc*).
d. Les meubles étaient (*crème*) avec des ornements (*turquoise*).
e. Les vitrines étaient garnies de pièces de soie (*jaune, vert, orange*).
f. Des rubans (*bleu clair*) garnissaient son chapeau.

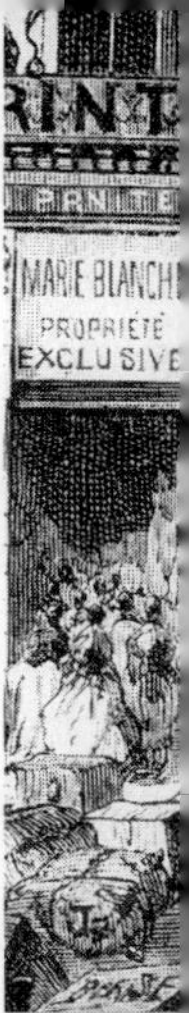

J'ÉCRIS

Écrire une lettre

⓲ Denise écrit à une amie restée à Valognes pour lui raconter son arrivée à Paris.

CONSIGNES D'ÉCRITURE
- Présentez votre texte sous forme de lettre.
- Utilisez les pronoms des première et deuxième personnes (« je », « tu »).
- Denise raconte l'accueil qu'elle a reçu dans la famille Baudu et fait part de ses premières impressions.

LE SAVIEZ-VOUS ?

L'évolution du commerce dans la première moitié du XIXe siècle

En France, à l'aube du XIXe siècle, le commerce est encore très marqué par le régime des corporations qui, sous l'Ancien Régime, imposait aux boutiquiers de se spécialiser dans la vente d'un seul genre de marchandise et leur interdisait certaines pratiques commerciales susceptibles d'attirer le client aux dépens d'un confrère. Mais dans les années 1830, de nouveaux magasins apparaissent à Paris et adoptent des méthodes de vente que les commerçants traditionnels jugent révolutionnaires, voire scandaleuses.

Quelques grands magasins parisiens

– *À la Belle Jardinière*, rue du Pont-Neuf (1866-1867)
– *Au Bon Marché*, 22 rue de Sèvres (1869-1872)
– *Les Grands Magasins du Louvre*, place du Palais-Royal (1877)
– *Le Printemps*, 2 rue du Havre (1881-1883)
– *La Samaritaine*, rue de la Monnaie (1904-1905)
– *Les Galeries Lafayette*, 38-46 bd Haussmann (1906-1907)

TEXTE 2 L'EMBAUCHE DE DENISE AU *BONHEUR DES DAMES*

« On vous écrira. »

Chapitre II

Le lendemain, à sept heures et demie, Denise était devant le *Bonheur des Dames*. Elle voulait s'y présenter, avant de conduire Jean chez son patron, qui demeurait loin, dans le haut du faubourg du Temple. Mais, avec ses habitudes matinales, elle s'était trop pressée de descendre : les commis arrivaient à peine ; et, craignant d'être ridicule, prise de timidité, elle resta à piétiner un instant sur la place Gaillon.

Un vent froid qui soufflait, avait déjà séché le pavé. De toutes les rues, éclairées d'un petit jour pâle sous le ciel de cendre, les commis débouchaient vivement, le collet de leur paletot relevé, les mains dans les poches, surpris par ce premier frisson de l'hiver. [...]

Denise s'aperçut que plusieurs de ces messieurs la dévisageaient en passant. Alors, sa timidité augmenta, elle ne se sentit plus la force de les suivre, elle résolut de n'entrer à son tour que lorsque le défilé aurait cessé, rougissante à l'idée d'être bousculée, sous la porte, au milieu de tous ces hommes. Mais le défilé continuait, et pour échapper aux regards, elle fit lentement le tour de la place. [...]

Les commis entraient toujours. Maintenant, Denise les entendait plaisanter, quand ils passaient près d'elle, en lui jetant un coup d'œil oblique. Son embarras grandissait d'être ainsi en spectacle, elle se décidait à faire dans le quartier une promenade d'une demi-heure, lorsque la vue d'un jeune homme, qui arrivait rapidement par la rue Port-Mahon, l'arrêta une minute encore. Évidemment, ce devait être un chef de rayon, car tous les commis le saluaient. Il était grand, la peau blanche, la barbe soignée ; et il avait des yeux couleur de vieil or, d'une douceur de velours, qu'il fixa un instant sur elle, au moment où il traversa la place. Déjà il entrait dans le magasin, indifférent, qu'elle restait immobile, toute retournée par ce regard, emplie d'une émotion singulière, où il y avait plus de malaise que de charme. Décidément, la peur la prenait, elle se mit à descendre lentement la rue Gaillon, puis la rue Saint-Roch, en attendant que le courage lui revînt.

C'était mieux qu'un chef de rayon, c'était Octave Mouret en personne. [...]

Ce jour-là, Mouret prépare une grande mise en vente des nouveautés d'hiver pour le lundi suivant. Il fait le tour du magasin avec son associé Bourdoncle et arrive au rayon des soieries où travaillent les vendeurs Robineau, Hutin et Favier.

Et, à propos de cette mise en vente qu'on préparait dans tous les comptoirs, il interrogea de nouveau Robineau, il lui donna des ordres. Mais, depuis quelques minutes, sans cesser de parler, il suivait du regard le travail de Hutin, qui s'attardait à mettre des soies* bleues à côté de soies grises et de soies jaunes, puis qui se reculait, pour juger de l'harmonie des tons. Brusquement, il intervint.

– Mais pourquoi cherchez-vous à ménager l'œil ? dit-il. N'ayez donc pas peur, aveuglez-le… Tenez ! du rouge ! du vert ! du jaune !

Il avait pris les pièces, il les jetait, les froissait, en tirait des gammes éclatantes. Tous en convenaient, le patron était le premier étalagiste de Paris, un étalagiste[1] révolutionnaire à la vérité, qui avait fondé l'école du brutal et du colossal dans la science de l'étalage. Il voulait des écroulements, comme tombés au hasard des casiers éventrés[2], et il les voulait flambants des couleurs les plus ardentes, s'avivant l'un par l'autre. En sortant du magasin, disait-il, les clientes devaient avoir mal aux yeux. Hutin, qui, au contraire, était de l'école classique de la symétrie et de la mélodie cherchées dans les nuances, le regardait allumer cet incendie d'étoffes au milieu d'une table, sans se permettre la moindre critique, mais les lèvres pincées par une moue d'artiste dont une telle débauche[3] blessait les convictions[4].

– Voilà ! cria Mouret, quand il eut fini. Et laissez-le… Vous me direz s'il raccroche les femmes, lundi !

Justement, comme il rejoignait Bourdoncle et Robineau, une femme arrivait, qui resta quelques secondes plantée et suffoquée devant l'étalage. C'était Denise. Après avoir hésité près d'une heure dans la rue, en proie à une terrible crise de timidité, elle venait de se décider enfin. Seulement, elle perdait la tête, au point de ne pas comprendre

1. Étalagiste : employé chargé de mettre en valeur des marchandises dans des vitrines, dans des rayons afin de faciliter leur vente.
2. Éventrés : métaphore ; vidés brutalement.
3. Débauche : ici, pratique excessive.
4. Convictions : certitudes, principes fondamentaux.

les explications les plus claires ; et les commis auxquels elle demandait en balbutiant Mme Aurélie[5], avaient beau lui indiquer l'escalier de l'entresol, elle remerciait, puis elle tournait à gauche, si on lui avait dit de tourner à droite ; de sorte que, depuis dix minutes, elle battait le rez-de-chaussée, allant de rayon en rayon, au milieu de la curiosité méchante et de l'indifférence maussade des vendeurs. C'était à la fois, en elle, une envie de se sauver et un besoin d'admiration qui la retenait. Elle se sentait perdue, toute petite dans le monstre, dans la machine encore au repos [...]. Et la pensée de la boutique du *Vieil Elbeuf*, noire et étroite, agrandissait encore pour elle le vaste magasin, le lui montrait doré de lumière, pareil à une ville, avec ses monuments, ses places, ses rues, où il lui semblait impossible qu'elle trouvât jamais sa route.

Cependant, elle n'avait point osé jusque-là se risquer dans le hall des soieries, dont le haut plafond vitré, les comptoirs luxueux, l'air d'église lui faisaient peur. Puis, quand elle y était enfin entrée, pour échapper aux commis du blanc[6] qui riaient, elle avait comme buté tout d'un coup contre l'étalage de Mouret ; et, malgré son effarement, la femme se réveillant en elle, les joues subitement rouges, elle s'oubliait à regarder flamber l'incendie des soies.

– Tiens ? dit crûment[7] Hutin à l'oreille de Favier, la grue[8] de la place Gaillon.

---

5. Mme Aurélie : Robineau, vendeur au *Bonheur des Dames*, avait conseillé la veille à Denise de se présenter à Mme Aurélie (texte 1, p. 16).
6. Le blanc : le linge de maison (serviettres, draps, nappes...) qu'il soit blanc ou de couleur.
7. Crûment : en s'exprimant sans ménagement, sans détours.
8. Grue : personne niaise (le matin, Favier et Hutin ont remarqué Denise qui hésitait à entrer dans le magasin).

Mouret, tout en affectant[9] d'écouter Bourdoncle et Robineau, était flatté au fond du saisissement[10] de cette fille pauvre [...]. Mais Denise avait levé les yeux, et elle se troubla davantage, quand elle reconnut le jeune homme qu'elle prenait pour un chef de rayon. Elle s'imagina qu'il la regardait avec sévérité. Alors, ne sachant plus comment s'éloigner, égarée tout à fait, elle s'adressa une fois encore au premier commis venu, à Favier qui se trouvait près d'elle.

– Mme Aurélie, s'il vous plaît ?

Favier, désagréable, se contenta de répondre de sa voix sèche :

– À l'entresol.

Et Denise, ayant hâte de n'être plus sous les regards de tous ces hommes, disait merci et tournait de nouveau le dos à l'escalier, lorsque Hutin céda naturellement à son instinct de galanterie. Il l'avait traitée de grue, et ce fut de son air aimable de beau vendeur qu'il l'arrêta.

– Non, par ici, mademoiselle... Si vous voulez bien vous donner la peine...

Même il fit quelques pas devant elle, la conduisit au pied de l'escalier, qui se trouvait à la gauche du hall. Là, il inclina la tête, il lui sourit, du sourire qu'il avait pour toutes les femmes.

– En haut, tournez à gauche... Les confections[11] sont en face.

Cette politesse caressante remuait profondément Denise. C'était comme un secours fraternel qui lui arrivait. Elle

---

9. Affectant : faisant semblant.
10. Saisissement : émotion vive.
11. Les confections : les vêtements.

avait levé les yeux, elle contemplait Hutin, et tout en lui la touchait, le joli visage, le regard dont le sourire dissipait sa crainte, la voix qui lui semblait d'une douceur consolante. Son cœur se gonfla de gratitude, elle donna son amitié, dans les quelques paroles décousues que l'émotion lui permit de balbutier.

– Vous êtes trop bon... Ne vous dérangez pas... Merci mille fois, monsieur.

Déjà Hutin rejoignait Favier, auquel il disait tout bas, de sa voix crue :

– Hein ? quelle désossée[12] !

En haut, la jeune fille tomba droit dans le rayon des confections. C'était une vaste pièce, entourée de hautes armoires en chêne sculpté, et dont les glaces sans tain[13] donnaient sur la rue de la Michodière. Cinq ou six femmes, vêtues de robes de soie, très coquettes avec leurs chignons frisés et leurs crinolines[14] rejetées en arrière, s'y agitaient en causant. Une, grande et mince, la tête trop longue, ayant une allure de cheval échappé, s'était adossée à une armoire, comme brisée déjà de fatigue.

– Madame Aurélie ? répéta Denise.

La vendeuse la regarda sans répondre, d'un air de dédain pour sa mise[15] pauvre, puis s'adressant à une de ses camarades, petite, d'une mauvaise chair blanche, avec une mine innocente et dégoûtée, elle demanda :

– Mademoiselle Vadon, savez-vous où est la première[16] ?

---

12. Désossée : ici, sotte, sans personnalité.
13. Glace sans tain : voir note 12 p. 18.
14. Crinolines : robes amples et bouffantes.
15. Mise : manière d'être habillée.
16. Première : chef de rayon.

Celle-là, qui était en train de ranger des rotondes[17] par ordre de taille, ne prit même pas la peine de lever la tête.

– Non, mademoiselle Prunaire, je n'en sais rien, dit-elle du bout des lèvres.

Un silence se fit. Denise restait immobile, et personne ne s'occupait plus d'elle. Pourtant, après avoir attendu un instant, elle s'enhardit jusqu'à poser une nouvelle question.

– Croyez-vous que Mme Aurélie reviendra bientôt ?

Alors, la seconde du rayon, une femme maigre et laide qu'elle n'avait pas vue, une veuve à la mâchoire saillante et aux cheveux durs, lui cria d'une armoire où elle vérifiait des étiquettes :

– Attendez, si c'est à Mme Aurélie en personne que vous désirez parler.

Et, questionnant une autre vendeuse, elle ajouta :

– Est-ce qu'elle n'est pas à la réception ?

– Non, madame Frédéric, je ne crois pas, répondit celle-ci. Elle n'a rien dit, elle ne peut pas être loin.

Denise, ainsi renseignée, demeura debout. Il y avait bien quelques chaises pour les clientes ; mais, comme on ne lui disait pas de s'asseoir, elle n'osa en prendre une, malgré le trouble qui lui cassait les jambes. Évidemment, ces demoiselles avaient flairé la vendeuse qui venait se présenter, et elles la dévisageaient, elles la déshabillaient du coin de l'œil, sans bienveillance, avec la sourde hostilité des gens à table qui n'aiment pas se serrer pour faire place aux faims du dehors. Son embarras grandit, elle traversa la pièce à

17. Rotondes : grandes capes.

petits pas et alla regarder dans la rue, afin de se donner une contenance. Juste devant elle, le *Vieil Elbeuf*, avec sa façade rouillée et ses vitrines mortes, lui parut si laid, si malheureux, vu ainsi du luxe et de la vie où elle se trouvait, qu'une sorte de remords acheva de lui serrer le cœur.

– Dites, chuchotait la grande Prunaire à la petite Vadon, avez-vous vu ses bottines ?

– Et la robe donc ! murmurait l'autre.

Les yeux toujours vers la rue, Denise se sentait mangée. Mais elle était sans colère, elle ne les avait trouvées belles ni l'une ni l'autre, pas plus la grande avec son chignon de cheveux roux tombant sur son cou de cheval, que la petite, avec son teint de lait tourné, qui amollissait sa face plate et comme sans os. Clara Prunaire, fille d'un sabotier des bois de Vivet, débauchée[18] par les valets de chambre au château de Mareuil, quand la comtesse la prenait pour les raccommodages, était venue plus tard d'un magasin de Langres[19], et se vengeait à Paris sur les hommes des coups de pied dont le père Prunaire lui bleuissait les reins. Marguerite Vadon, née à Grenoble où sa famille tenait un commerce de toiles, avait dû être expédiée au *Bonheur des Dames*, pour y cacher une faute, un enfant fait par hasard ; et si elle se conduisait très bien, elle devait retourner là-bas diriger la boutique de ses parents et épouser un cousin, qui l'attendait.

– Ah bien ! reprit à voix basse Clara, en voilà une qui ne pèsera pas lourd ici !

---

18. Débauchée : séduite.
19. Langres : ville de Haute-Marne.

Mais elles se turent, une femme d'environ quarante-cinq ans entrait. C'était Mme Aurélie, très forte, sanglée[20] dans sa robe de soie noire, dont le corsage, tendu sur la rondeur massive des épaules et de la gorge, luisait comme une armure. Elle avait, sous des bandeaux[21] sombres, de grands yeux immobiles, la bouche sévère, les joues larges et un peu tombantes ; et, dans sa majesté de première, son visage prenait l'enflure d'un masque empâté de César[22].

– Mademoiselle Vadon, dit-elle d'une voix irritée, vous n'avez donc pas remis hier à l'atelier[23] le modèle du manteau à taille ?

– Il y avait une retouche à faire, madame, répondit la vendeuse, et c'est Mme Frédéric qui l'a gardé.

Alors, la seconde tira le modèle d'une armoire, et l'explication continua. Tout pliait devant Mme Aurélie, quand elle croyait avoir à défendre son autorité. Très vaniteuse, au point de ne pas vouloir être appelée de son nom de Lhomme qui la vexait, et de renier la loge[24] de son père, dont elle parlait comme d'un tailleur en boutique, elle n'était bonne femme que pour les demoiselles souples et caressantes, tombant en admiration devant elle. Autrefois, dans l'atelier de confection qu'elle avait voulu monter à son compte, elle s'était aigrie[25], sans cesse traquée par la mauvaise chance, exaspérée de se sentir des épaules à

20. Sanglée : serrée.
21. Coiffure en bandeaux : coiffure qui sépare les cheveux au milieu du front, les ramenant sur les côtés du visage et couvrant ou non les oreilles.
22. César : titre porté par tous les empereurs romains en l'honneur de Jules César.
23. Atelier : au dernier étage du magasin, lieu où sont retouchés les vêtements vendus au rayon des confections.
24. Loge : logement du concierge à l'entrée d'un immeuble.
25. Elle s'était aigrie : elle était devenue irritable, méchante.

porter la fortune et de n'aboutir qu'à des catastrophes ; et, aujourd'hui encore, même après son succès au *Bonheur des Dames*, où elle gagnait douze mille francs par an, il semblait qu'elle gardât une rancune au monde, elle se montrait dure pour les débutantes, comme la vie s'était d'abord montrée dure pour elle.

– Assez de paroles ! finit-elle par dire sèchement, vous n'êtes pas plus raisonnable que les autres, madame Frédéric... Qu'on fasse la retouche tout de suite.

Pendant cette explication, Denise avait cessé de regarder dans la rue. Elle se doutait bien que cette dame était Mme Aurélie ; mais, inquiétée par les éclats de sa voix, elle restait debout, elle attendait toujours. Les vendeuses, enchantées d'avoir mis aux prises la première et la seconde du rayon[26], étaient retournées à leur besogne, d'un air de profonde indifférence. Quelques minutes se passèrent, personne n'avait la charité de tirer la jeune fille de sa gêne. Enfin, ce fut Mme Aurélie elle-même qui l'aperçut et qui, s'étonnant de la voir immobile, lui demanda ce qu'elle désirait.

– Madame Aurélie, je vous prie ?

– C'est moi.

Denise avait la bouche sèche, les mains froides, reprise d'une de ses anciennes peurs d'enfant, lorsqu'elle tremblait d'être fouettée. Elle bégaya sa demande, dut la recommencer pour la rendre intelligible[27]. Mme Aurélie la

---

26. D'avoir mis aux prises... du rayon : d'avoir provoqué une altercation entre Mme Aurélie et Mme Frédéric.
27. Intelligible : compréhensible.

regardait de ses grands yeux fixes, sans qu'un pli de son masque d'empereur daignât s'attendrir.

– Quel âge avez-vous donc ?

– Vingt ans, madame.

– Comment vingt ans ! mais vous n'en paraissez pas seize !

De nouveau, les vendeuses levaient la tête. Denise se hâta d'ajouter :

– Oh ! je suis très forte !

Mme Aurélie haussa ses larges épaules. Puis, elle déclara :

– Mon Dieu ! je veux bien vous inscrire. Nous inscrivons ce qui se présente... Mademoiselle Prunaire, donnez-moi le registre[28].

On ne le trouva pas tout de suite, il devait être entre les mains de l'inspecteur Jouve. Comme la grande Clara allait le chercher, Mouret arriva, toujours suivi de Bourdoncle. Ils achevaient le tour des comptoirs de l'entresol, ils avaient traversé les dentelles, les châles, les fourrures, l'ameublement, la lingerie, et ils finissaient par les confections. Mme Aurélie s'écarta, causa un moment avec eux d'une commande de paletots[29] qu'elle comptait faire chez un des gros entrepreneurs de Paris ; d'ordinaire, elle achetait directement et sous sa responsabilité ; mais, pour les achats importants, elle préférait consulter la direction. Ensuite, Bourdoncle lui conta la nouvelle négligence de son fils Albert[30], qui parut la désespérer : cet enfant la tuerait ;

28. Registre : cahier destiné à inscrire les candidatures.
29. Paletots : vêtements boutonnés par devant, à poches, généralement assez courts, que l'on porte sur les autres vêtements.
30. La nouvelle négligence de son fils Albert : Albert a fait partir une commande à une mauvaise adresse.

au moins, le père, s'il n'était pas fort, avait pour lui de la conduite. Toute cette dynastie des Lhomme, dont elle était le chef incontesté, lui donnait parfois bien du mal.

Cependant, Mouret, surpris de retrouver Denise, se pencha pour demander à Mme Aurélie ce que cette jeune fille faisait là ; et, quand la première eut répondu qu'elle se présentait comme vendeuse, Bourdoncle, avec son dédain de la femme, fut suffoqué de cette prétention[31].

– Allons donc ! murmura-t-il, c'est une plaisanterie ! Elle est trop laide.

– Le fait est qu'elle n'a rien de beau, dit Mouret, n'osant la défendre, bien que touché encore de son extase[32] en bas, devant l'étalage.

Mais on apportait le registre, et Mme Aurélie revint vers Denise. Celle-ci ne faisait décidément pas une bonne impression. Elle était très propre, dans sa mince robe de laine noire ; on ne s'arrêtait pas à cette pauvreté de la mise, car on fournissait l'uniforme, la robe de soie réglementaire ; seulement, elle paraissait bien chétive[33] et elle avait le visage triste. Sans exiger des filles belles, on les voulait agréables, pour la vente. Et, sous les regards de ces dames et de ces messieurs, qui l'étudiaient, qui la pesaient, comme une jument que des paysans marchandent à la foire, Denise achevait de perdre contenance[34].

– Votre nom ? demanda la première, la plume à la main, prête à écrire sur le bout d'un comptoir.

---

31. Prétention : volonté, exigence.
32. Extase : très forte admiration.
33. Chétive : mince.
34. Perdre contenance : perdre toute assurance.

– Denise Baudu, madame.

– Votre âge ?

– Vingt ans et quatre mois.

Et elle répéta, en se hasardant à lever les yeux sur Mouret, sur ce prétendu chef de rayon qu'elle rencontrait toujours, et dont la présence la troublait :

– Je n'en ai pas l'air, mais je suis très solide.

On sourit. Bourdoncle regardait ses ongles avec impatience. La phrase d'ailleurs tomba au milieu d'un silence décourageant.

– Dans quelle maison avez-vous été, à Paris ? reprit la première.

– Mais, madame, j'arrive de Valognes.

Ce fut un nouveau désastre. D'ordinaire, le *Bonheur des Dames* exigeait de ses vendeuses un stage d'un an dans une des petites maisons de Paris. Denise alors désespéra ; et, sans la pensée des enfants[35], elle serait partie pour mettre fin à cet interrogatoire inutile.

– Où étiez-vous à Valognes ?

– Chez Cornaille.

– Je le connais, bonne maison, laissa échapper Mouret.

Jamais d'habitude, il n'intervenait dans cet embauchage des employés, les chefs de rayon ayant la responsabilité de leur personnel. Mais, avec son sens délicat de la femme, il sentait chez cette jeune fille un charme caché, une force de grâce et de tendresse, ignorée d'elle-même. La bonne renommée[36] de la maison de début était d'un grand poids ;

35. Enfants : c'est ainsi que Denise désigne ses frères.
36. Renommée : réputation.

souvent, elle décidait de l'acceptation. Mme Aurélie continua d'une voix plus douce :

– Et pourquoi êtes-vous sortie de chez Cornaille ?

– Des raisons de famille, répondit Denise en rougissant. Nous avons perdu nos parents, j'ai dû suivre mes frères... D'ailleurs, voici un certificat.

Il était excellent. Elle recommençait à espérer, quand une dernière question la gêna.

– Avez-vous d'autres références à Paris ?... Où demeurez-vous ?

– Chez mon oncle, murmura-t-elle, hésitant à le nommer, craignant qu'on ne voulût jamais de la nièce d'un concurrent. Chez mon oncle Baudu, là, en face.

Du coup, Mouret intervint une seconde fois.

– Comment, vous êtes la nièce de Baudu !... Est-ce que c'est Baudu qui vous envoie ?

– Oh ! non, monsieur !

Et elle ne put s'empêcher de rire, tant l'idée lui parut singulière. Ce fut une transfiguration[37]. Elle restait rose, et le sourire, sur sa bouche un peu grande, était comme un épanouissement du visage entier. Ses yeux gris prirent une flamme tendre, ses joues se creusèrent d'adorables fossettes, ses pâles cheveux eux-mêmes semblèrent voler, dans la gaieté bonne et courageuse de tout son être.

– Mais elle est jolie ! dit tout bas Mouret à Bourdoncle.

L'intéressé refusa d'en convenir, d'un geste d'ennui. Clara avait pincé les lèvres, tandis que Marguerite tournait le dos.

---

37. Transfiguration : transformation.

Seule, Mme Aurélie approuva Mouret de la tête, quand il reprit :

– Votre oncle a eu tort de ne pas vous amener, sa recommandation suffisait... On prétend qu'il nous en veut. Nous sommes d'esprit plus large, et s'il ne peut occuper sa nièce dans sa maison, eh bien ! nous lui montrerons que sa nièce n'a eu qu'à frapper chez nous pour être accueillie... Répétez-lui que je l'aime toujours beaucoup, qu'il doit s'en prendre, non pas à moi, mais aux nouvelles conditions du commerce. Et dites-lui qu'il achèvera de se couler[38], s'il s'entête dans un tas de vieilleries ridicules.

Denise redevint toute blanche. C'était Mouret. Personne n'avait dit son nom, mais il se désignait lui-même et elle le devinait maintenant, elle comprenait pourquoi ce jeune homme lui avait causé une telle émotion, dans la rue, au rayon des soieries, à présent encore. Cette émotion, où elle ne pouvait lire, pesait de plus en plus sur son cœur, comme un poids trop lourd. Toutes les histoires contées par son oncle, revenaient à sa mémoire, grandissant Mouret, l'entourant d'une légende, faisant de lui le maître de la terrible machine, qui depuis le matin la tenait dans les dents de fer de ses engrenages. Et, derrière sa jolie tête, à la barbe soignée, aux yeux couleur de vieil or, elle voyait la femme morte, cette Mme Hédouin, dont le sang avait scellé les pierres de la maison. Alors, elle fut reprise du froid de la veille, elle crut qu'elle avait simplement peur de lui.

38. Se couler : aller à sa perte, se détruire.

Mme Aurélie, cependant, fermait le registre. Il lui fallait une seule vendeuse, et il y avait déjà dix demandes inscrites. Mais elle était trop désireuse d'être agréable au patron pour hésiter. La demande toutefois suivrait son cours, l'inspecteur Jouve irait aux renseignements, ferait son rapport, et la première prendrait une décision.

– C'est bien, mademoiselle, dit-elle majestueusement, pour réserver son autorité. On vous écrira.

[...]

Extraits du chapitre II.

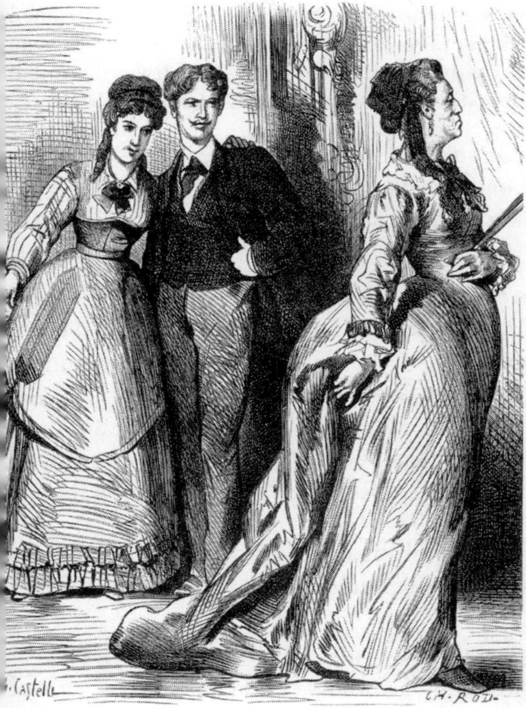

Illustration du roman *Au Bonheur des Dames* d'Émile Zola. Éditions Fasquelle, 1906.

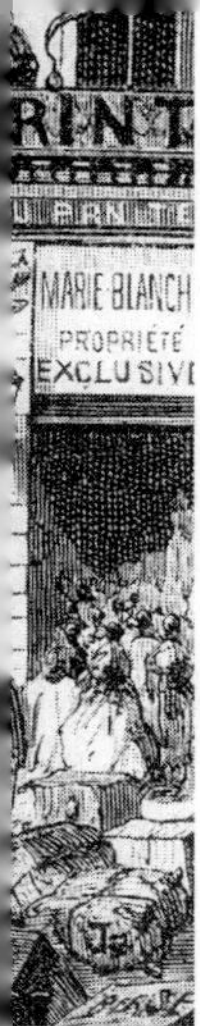

QUESTIONS SUR LE TEXTE 2

AI-JE BIEN LU ?

1 Dans quel lieu les événements se déroulent-ils ?

2 **a.** Qui est Mme Aurélie? Pourquoi Denise la rencontre-t-elle ?

b. Denise fait-elle bonne impression ?

3 Quel personnage la fascine ? S'intéresse-t-il à elle ?

J'ANALYSE LE TEXTE

Les vendeurs du *Bonheur des Dames*

En tant que **romancier naturaliste** (voir p. 7), Zola assigne au roman une fonction documentaire. Après avoir mené l'enquête auprès de grands magasins, il présente un tableau réaliste de la vie d'un grand magasin et des conditions de travail des vendeurs.

— Les vendeurs des soieries

4 **a.** Qui sont les vendeurs des soieries ?

b. Que faisait Hutin à l'arrivée de Mouret ? Comment construit-il ses étalages ?

— Les vendeuses de la confection

5 **a.** Retracez l'histoire d'Aurélie Lhomme avant qu'elle n'entre au *Bonheur des Dames*.

b. Quelles relations a-t-elle avec les autres employées ? Et avec Octave Mouret ?

c. Relevez les termes qui caractérisent Mme Aurélie au physique. Quelle métaphore le narrateur utilise-t-il pour la qualifier (l. 205-211 et 253-257) ?

6 Indiquez l'identité des autres vendeuses, leur fonction, leurs caractéristiques physiques et leur origine.

Le parcours de Denise

7 Quels sentiments Denise éprouve-t-elle hors du magasin et une fois qu'elle y est entrée ?

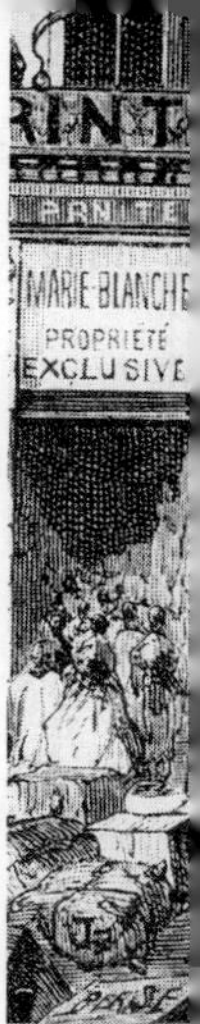

8 **a.** Quelle impression Denise produit-elle sur Hutin, les vendeuses, Bourdoncle ? Citez des termes précis.
b. Quels termes traduisent son état intérieur : quand elle attend Mme Aurélie (l. 176-181) ? face aux moqueries des vendeuses (l. 185-190) ? face à Mme Aurélie (l. 250-253) ?

9 Quel appui inattendu reçoit-elle de Hutin puis de Mouret ? De quelle façon ? Citez le texte.

10 **a.** Combien de fois Denise rencontre-t-elle Mouret ?
b. À quel moment comprend-elle à qui elle a affaire ? Mouret correspond-il au personnage dont son oncle lui a fait le portrait ?
c. Quels termes expriment le trouble de la jeune fille lorsqu'elle est face à lui ? Quelle image l'assaille à la fin du chapitre (l. 381-386) ?

Le personnage de Mouret

— Un patron dynamique

11 **a.** Dans quelles circonstances Mouret fait-il son entrée en scène dans le roman ?
b. À travers le point de vue de quel personnage est-il décrit (l. 23-32) ?
c. Relevez ses traits physiques. Apparaît-il comme séduisant ?

12 Quels indices montrent qu'il est le patron ?

13 À quel moment témoigne-t-il de ses talents d'étalagiste ? De quelle audace novatrice fait-il preuve ?

— Mouret et Denise

14 **a.** Quand Denise s'arrête devant l'étalage des soies, quel sentiment Mouret éprouve-t-il devant la réaction de la jeune fille (l. 97-99) ?
b. Comment réagit-il face au jugement négatif de Bourdoncle (l. 290-292) ?
c. Quel regard Mouret porte-t-il sur Denise ? À quel moment la voit-il différemment ?

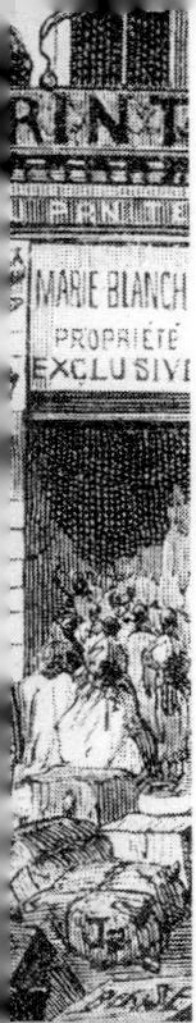

15 Quelle hypothèse le lecteur peut-il émettre sur l'évolution des sentiments entre Denise et Mouret ?

J'ÉTUDIE LA LANGUE

— Grammaire : les verbes pronominaux

Les verbes pronominaux se conjuguent avec deux pronoms de la même personne. Ex. : *Je me regarde dans la glace.*

16 **a.** Dans les lignes 99-104, relevez les verbes pronominaux.
b. Conjuguez-les au passé composé, à la troisième personne du singulier au féminin. Attention aux accords !

— Vocabulaire : autour du mot « rayon »

Le mot « **rayon** » vient du latin *radius*.

17 Expliquez le sens du mot « rayon » dans les phrases suivantes.
a. Le navire est guidé par le rayon lumineux du phare.
b. Cet enfant est un vrai rayon de soleil.
c. Certaines maladies sont traitées par des rayons.
d. Un rayon de mon vélo est cassé.
e. Pour calculer la superficie d'un cercle, on a besoin d'en connaître le rayon.
f. L'apiculteur montre aux enfants les rayons de la ruche.
g. J'ai rangé les livres sur les rayons de ma bibliothèque.

18 Complétez les phrases suivantes par un mot de la famille de « rayon ».
a. Après son succès, cette sportive est .... de joie.
b. Tous les matins j'écoute la ....
c. Marie Curie a découvert le ....
d. Il fait trop froid, j'ai acheté un .... électrique.
e. Un .... soleil de printemps illumine le ciel.

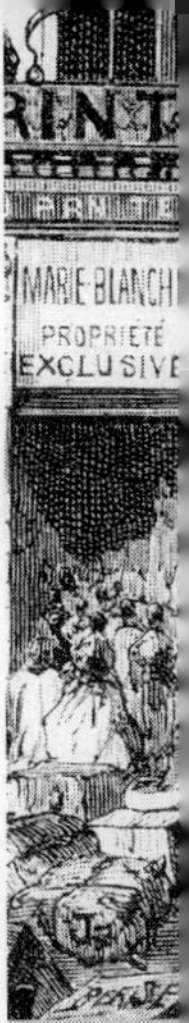

J'ÉCRIS

Écrire un dialogue

19 Rentrée chez son oncle, Denise répond à ses questions concernant le *Bonheur des Dames*.

CONSIGNES D'ÉCRITURE
- Rédigez le dialogue entre la jeune fille et Baudu en tenant compte du caractère et des opinions de chacun des deux personnages.
- Introduisez quelques passages narratifs.

LE SAVIEZ-VOUS ?

Les conditions d'embauche dans un grand magasin au XIXe siècle

*Voici un extrait du dossier préparatoire d'*Au Bonheur des Dames *(notes prises par Zola sur les conditions d'embauche). Zola a interrogé le chef de rayon du* Bon Marché *:*

« Un vendeur (ou une vendeuse) vient se présenter au premier. Celui-ci regarde son physique, sa tenue, s'il est propre et agréable. Il faut des références. Il demande la maison du début et la cause du départ. Or, il existe à chaque comptoir, un livre de renseignements, où l'on inscrit le nom, l'âge, le lieu de naissance, la cause de départ, le domicile. Puis on dit : "Je vous écrirai", ou bien : "Repassez". Ensuite, toutes ces notes sont inscrites sur le livre de renseignements généraux. Souvent, sur dix demandes, il y a une seule place à donner. Alors, au choix, c'est souvent l'âge, ou le physique, ou la maison de début qui ne plaît pas. L'affaire passe ensuite à un inspecteur qui est chargé des renseignements. Il va faire son enquête, rapporte les renseignements, les inscrit. Enfin, le premier consulte tout cela, et se décide. Au *Bon Marché*, on ne prend pas un vendeur s'il n'a pas fait un an à Paris. Pourtant, les protections peuvent décider d'une exception, surtout pour les femmes qui viennent de la province. »

TEXTE 3 LE THÉ CHEZ MADAME DESFORGES

« La clientèle, mais la voilà ! »

Chapitre III

Comme tous les samedis, ce samedi 8 octobre, Henriette Desforges, une riche veuve, âgée de trente-cinq ans, maîtresse de Mouret, reçoit ses amis à l'heure du thé. Les femmes présentes sont toutes clientes du Bonheur des Dames, *elles viennent d'ailleurs d'y faire des achats. Ce jour-là, Henriette a invité le baron Hartmann (largement inspiré du baron Haussmann, voir « Ai-je bien lu ? »), directeur de la banque le Crédit Immobilier pour le présenter à Mouret.*

[...]

– Par ici, mon cher baron, disait Mme Desforges. Je vous présente M. Octave Mouret, qui a le plus vif désir de vous témoigner sa grande admiration.

Et, se tournant vers Octave, elle ajouta :

– M. le baron Hartmann.

Un sourire pinçait finement les lèvres du vieillard. C'était un homme petit et vigoureux, à grosse tête alsacienne, et dont la face épaisse s'éclairait d'une flamme d'intelligence, au moindre pli de la bouche, au plus léger clignement des paupières. Depuis quinze jours, il résistait au désir d'Henriette, qui lui demandait cette entrevue ; non pas qu'il éprouvât une jalousie exagérée[1], résigné

1. **Une jalousie exagérée :** le baron a été l'amant d'Henriette.

en homme d'esprit à son rôle de père[2] ; mais parce que c'était le troisième ami dont Henriette lui faisait faire la connaissance, et qu'à la longue, il craignait un peu le ridicule. Aussi, en abordant Octave, avait-il le rire discret d'un protecteur riche, qui, s'il veut bien se montrer charmant, ne consent pas à être dupe[3].

– Oh ! monsieur, disait Mouret avec son enthousiasme de Provençal[4], la dernière opération du Crédit Immobilier a été si étonnante ! Vous ne sauriez croire combien je suis heureux et fier de vous serrer la main.

– Trop aimable, monsieur, trop aimable, répétait le baron toujours souriant.

Henriette les regardait de ses yeux clairs, sans un embarras. Elle restait entre les deux, levait sa jolie tête, allait de l'un à l'autre ; et, dans sa robe de dentelle qui découvrait ses poignets et son cou délicats, elle avait un air ravi, à les voir si bien d'accord.

– Messieurs, finit-elle par dire, je vous laisse causer.

Puis, se tournant vers Paul[5], qui s'était mis debout, elle ajouta :

– Voulez-vous une tasse de thé, monsieur de Vallagnosc ?

– Volontiers, madame.

Et tous deux rentrèrent dans le salon.

Lorsque Mouret eut repris sa place sur le canapé, près du baron Hartmann, il se répandit en nouveaux éloges à

2. À son rôle de père : âgé d'une soixantaine d'années, il s'est fait à l'idée de tenir désormais un rôle de père protecteur à l'égard d'Henriette.
3. Dupe : que l'on trompe facilement.
4. Provençal : Mouret est né à Plassans, ville fictive que Zola place non loin de Marseille.
5. Paul de Vallagnosc : ami d'enfance de Mouret que ce dernier a eu la surprise de retrouver chez Henriette.

propos des opérations du Crédit Immobilier. Puis, il attaqua le sujet, qui lui tenait au cœur, il parla de la nouvelle voie, du prolongement de la rue Réaumur, dont on allait ouvrir une section, sous le nom de rue du Dix-Décembre, entre la place de la Bourse et la place de l'Opéra[6]. L'utilité publique[7] était déclarée depuis dix-huit mois, le jury d'expropriation[8] venait d'être nommé, tout le quartier se passionnait pour cette trouée énorme, s'inquiétant de l'époque des travaux, s'intéressant aux maisons condamnées. Il y avait près de trois ans que Mouret attendait ces travaux, d'abord dans la prévision d'un mouvement plus actif des affaires, ensuite avec des ambitions d'agrandissement, qu'il n'osait avouer tout haut, tant son rêve s'élargissait. Comme la rue du Dix-Décembre devait couper la rue de Choiseul et la rue de la Michodière, il voyait le *Bonheur des Dames* envahir tout le pâté entouré par ces rues et la rue Neuve-Saint-Augustin, il l'imaginait déjà avec une façade de palais sur la voie nouvelle, dominateur, maître de la ville conquise. Et de là était né son vif désir de connaître le baron Hartmann, lorsqu'il avait appris que le Crédit Immobilier, par un traité passé avec l'administration, prenait l'engagement de percer et d'établir la rue du Dix-Décembre, à la condition qu'on lui abandonnerait la propriété des terrains en bordure. [...]

Enfin, il arriva au point délicat. Il avait su que le Crédit Immobilier faisait, secrètement, acheter les maisons du

---

6. Places de la Bourse et de l'Opéra : voir le plan, p. 17.
7. Déclaration d'utilité publique : une déclaration officielle de l'autorité publique reconnaît que les travaux prévus vont être utiles soit au public, soit à un service public.
8. Jury d'expropriation : jury spécial, de 1841 à 1936, composé de propriétaires et chargé de fixer le montant de l'indemnité versée au propriétaire touché par l'expropriation, en cas de désaccord de celui-ci avec l'offre de l'administration.

pâté où se trouvait le *Bonheur des Dames*, non seulement celles qui devaient tomber sous la pioche des démolisseurs, mais encore les autres, celles qui allaient rester debout. Et il flairait là le projet de quelque établissement futur, il était très inquiet pour les agrandissements dont il élargissait le rêve, pris de peur à l'idée de se heurter un jour contre une société puissante, propriétaire d'immeubles qu'elle ne lâcherait certainement pas. C'était même cette peur qui l'avait décidé à mettre au plus tôt un lien entre le baron et lui, le lien aimable d'une femme, si étroit entre les hommes de nature galante[9]. Sans doute, il aurait pu voir le financier[10] dans son cabinet, pour causer à l'aise de la grosse affaire qu'il voulait lui proposer. Mais il se sentait plus fort chez Henriette, il savait combien la possession commune d'une maîtresse rapproche et attendrit. Être tous les deux chez elle, dans son parfum aimé, l'avoir là prête à les convaincre d'un sourire, lui semblait une certitude de succès.

– N'avez-vous pas acheté l'ancien hôtel Duvillard, cette vieille bâtisse qui me touche[11] ? finit-il par demander brusquement.

Le baron Hartmann eut une courte hésitation, puis il nia. Mais, le regardant en face, Mouret se mit à rire ; et il joua dès lors le rôle d'un bon jeune homme, le cœur sur la main[12], rond en affaires[13].

---

9. De nature galante : qui aiment séduire les femmes.
10. Financier : banquier.
11. Qui me touche : qui est voisine du *Bonheur des Dames*.
12. Le cœur sur la main : d'une grande générosité.
13. Rond en affaires : qui agit avec franchise et simplicité, sans détours.

– Tenez ! monsieur le baron, puisque j'ai l'honneur inespéré de vous rencontrer, il faut que je me confesse. Oh ! je ne vous demande pas vos secrets. Seulement, je vais vous confier les miens, persuadé que je ne saurais les placer en des mains plus sages… D'ailleurs, j'ai besoin de vos conseils, il y a longtemps que je n'osais vous aller voir.

Il se confessa en effet, il raconta ses débuts, il ne cacha même pas la crise financière qu'il traversait, au milieu de son triomphe. Tout défila, les agrandissements successifs, les gains[14] remis continuellement dans l'affaire, les sommes apportées par ses employés, la maison risquant son existence à chaque mise en vente nouvelle, où le capital[15] entier était joué comme sur un coup de cartes. Pourtant, ce n'était pas de l'argent qu'il demandait, car il avait en sa clientèle une foi de fanatique. Son ambition devenait plus haute, il proposait au baron une association, dans laquelle le Crédit Immobilier apporterait le palais colossal qu'il voyait en rêve, tandis que lui, pour sa part, donnerait son génie et le fonds de commerce déjà créé. On estimerait les apports, rien ne lui paraissait d'une réalisation plus facile.

– Qu'allez-vous faire de vos terrains et de vos immeubles ? demandait-il avec insistance. Vous avez une idée, sans doute. Mais je suis bien certain que votre idée ne vaut pas la mienne. Songez à cela. Nous bâtissons sur les terrains une galerie de vente, nous démolissons ou nous aménageons les immeubles, et nous ouvrons les magasins les plus vastes de Paris, un bazar qui fera des millions.

---

14. Gains : bénéfices.
15. Capital : moyens financiers dont dispose une entreprise.

Et il laissa échapper ce cri du cœur :

– Ah ! si je pouvais me passer de vous !... Mais vous tenez tout, maintenant. Et puis, je n'aurais jamais les avances[16] nécessaires... Voyons, il faut nous entendre, ce serait un meurtre.

– Comme vous y allez, cher monsieur ! se contenta de répondre le baron Hartmann. Quelle imagination !

Il hochait la tête, il continuait de sourire, décidé à ne pas rendre confidence pour confidence. Le projet du Crédit Immobilier était de créer, sur la rue du Dix-Décembre, une concurrence au Grand-Hôtel, un établissement luxueux, dont la situation centrale attirerait les étrangers. [...] malgré sa passion de l'activité, qui lui faisait ouvrir sa bourse à tous les garçons d'intelligence et de courage, le coup de génie commercial de Mouret l'étonnait plus qu'il ne le séduisait. N'était-ce pas une opération fantaisiste et imprudente, ce magasin gigantesque ? Ne risquait-on pas une catastrophe certaine, à vouloir élargir ainsi hors de toute mesure le commerce des nouveautés ? Enfin, il ne croyait pas, il refusait.

– Sans doute, l'idée peut séduire, disait-il. Seulement, elle est d'un poète... Où prendriez-vous la clientèle pour emplir pareille cathédrale ?

Mouret le regarda un moment en silence, comme stupéfait de son refus. Était-ce possible ? un homme d'un tel flair, qui sentait l'argent à toutes les profondeurs ! Et, tout d'un coup, il eut un geste de grande éloquence[17], il montra ces dames dans le salon, en criant :

---

16. Avances : Mouret a besoin qu'on lui avance de l'argent.
17. Geste de grande éloquence : ici, qui présente un caractère plein de persuasion.

– La clientèle, mais la voilà !

Le soleil pâlissait, la poussière d'or rouge n'était plus qu'une lueur blonde, dont l'adieu se mourait dans la soie des tentures et les panneaux des meubles. À cette approche du crépuscule, une intimité noyait la grande pièce d'une tiède douceur. Tandis que M. de Boves et Paul de Vallagnosc causaient devant une des fenêtres, les yeux perdus au loin sur le jardin, ces dames s'étaient rapprochées, faisaient là, au milieu, un étroit cercle de jupes, d'où montaient des rires, des paroles chuchotées, des questions et des réponses ardentes, toute la passion de la femme pour la dépense et le chiffon[18]. Elles causaient toilette[19], Mme de Boves racontait une robe de bal.

– D'abord, un transparent[20] de soie mauve, et puis, là-dessus, des volants[21] de vieil Alençon*, haut de trente centimètres...

– Oh ! s'il est permis ! interrompait Mme Marty. Il y a des femmes heureuses !

Le baron Hartmann, qui avait suivi le geste de Mouret, regardait ces dames, par la porte restée grande ouverte. Et il les écoutait d'une oreille, pendant que le jeune homme, enflammé du désir de le convaincre, se livrait davantage, lui expliquait le mécanisme du nouveau commerce des nouveautés. Ce commerce était basé maintenant sur le renouvellement continu et rapide du capital, qu'il s'agissait de faire passer en marchandises le plus de fois

18. Chiffon : les vêtements, les tissus.
19. Toilette : habillement.
20. Transparent : vêtement destiné à être vu par transparence sous un voile de gaze ou sous une dentelle.
21. Volant : bande de tissu froncé cousu en garniture.

possible, dans la même année. Ainsi, cette année-là, son capital, qui était seulement de cinq cent mille francs, venait de passer quatre fois[22] et avait ainsi produit deux millions d'affaires[23]. Une misère, d'ailleurs, qu'on décuplerait, car il se disait certain de faire plus tard reparaître le capital quinze et vingt fois, dans certains comptoirs.

– Vous entendez, monsieur le baron, toute la mécanique est là. C'est bien simple, mais il fallait le trouver. Nous n'avons pas besoin d'un gros roulement de fonds[24]. Notre effort unique est de nous débarrasser très vite de la marchandise achetée, pour la remplacer par d'autre, ce qui fait rendre au capital autant de fois son intérêt. De cette manière, nous pouvons nous contenter d'un petit bénéfice ; [...] seulement, cela finira par faire des millions, lorsqu'on opérera sur des quantités de marchandises considérables et sans cesse renouvelées... Vous suivez, n'est-ce pas ? rien de plus clair.

Le baron hocha de nouveau la tête. Lui, qui avait accueilli les combinaisons les plus hardies, et dont on citait encore les témérités, lors des premiers essais de l'éclairage au gaz, restait inquiet et têtu.

– J'entends bien, répondit-il. Vous vendez bon marché pour vendre beaucoup, et vous vendez beaucoup pour vendre bon marché... Seulement, il faut vendre, et j'en reviens à ma question : à qui vendrez-vous ? comment espérez-vous entretenir une vente aussi colossale ?

---

22. Venait de passer quatre fois : le capital a quadruplé.
23. Affaires : chiffre d'affaires, c'est-à-dire le montant des ventes réalisées par une entreprise dans un temps donné.
24. Roulement de fonds : circulation des sommes d'argent mises en jeu.

Un éclat brusque de voix, venu du salon, coupa les explications de Mouret. C'était Mme Guibal qui aurait préféré les volants de vieil Alençon* en tablier seulement.

– Mais, ma chère, disait Mme de Boves, le tablier en était couvert aussi. Jamais je n'ai rien vu de plus riche.

– Tiens ! vous me donnez une idée, reprenait Mme Desforges. J'ai déjà quelques mètres d'Alençon... Il faut que j'en cherche pour une garniture.

Et les voix tombèrent, ne furent plus qu'un murmure. Des chiffres sonnaient, tout un marchandage fouettait les désirs, ces dames achetaient des dentelles à pleines mains.

– Eh ! dit enfin Mouret, quand il put parler, on vend ce qu'on veut, lorsqu'on sait vendre ! Notre triomphe est là.

Alors, avec sa verve[25] provençale, en phrases chaudes qui évoquaient les images, il montra le nouveau commerce à l'œuvre. Ce fut d'abord la puissance décuplée de l'entassement, toutes les marchandises accumulées sur un point, se soutenant et se poussant ; jamais de chômage ; toujours l'article de la saison était là ; et, de comptoir en comptoir, la cliente se trouvait prise, achetait ici l'étoffe, plus loin le fil, ailleurs le manteau, s'habillait, puis tombait dans des rencontres imprévues, cédait au besoin de l'inutile et du joli. Ensuite, il célébra la marque[26] en chiffres connus. La grande révolution des nouveautés partait de cette trouvaille. [...] Maintenant, la concurrence avait lieu sous les yeux mêmes du public, une promenade

25. Verve : qualité d'une personne qui s'exprime brillamment et facilement oralement ou par écrit.
26. Marque : affichage d'un prix fixe ; auparavant, le client marchandait le prix de chaque article.

aux étalages établissait les prix, chaque magasin baissait, se contentait du plus léger bénéfice possible ; aucune tricherie, pas de coup de fortune longtemps médité sur un tissu vendu le double de sa valeur [...]. N'était-ce pas une création étonnante ? Elle bouleversait le marché, elle transformait Paris, car elle était faite de la chair et du sang de la femme.

– J'ai la femme, je me fiche du reste ! dit-il dans un aveu brutal, que la passion lui arracha.

À ce cri, le baron Hartmann parut ébranlé. Son sourire perdait sa pointe ironique, il regardait le jeune homme, gagné peu à peu par sa foi, prit pour lui d'un commencement de tendresse.

– Chut ! murmura-t-il paternellement, elles vont vous entendre.

Mais ces dames parlaient maintenant toutes à la fois, tellement excitées, qu'elles ne s'écoutaient même plus entre elles. Mme de Boves achevait la description de la toilette de soirée : une tunique de soie mauve, drapée et retenue par des nœuds de dentelle ; le corsage décolleté très bas, et encore des nœuds de dentelle aux épaules.

– Vous verrez, disait-elle, je me fais faire un corsage pareil avec un satin*...

– Moi, interrompait Mme Bourdelais, j'ai voulu du velours, oh ! une occasion !

Mme Marty demandait :

– Hein ? combien la soie ?

Puis, toutes les voix repartirent ensemble. Mme Guibal, Henriette, Blanche, mesuraient, coupaient, gâchaient.

C'était un saccage[27] d'étoffes, la mise au pillage des magasins, un appétit de luxe qui se répandait en toilettes jalousées et rêvées, un bonheur tel à être dans le chiffon, qu'elles y vivaient enfoncées, ainsi que dans l'air tiède nécessaire à leur existence.

Mouret, cependant, avait jeté un coup d'œil vers le salon. Et, en quelques phrases dites à l'oreille du baron Hartmann, comme s'il lui eût fait de ces confidences amoureuses qui se risquent parfois entre hommes, il acheva d'expliquer le mécanisme du grand commerce moderne. Alors, plus haut que les faits déjà donnés, au sommet, apparut l'exploitation[28] de la femme. Tout y aboutissait, le capital sans cesse renouvelé, le système de l'entassement des marchandises, le bon marché qui attire, la marque en chiffres connus qui tranquillise. C'était la femme que les magasins se disputaient par la concurrence, la femme qu'ils prenaient au continuel piège de leurs occasions, après l'avoir étourdie devant leurs étalages. Ils avaient éveillé dans sa chair de nouveaux désirs, ils étaient une tentation immense, où elle succombait[29] fatalement, cédant d'abord à des achats de bonne ménagère, puis gagnée par la coquetterie, puis dévorée. En décuplant la vente, en démocratisant[30] le luxe, ils devenaient un terrible agent de dépense, ravageaient les ménages, travaillaient au coup de folie de la mode, toujours plus chère. Et si, chez eux, la femme était reine,

27. Saccage : amas confus.
28. Exploitation : action de tirer parti en vue d'un profit.
29. Succombait : cédait, était vaincue.
30. Démocratisant : donnant accès au plus grand nombre.

adulée[31] et flattée dans ses faiblesses, entourée de prévenances[32], elle y régnait en reine amoureuse, dont les sujets trafiquent, et qui paye d'une goutte de son sang chacun de ses caprices. [...]

– Ayez donc les femmes, dit-il tout bas au baron, en riant d'un rire hardi, vous vendrez le monde !

Maintenant, le baron comprenait. Quelques phrases avaient suffi, [...] il finissait par admirer l'inventeur de cette mécanique à manger les femmes. C'était très fort. [...]

– Vous savez qu'elles se rattraperont.

Mais Mouret haussa les épaules, dans un mouvement d'écrasant dédain[33]. Toutes lui appartenaient, étaient sa chose, et il n'était à aucune. Quand il aurait tiré d'elles sa fortune et son plaisir, il les jetterait en tas à la borne[34], pour ceux qui pourraient encore y trouver leur vie. C'était un dédain raisonné de méridional[35] et de spéculateur[36].

– Eh bien ! cher monsieur, demanda-t-il pour conclure, voulez-vous être avec moi ? L'affaire des terrains vous semble-t-elle possible ?

Le baron, à demi conquis, hésitait pourtant à s'engager de la sorte. Un doute restait au fond du charme qui opérait peu à peu sur lui. Il allait répondre d'une façon évasive[37], lorsqu'un appel pressant de ces dames lui évita cette peine. Des voix répétaient, au milieu de légers rires :

---

31. Adulée : fêtée.
32. Prévenances : attentions, témoignages de gentillesse.
33. Dédain : mépris.
34. Jeter à la borne : se débarrasser sans ménagement, jeter dans la rue.
35. Dédain raisonné de méridional : énoncé d'un préjugé qui fait d'un homme venu du Sud de la France quelqu'un qui méprise les femmes.
36. Spéculateur : qui fait des opérations financières pour réaliser de gros profits.
37. Évasive : vague, imprécise.

– Monsieur Mouret ! monsieur Mouret !

Et comme celui-ci, contrarié d'être interrompu, feignait de ne pas entendre, Mme de Boves, debout depuis un moment, vint jusqu'à la porte du petit salon.

– On vous réclame, monsieur Mouret… Ce n'est guère galant de vous enterrer dans les coins pour causer d'affaires.

Alors, il se décida, et avec une bonne grâce apparente, un air de ravissement[38], dont le baron fut émerveillé. Tous deux se levèrent, passèrent dans le grand salon.

– Mais je suis à votre disposition, mesdames, dit-il en entrant, le sourire aux lèvres.

Un brouhaha de triomphe l'accueillit. Il dut s'avancer davantage, ces dames lui firent place au milieu d'elles. Le soleil venait de se coucher derrière les arbres du jardin, le jour tombait, une ombre fine noyait peu à peu la vaste pièce. C'était l'heure attendrie du crépuscule, cette minute de discrète volupté[39], dans les appartements parisiens, entre la clarté de la rue qui se meurt et les lampes qu'on allume encore à l'office. M. de Boves et Vallagnosc, toujours debout devant la fenêtre, jetaient sur le tapis une nappe d'ombre ; tandis que, immobile dans le dernier coup de lumière qui venait de l'autre fenêtre, M. Marty, entré discrètement depuis quelques minutes, mettait son profil pauvre, une redingote[40] étriquée[41] et propre, un visage blêmi[42] par le professorat[43], et que la conversation de ces dames sur la toilette achevait de bouleverser.

---

38. Ravissement : grande joie.
39. Volupté : plaisir des sens.
40. Redingote : longue veste croisée.
41. Étriquée : trop étroite.
42. Blêmi : pâli.
43. Professorat : M. Marty est un professeur peu fortu

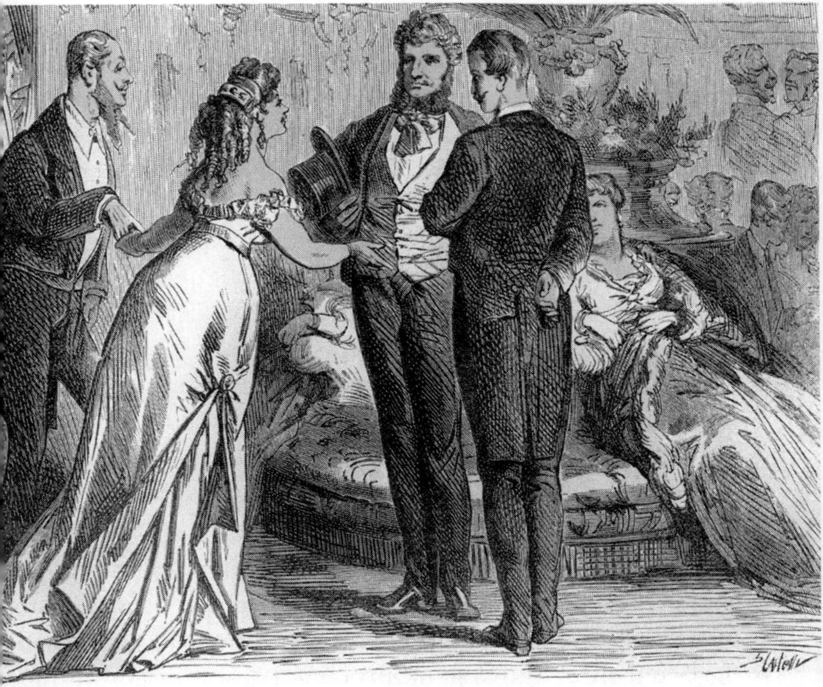

Illustration du roman *Au Bonheur des Dames* d'Émile Zola. Éditions Fasquelle, 1906.

– Est-ce toujours pour lundi prochain, cette mise en vente ? demandait justement Mme Marty.

– Mais, sans doute, madame, répondit Mouret d'une voix de flûte[44], une voix d'acteur qu'il prenait, quand il parlait aux femmes.

44. Voix de flûte : qui sonne agréablement, comme une flûte.

Henriette alors intervint.

– Vous savez, nous irons toutes… On dit que vous préparez des merveilles.

– Oh ! des merveilles ! murmura-t-il d'un air de fatuité[45] modeste, je tâche simplement d'être digne de vos suffrages[46].

Mais elles le pressaient de questions. Mme Bourdelais, Mme Guibal, Blanche[47] elle-même, voulaient savoir.

– Voyons, donnez-nous des détails, répétait Mme de Boves avec insistance. Vous nous faites mourir.

Et elles l'entouraient, lorsque Henriette remarqua qu'il n'avait seulement pas pris une tasse de thé. Alors, ce fut une désolation ; quatre d'entre elles se mirent à le servir, mais à la condition qu'il répondrait ensuite. Henriette versait, Mme Marty tenait la tasse, pendant que Mme de Boves et Mme Bourdelais se disputaient l'honneur de le sucrer. Puis, quand il eut refusé de s'asseoir, et qu'il commença à boire son thé lentement, debout au milieu d'elles, toutes se rapprochèrent, l'emprisonnèrent du cercle étroit de leurs jupes. La tête levée, les regards luisants, elles lui souriaient.

– Votre soie, votre Paris-Bonheur[48], dont tous les journaux parlent ? reprit Mme Marty, impatiente.

– Oh ! répondit-il, un article extraordinaire, une faille* à gros grain, souple, solide… Vous la verrez, mesdames.

---

45. Fatuité : satisfaction excessive.
46. Suffrages : choix, approbations.
47. Blanche : fille de Mme de Boves.
48. Soie Paris-Bonheur : Mouret utilise déjà une technique publicitaire en donnant un nom séduisant au tissu qu'il veut promouvoir ; *Bonheur* renvoie au magasin et *Paris* à la mode.

Et vous ne la trouverez que chez nous, car nous en avons acheté la propriété exclusive[49].

– Vraiment ! une belle soie à cinq francs soixante[50] ! dit Mme Bourdelais enthousiasmée. C'est à ne pas croire.

Cette soie, depuis que les réclames étaient lancées, occupait dans leur vie quotidienne une place considérable. Elles en causaient, elles se la promettaient, travaillées de désir et de doute. Et, sous la curiosité bavarde dont elles accablaient le jeune homme, apparaissaient leurs tempéraments particuliers d'acheteuses : Mme Marty, emportée par sa rage de dépense, prenant tout au *Bonheur des Dames*, sans choix, au hasard des étalages ; Mme Guibal, s'y promenant des heures sans jamais faire une emplette[51], heureuse et satisfaite de donner un simple régal à ses yeux ; Mme de Boves, serrée d'argent, toujours torturée d'une envie trop grosse, gardant rancune aux marchandises, qu'elle ne pouvait emporter ; Mme Bourdelais, d'un flair de bourgeoise sage et pratique, allant droit aux occasions, usant des grands magasins avec une telle adresse de bonne ménagère, exempte de fièvre[52], qu'elle y réalisait de fortes économies ; Henriette enfin, qui, très élégante, y achetait seulement certains articles, ses gants, de la bonneterie, tout le gros linge[53].

– Nous avons d'autres étoffes étonnantes de bon marché et de richesse, continuait Mouret de sa voix chantante.

49. **Propriété exclusive :** seul le *Bonheur* a le droit de vendre ce produit.
50. **Une belle soie à cinq francs soixante :** Mouret met en œuvre la technique du produit d'appel, vendu peu cher pour attirer les clientes dans le magasin.
51. **Emplette :** achat.
52. **Exempte de fièvre :** sans excitation ; elle garde la tête froide.
53. **Gros linge :** linge de maison (draps, serviettes, nappes...).

Ainsi, je vous recommande notre Cuir-d'or, un taffetas* d'un brillant incomparable... Dans les soies de fantaisie, il y a des dispositions charmantes, des dessins choisis entre mille par notre acheteur ; et, comme velours, vous trouverez la plus riche collection de nuances... Je vous avertis qu'on portera beaucoup de drap cette année. Vous verrez nos matelassés*, nos cheviottes*...

Elles ne l'interrompaient plus, elles resserraient encore leur cercle, la bouche entrouverte par un vague sourire, le visage rapproché et tendu, comme dans un élancement de tout leur être vers le tentateur. Leurs yeux pâlissaient, un léger frisson courait sur leurs nuques. Et lui gardait son calme de conquérant, au milieu des odeurs troublantes qui montaient de leurs chevelures. Il continuait à boire, entre chaque phrase, une petite gorgée de thé, dont le parfum attiédissait ces odeurs plus âpres[54], où il y avait une pointe de fauve. Devant une séduction si maîtresse d'elle-même, assez forte pour jouer ainsi de la femme, sans se prendre aux ivresses qu'elle exhale[55], le baron Hartmann, qui ne le quittait pas du regard, sentait son admiration grandir.

– Alors, on portera du drap ? reprit Mme Marty, dont le visage ravagé s'embellissait de passion coquette. Il faudra que je voie.

Mme Bourdelais, qui gardait son œil clair, dit à son tour :

– N'est-ce pas ? la vente des coupons est le jeudi, chez vous... J'attendrai, j'ai tout mon petit monde à vêtir.

---

54. Âpres : rudes.
55. Exhale : provoque.

Et, tournant sa fine tête blonde vers la maîtresse de la maison.

– Toi, c'est toujours Sauveur qui t'habille ?

– Mon Dieu ! oui, répondit Henriette, Sauveur est très chère, mais il n'y a qu'elle à Paris qui sache faire un corsage... Et puis, M. Mouret a beau dire, elle a les plus jolis dessins, des dessins qu'on ne voit nulle part. Moi, je ne peux pas souffrir de retrouver ma robe sur les épaules de toutes les femmes.

Mouret eut d'abord un sourire discret. Ensuite, il laissa entendre que Mme Sauveur achetait chez lui ses étoffes ; sans doute, elle prenait directement chez les fabricants certains dessins, dont elle s'assurait la propriété ; mais, pour les soieries noires, par exemple, elle guettait les occasions du *Bonheur des Dames*, faisait des provisions considérables, qu'elle écoulait en doublant et en triplant les prix.

– Ainsi, je suis bien certain que des gens à elle vont nous enlever notre Paris-Bonheur. Pourquoi voulez-vous qu'elle aille payer cette soie en fabrique plus cher qu'elle ne la paiera chez nous ?... Ma parole d'honneur ! nous la donnons à perte.

Ce fut le dernier coup porté à ces dames. Cette idée d'avoir de la marchandise à perte fouettait en elles l'âpreté[56] de la femme, dont la jouissance d'acheteuse est doublée, quand elle croit voler le marchand. Il les savait incapables de résister au bon marché.

– Mais nous vendons tout pour rien ! cria-t-il gaiement, en prenant derrière lui l'éventail de Mme Desforges, resté

56. Âpreté : brutalité, dureté.

sur le guéridon[57]. Tenez ! voici cet éventail... Vous dites qu'il a coûté ?

– Le Chantilly* vingt-cinq francs, et la monture deux cents, dit Henriette.

– Eh bien ! le Chantilly n'est pas cher. Pourtant, nous avons le même à dix-huit francs... Quant à la monture, chère madame, c'est un vol abominable. Je n'oserais vendre la pareille plus de quatre-vingt-dix francs.

– Je le disais bien ! cria Mme Bourdelais.

– Quatre-vingt-dix francs ! murmura Mme de Boves, il faut vraiment ne pas avoir un sou pour s'en passer.

Elle avait repris l'éventail, l'examinait de nouveau avec sa fille Blanche ; et, sur sa grande face régulière, dans ses larges yeux dormants, montait l'envie contenue et désespérée du caprice qu'elle ne pourrait contenter. Puis, une seconde fois, l'éventail fit le tour de ces dames, au milieu des remarques et des exclamations. M. de Boves et Vallagnosc, cependant, avaient quitté la fenêtre. Tandis que le premier revenait se placer derrière Mme Guibal, dont il fouillait du regard le corsage, de son air correct et supérieur, le jeune homme se penchait vers Blanche, en tâchant de trouver un mot aimable.

– C'est un peu triste, n'est-ce pas ? mademoiselle, cette monture blanche avec cette dentelle noire.

– Oh ! moi, répondit-elle toute grave, sans qu'une rougeur colorât sa figure soufflée, j'en ai vu un en nacre et plumes blanches. Quelque chose de virginal[58] !

---

57. Guéridon : petite table ronde.
58. Virginal : qui convient à une jeune fille.

M. de Boves, qui avait surpris sans doute le regard navré dont sa femme suivait l'éventail, dit enfin son mot dans la conversation.

– Ça se casse tout de suite, ces petites machines.

– Ne m'en parlez pas ! déclara Mme Guibal avec sa moue de belle rousse, jouant l'indifférence. Je suis lasse de faire recoller les miens.

Depuis un instant, Mme Marty, très excitée par la conversation, retournait fiévreusement son sac de cuir rouge sur ses genoux. Elle n'avait pu encore montrer ses achats, elle brûlait de les étaler, dans une sorte de besoin sensuel. Et, brusquement, elle oublia son mari, elle ouvrit le sac, sortit quelques mètres d'une étroite dentelle roulée autour d'un carton.

– C'est cette Valenciennes* pour ma fille, dit-elle. Elle a trois centimètres, et délicieuse, n'est-ce pas ?... Un franc quatre-vingt-dix.

La dentelle passa de main en main. Ces dames se récriaient. Mouret affirma qu'il vendait ces petites garnitures au prix de fabrique. Pourtant, Mme Marty avait refermé le sac, comme pour y cacher des choses qu'on ne montre pas. Mais, devant le succès de la Valenciennes, elle ne put résister à l'envie d'en tirer encore un mouchoir.

– Il y avait aussi ce mouchoir... De l'application de Bruxelles*, ma chère... Oh ! une trouvaille ! Vingt francs !

Et, dès lors, le sac devint inépuisable. Elle rougissait de plaisir, une pudeur de femme qui se déshabille la rendait charmante et embarrassée, à chaque article nouveau qu'elle sortait. C'était une cravate en blonde espagnole* de trente francs ; elle n'en voulait pas, mais le commis lui avait juré qu'elle tenait la dernière et qu'on allait les augmenter. C'était ensuite une voilette[59] en Chantilly : un peu chère, cinquante francs ; si elle ne la portait pas, elle en ferait quelque chose pour sa fille.

– Mon Dieu ! les dentelles, c'est si joli ! répétait-elle avec son sourire nerveux. Moi, quand je suis là-dedans, j'achèterais le magasin.

– Et ceci ? lui demanda Mme de Boves en examinant un coupon de guipure*.

– Ça, répondit-elle, c'est un entre-deux[60]... Il y en a vingt-six mètres. Un franc le mètre, comprenez-vous !

– Tiens ! dit Mme Bourdelais surprise, que voulez-vous donc en faire ?

– Ma foi, je ne sais pas... Mais elle était si drôle de dessin !

À ce moment, comme elle levait les yeux, elle aperçut en face d'elle son mari terrifié. Il avait blêmi davantage, toute sa personne exprimait l'angoisse résignée d'un pauvre homme, qui assiste à la débâcle de ses appointements[61], si chèrement gagnés. [...] Devant l'effarement[62] croissant de son regard, elle voulut rattraper le mouchoir, la voilette, la cravate ; et elle promenait ses mains fiévreuses, elle répétait avec des rires gênés :

– Vous allez me faire gronder par mon mari... Je t'assure, mon ami, que j'ai été encore très raisonnable ; car il y avait

59. Voilette : petit voile transparent fixé sur un chapeau, qui couvre le visage.
60. Entre-deux : bande de dentelle destinée à être cousue entre deux parties de tissu.
61. La débâcle de ses appointements : la disparition vertigineuse de son salaire.
62. Effarement : étonnement.

une grande pointe[63] de cinq cents francs, oh ! merveilleuse !

– Pourquoi ne l'avez-vous pas achetée ? dit tranquillement Mme Guibal. M. Marty est le plus galant des hommes.

Le professeur dut s'incliner, en déclarant que sa femme était bien libre. Mais, à l'idée du danger de cette grande pointe, un froid de glace lui avait coulé dans le dos ; et, comme Mouret affirmait justement que les nouveaux magasins augmentaient le bien-être des ménages de la bourgeoisie moyenne, il lui lança un terrible regard, l'éclair de haine d'un timide qui n'ose étrangler les gens.

D'ailleurs, ces dames n'avaient pas lâché les dentelles. [...] C'était, sur leurs genoux, la caresse d'un tissu miraculeux de finesse, où leurs mains coupables s'attardaient. Et elles emprisonnaient Mouret plus étroitement, elles l'accablaient de nouvelles questions. Comme le jour continuait de baisser, il devait par moments pencher la tête, effleurer de sa barbe leurs chevelures, pour examiner un point, indiquer un dessin. Mais, dans cette volupté molle du crépuscule, au milieu de l'odeur échauffée de leurs épaules, il demeurait quand même leur maître, sous le ravissement qu'il affectait. Il était femme, elles se sentaient pénétrées et possédées par ce sens délicat qu'il avait de leur être secret, et elles s'abandonnaient, séduites ; tandis que lui, certain dès lors de les avoir à sa merci, apparaissait, trônant brutalement au-dessus d'elles, comme le roi despotique[64] du chiffon.

63. Pointe : châle (pointe d'étoffe en forme de triangle).
64. Despotique : qui règne en maître absolu.

– Oh ! monsieur Mouret ! monsieur Mouret ! balbutiaient des voix chuchotantes et pâmées[65], au fond des ténèbres du salon.

Les blancheurs mourantes du ciel s'éteignaient dans les cuivres des meubles. [...] tout d'un coup, le domestique entra avec deux lampes, et le charme fut rompu. Le salon s'éveilla, clair et gai. Mme Marty replaçait les dentelles au fond de son petit sac ; Mme de Boves mangeait encore un baba, pendant qu'Henriette, qui s'était levée, causait à demi-voix avec le baron, dans l'embrasure[66] d'une fenêtre.

– Il est charmant, dit le baron.

– N'est-ce pas ? laissa-t-elle échapper, dans un cri involontaire de femme amoureuse.

Il sourit, il la regarda avec une indulgence paternelle. C'était la première fois qu'il la sentait conquise à ce point ; et, trop supérieur pour en souffrir, il éprouvait seulement une compassion[67], à la voir aux mains de ce gaillard si tendre et si parfaitement froid. Alors, il crut devoir la prévenir, il murmura sur un ton de plaisanterie :

– Prenez garde, ma chère, il vous mangera toutes.

[...]

– Oh ! répondit-elle, en affectant de plaisanter à son tour, c'est toujours l'agneau qui finit par manger le loup.

Alors, très intéressé, le baron l'encouragea d'un signe de tête. Elle était peut-être la femme qui devait venir et qui vengerait les autres.

---

65. Pâmées : rendues faibles par l'émotion.
66. Embrasure : ouverture pratiquée dans l'épaisseur d'un mur et permettant d'y placer une fenêtre.
67. Compassion : sentiment qui incline à partager les maux et les souffrances d'autrui.

Lorsque Mouret [...] se fut approché pour dire adieu, le baron le retint dans l'embrasure de la fenêtre, en face du jardin noir de ténèbres. Il cédait enfin à la séduction, la foi lui était venue, en le voyant au milieu de ces dames. Tous deux causèrent un instant à voix basse. Puis, le banquier déclara :

– Eh bien ! j'examinerai l'affaire... Elle est conclue, si votre vente de lundi prend l'importance que vous dites.

Ils se serrèrent la main, et Mouret, l'air ravi, se retira, car il dînait mal, quand il n'allait pas, le soir, jeter un coup d'œil sur la recette du *Bonheur des Dames*.

Extraits du chapitre III.

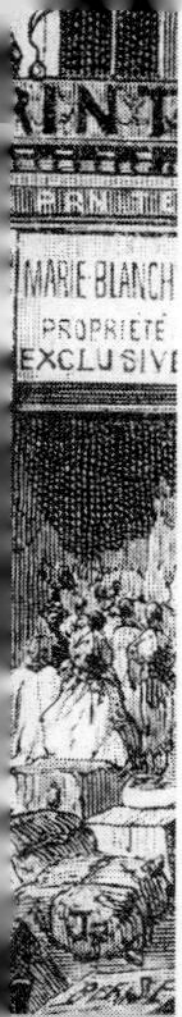

QUESTIONS SUR LE TEXTE 3

AI-JE BIEN LU ?

1 Dans quel lieu et quel jour la scène se déroule-t-elle ? Quelle en est la durée ?

2 **a.** Qui est la maîtresse de maison ? Quelle relation entretient-elle avec Mouret ?
b. Quels personnages a-t-elle invités à prendre le thé ?

3 **a.** Qui est le baron Hartmann ?
b. Qu'attend Mouret de Hartmann ?

4 Que font les personnages féminins dans l'après-midi ?

5 Hartmann a-t-il été conquis par Mouret ?

J'ANALYSE LE TEXTE

Le dialogue entre Mouret et Hartmann

— Les arguments de Mouret

6 De quoi Mouret veut-il convaincre Hartmann ?

7 **a.** Relevez ses arguments commerciaux concernant :
– le renouvellement des marchandises et la marge bénéficiaire qu'il pratique (l. 166-185) ;
– la quantité de marchandises exposées et l'étiquetage (l. 210-227).
b. Quelle sera sa clientèle ? Par quels mécanismes l'attirera-t-il dans son magasin (l. 265-281) ?

8 **a.** Combien de fois le dialogue entre Mouret et Hartmann est-il interrompu par ce qui se dit dans le salon voisin ? Qui parle ? De quoi ?
b. Montrez que ces interruptions viennent à propos et appuient la démonstration de Mouret.

— La position de Hartmann

9 **a.** Comment le baron Hartmann réagit-il aux propos de Mouret ? Croit-il à sa réussite ? Citez le texte (l. 120-134).

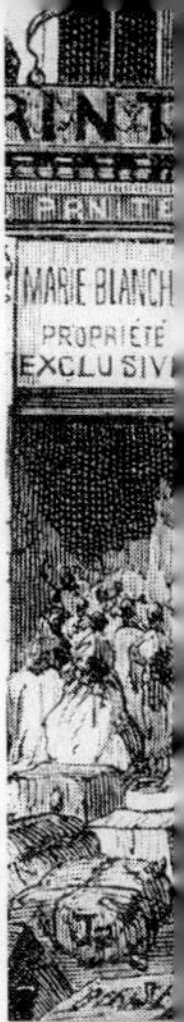

b. À partir de quel moment sa position à l'égard de Mouret évolue-t-elle ? Pour quelle raison ?

Les femmes

10 Quel type d'acheteuse Mme Marty, Mme Guibal, Mme de Boves, Mme Bourdelais, Mme Desforges représentent-elles (l. 301-379) ?

11 Comment ces femmes se comportent-elles avec Mouret ?

Les hommes

12 **a.** Que font M. de Boves et l'ami de Mouret, Paul de Vallagnosc, pendant cet après-midi ? Quel rôle le narrateur leur donne-t-il ?
b. Pourquoi M. Marty est-il « terrifié » (l. 509-529) ?

Le parcours de Mouret

— Mouret et le *Bonheur des Dames*

13 **a.** Mouret se réjouit-il des travaux qui vont avoir lieu dans le quartier ? Quels projets a-t-il pour son magasin (l. 36-60) ?
b. « Qu'allez-vous faire de vos terrains et de vos immeubles ? » (l. 108) : quelle est la crainte de Mouret ? Quel espoir forme-t-il ?

14 Quelle promesse reçoit-il d'Hartmann à la fin du chapitre ?

— Mouret et les femmes

15 **a.** Quelles caractéristiques de la psychologie féminine Mouret veut-il exploiter ? Estime-t-il les femmes ou les méprise-t-il ?
b. Quel comportement adopte-t-il en leur présence ? Relevez les expressions qui montrent qu'il veut et sait séduire.

L'importance du cadre

16 Montrez, en citant des exemples, que le cadre de la scène constitue une fête des sens et favorise l'entreprise de séduction de Mouret : relevez les notations visuelles (effets d'éclairage...), auditives, tactiles (toucher), olfactives (odorat).

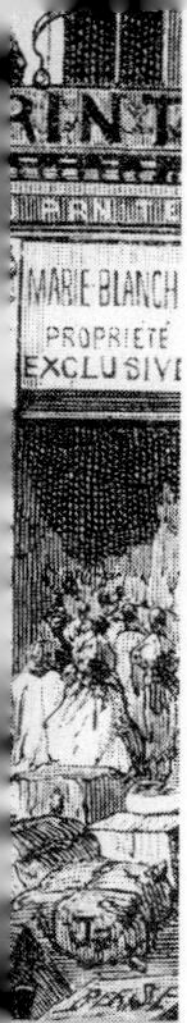

L'écriture naturaliste et les grands travaux de Paris

17 La transformation de Paris a-t-elle eu lieu dans la réalité ? Justifiez en vous appuyant sur la rubrique « Le saviez-vous ? »

J'ÉCRIS

Exprimer une opinion

18 Pensez-vous qu'il faut suivre la mode ? Exposez votre point de vue.

> CONSIGNES D'ÉCRITURE
> Appuyez-vous sur votre expérience personnelle et sur le genre de vêtements que vous aimez porter.

J'ÉTUDIE LA LANGUE

Grammaire : les propositions introduites par « que »

> « Que » peut appartenir à deux classes grammaticales :
> – pronom relatif, il introduit une proposition subordonnée relative, complément d'un nom ;
> – conjonction de subordination, il introduit une proposition subordonnée conjonctive, complément d'objet d'un verbe.

19 Identifiez la classe grammaticale des propositions subordonnées introduites par « que ».

a. « J'ai la femme, je me fiche du reste ! dit-il dans un aveu brutal, que la passion lui arracha. »

b. « On dit que vous préparez des merveilles. »

Vocabulaire : autour du mot « décupler »

> Le mot « **décupler** » (devenir dix fois plus grand) vient du latin *decem* qui signifie « dix ».

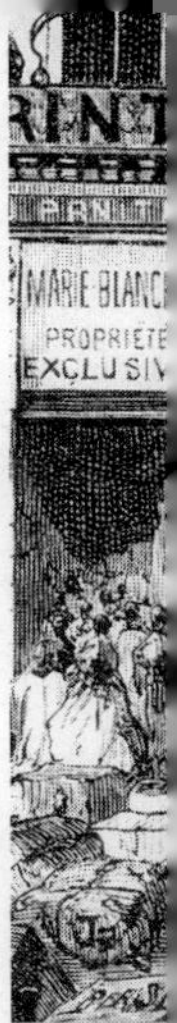

20 **a.** Quels sont les verbes qui signifient : rendre deux fois plus grand ? trois fois plus grand ? quatre fois plus grand ? cinq fois plus grand ?

b. Qu'est-ce qu'un décimètre ? un décalitre ? une décade ? une décennie ? un troupeau décimé ?

LE SAVIEZ-VOUS ?

L'essor des grands magasins sous le Second Empire

Lorsque Napoléon III et le baron Haussmann, préfet de la Seine, envisagent à partir de 1853 de reconstruire Paris, leur premier souci est d'améliorer la circulation en remplaçant les rues anciennes, étroites et tortueuses, par de larges avenues et de grandes places d'où les rues partiront en étoile. Ce projet, qui implique la démolition de pâtés entiers de maisons, vaudra au baron Haussmann le surnom d'« éventreur de Paris » : mais il permettra de voir apparaître, le long des nouvelles artères, de splendides immeubles et des magasins à larges vitrines de dimensions inhabituelles.

Dans le Paris de ces années-là, la population est passée de 1 300 000 à 1 800 000 habitants et la création d'une Compagnie Générale d'omnibus permet bientôt de transporter 70 millions de passagers par an. Toutes les conditions sont réunies pour que la clientèle puisse se précipiter dans les grands magasins qui naissent les uns après les autres dans le Paris du Second Empire, alors la plus belle capitale de l'Europe. Le plus fameux est certainement le *Bon Marché*. Son propriétaire, Aristide Boucicaut, réalise un rêve identique à celui de Mouret : de son modeste établissement situé à l'angle de la rue de Sèvres et de la rue du Bac, il va faire peu à peu un magnifique palais de la femme qui occupe encore aujourd'hui tout l'îlot de maisons délimité par les rues du Bac, de Sèvres, de Babylone et Velpeau.

TEXTE 4 SUCCÈS DE MOURET ET DÉBUTS DE DENISE

« – Puis il faudrait être peignée. »

Chapitre IV

Lundi 10 octobre, au Bonheur des Dames, *c'est la « grande mise en vente des nouveautés d'hiver ».*

[...]

Dès la porte, c'était ainsi un émerveillement, une surprise qui, toutes, les ravissait. Mouret avait eu cette idée. Le premier, il venait d'acheter dans le Levant[1], à des conditions excellentes, une collection de tapis anciens et de tapis neufs, de ces tapis rares que, seuls, les marchands de curiosités[2] vendaient jusque-là, très cher ; et il allait en inonder le marché, il les cédait presque à prix coûtant, en tirait simplement un décor splendide, qui devait attirer chez lui la haute clientèle de l'art. Du milieu de la place Gaillon, on apercevait ce salon oriental, fait uniquement de tapis et de portières[3], que des garçons avaient accrochés sous ses ordres. D'abord, au plafond, étaient tendus des tapis de Smyrne[4], dont les dessins compliqués se détachaient sur des fonds rouges. Puis, des quatre côtés, pendaient des portières : les portières de Karamanie et de Syrie, zébrées de vert, de jaune et de vermillon ; les

1. **Levant :** Proche-Orient (Liban, Syrie...).
2. **Marchands de curiosités :** marchands de produits exotiques.
3. **Portière :** ici, rideau, tapis qui masque l'entrée d'une pièce.
4. **Smyrne :** actuellement Izmir en Turquie.

portières de Diarbékir[5], plus communes, rudes à la main, comme des sayons[6] de berger ; et encore des tapis pouvant servir de tentures[7], les longs tapis d'Ispahan, de Téhéran et de Kermancha[8], les tapis plus larges de Schoumaka[9] et de Madras[10], floraison étrange de pivoines et de palmes, fantaisie lâchée dans le jardin du rêve. À terre, les tapis recommençaient, une jonchée[11] de toisons grasses : il y avait, au centre, un tapis d'Agra[12], une pièce extraordinaire à fond blanc et à large bordure bleu tendre, où couraient des ornements violâtres, d'une imagination exquise ; partout, ensuite, s'étalaient des merveilles, les tapis de La Mecque aux reflets de velours, les tapis de prière du Daghestan[13] à la pointe symbolique, les tapis du Kurdistan[14], semés de fleurs épanouies ; enfin, dans un coin, un écroulement à bon marché, des tapis de Gheurdès, de Coula et de Kircheer[15], en tas, depuis quinze francs. Cette tente de pacha[16] somptueux était meublée de fauteuils et de divans, faits avec des sacs de chameau, les uns coupés de losanges bariolés, les autres plantés de roses naïves. La Turquie, l'Arabie, la Perse, les Indes étaient là. On avait vidé les palais, dévalisé les mosquées

---

5. **Portières de Karamanie, Diarbékir :** venant de Turquie.
6. **Sayon :** tunique d'étoffe grossière ou de peau, portée autrefois par les paysans ou les bergers.
7. **Tentures :** étoffes pouvant recouvrir les murs d'une pièce.
8. **Tapis d'Ispahan, Téhéran, Kermancha :** tapis d'Iran.
9. **Tapis de Schoumaka :** tapis du Caucase.
10. **Madras :** ville de l'Inde.
11. **Jonchée :** amas d'objets épars sur le sol.
12. **Agra :** ville d'Inde.
13. **Daghestan :** pays situé dans le Nord-Caucase.
14. **Kurdistan :** région située en partie en Turquie, en Irak et en Iran.
15. **Tapis de Gheurdès, Coula, Kircheer :** tapis de Turquie.
16. **Pacha :** haut personnage de l'empire ottoman (turc).

et les bazars[17]. L'or fauve dominait, dans l'effacement[18] des tapis anciens, dont les teintes fanées gardaient une chaleur sombre, un fondu[19] de fournaise éteinte, d'une belle couleur cuite de vieux maître. Et des visions d'Orient flottaient sous le luxe de cet art barbare, au milieu de l'odeur forte que les vieilles laines avaient gardée du pays de la vermine et du soleil.

Le matin, à huit heures, lorsque Denise, qui allait justement débuter ce lundi-là, avait traversé le salon oriental, elle était restée saisie, ne reconnaissant plus l'entrée du magasin, achevant de se troubler dans ce décor de harem[20], planté à la porte. Un garçon l'ayant conduite sous les combles[21] et remise entre les mains de Mme Cabin, chargée du nettoyage et de la surveillance des chambres, celle-ci l'installa au numéro 7, où l'on avait déjà monté sa malle. C'était une étroite cellule mansardée[22], ouvrant sur le toit par une fenêtre à tabatière[23], meublée d'un petit lit, d'une armoire de noyer[24], d'une table de toilette et de deux chaises. Vingt chambres pareilles s'alignaient le long d'un corridor de couvent, peint en jaune ; et, sur les trente-cinq demoiselles de la maison, les vingt qui n'avaient pas de famille à Paris couchaient là, tandis que les quinze autres logeaient au dehors, quelques-unes chez des tantes ou des

---

17. Bazars : ici, marchés orientaux où l'on vend des produits de toute provenance.
18. Effacement : les couleurs ont pâli avec le temps.
19. Fondu : les différentes couleurs sont mêlées.
20. Harem : en Orient, lieu, interdit aux hommes, où habitent les femmes.
21. Combles : partie d'un bâtiment située sous les toits.
22. Mansardée : dont un mur est en pente suivant l'inclinaison du toit.
23. Fenêtre à tabatière : ayant la même inclinaison que le toit où on l'a placée et dont le battant pivote autour d'une charnière horizontale fixée à sa partie haute.
24. Armoire de noyer : en bois de noyer.

cousines d'emprunt. Tout de suite, Denise ôta la mince robe de laine, usée par la brosse, raccommodée aux manches, la seule qu'elle eût apportée de Valognes. Puis, elle passa l'uniforme de son rayon, une robe de soie noire, qu'on avait retouchée pour elle, et qui l'attendait sur le lit. Cette robe était encore un peu grande, trop large aux épaules. Mais elle se hâtait tellement, dans son émotion, qu'elle ne s'arrêta point à ces détails de coquetterie. Jamais elle n'avait porté de la soie. Quand elle redescendit, endimanchée, mal à l'aise, elle regardait luire la jupe, elle éprouvait une honte aux bruissements[25] tapageurs de l'étoffe.

[...]

Le matin, il y a peu de monde et Mouret s'inquiète. L'après-midi, tout change... Accompagnées de Hutin qui porte leurs achats, Mme Marty, Mme Desforges et Mme Guibal vont du rayon des soieries à celui des confections.

Ce n'était plus chose facile que de gagner l'escalier. Une houle compacte de têtes roulait sous les galeries, s'élargissant en fleuve débordé au milieu du hall. Toute une bataille du négoce montait, les vendeurs tenaient à merci ce peuple de femmes, qu'ils se passaient des uns aux autres, en luttant de hâte. L'heure était venue du branle[26] formidable de l'après-midi, quand la machine surchauffée, menait la danse des clientes et leur tirait l'argent de la chair. À la soie surtout, une folie soufflait, le Paris-

25. Bruissements : bruits que fait la soie.
26. Branle : animation.

Bonheur ameutait une foule telle, que, pendant plusieurs minutes, Hutin ne put faire un pas ; et Henriette, suffoquée, ayant levé les yeux, aperçut en haut de l'escalier Mouret, qui revenait toujours à cette place, d'où il voyait la victoire. Elle sourit, espérant qu'il descendrait la dégager. Mais il ne la distinguait même pas dans la cohue, il était encore avec Vallagnosc[27], occupé à lui montrer la maison, la face rayonnante de triomphe. Maintenant, la trépidation[28] intérieure étouffait les bruits du dehors ; on n'entendait plus ni le roulement des fiacres[29], ni le battement des portières ; il ne restait, au-delà du grand murmure de la vente, que le sentiment de Paris immense, d'une immensité qui toujours fournirait des acheteuses. Dans l'air immobile, où l'étouffement du calorifère[30], attiédissait l'odeur des étoffes, le brouhaha augmentait, fait de tous les bruits, du piétinement continu, des mêmes phrases cent fois répétées autour des comptoirs, de l'or sonnant sur le cuivre des caisses assiégées par une bousculade de porte-monnaie, des paniers roulants dont les charges de paquets tombaient sans relâche dans les caves béantes. Et, sous la fine poussière, tout arrivait à se confondre, on ne reconnaissait pas la division des rayons : là-bas, la mercerie paraissait noyée ; plus loin, au blanc, un angle de soleil, entré par la vitrine de la rue Neuve Saint-Augustin, était comme une flèche d'or dans la neige ; ici, à la ganterie et aux lainages, une masse épaisse

27. Vallagnosc : ami d'enfance de Mouret, voir texte 3, p. 66.
28. Trépidation : agitation.
29. Fiacres : voitures de louage tirées par un cheval et conduites par un cocher.
30. Calorifère : appareil produisant de la chaleur.

de chapeaux, et de chignons barrait les lointains du magasin. On ne voyait même plus les toilettes, les coiffures seules surnageaient, bariolées de plumes et de rubans ; quelques chapeaux d'homme mettaient des taches noires, tandis que le teint pâle des femmes, dans la fatigue et la chaleur, prenait des transparences de camélia[31]. Enfin, grâce à ses coudes vigoureux, Hutin ouvrit un chemin à ces dames en marchant devant elles. Mais, quand elle eut monté l'escalier, Henriette ne trouva plus Mouret, qui venait de plonger Vallagnosc en pleine foule, pour achever de l'étourdir, et pris lui-même du besoin physique de ce bain du succès. Il perdait délicieusement haleine, c'était là contre ses membres comme un long embrassement de toute sa clientèle.

– À gauche, mesdames, dit Hutin, de sa voix prévenante, malgré son exaspération qui grandissait.

En haut, l'encombrement était le même. On envahissait jusqu'au rayon de l'ameublement, le plus calme d'ordinaire. Les châles, les fourrures, la lingerie grouillaient de monde. Comme ces dames traversaient le rayon des dentelles, une nouvelle rencontre se produisit. Mme de Boves était là, avec sa fille Blanche, toutes deux enfoncées dans des articles que Deloche leur montrait. Et Hutin dut faire encore une station, le paquet à la main.

– Bonjour !… Je pensais à vous.

– Moi, je vous ai cherchée. Mais comment voulez-vous qu'on se retrouve, au milieu de ce monde ?

31. Camélia : fleur le plus souvent blanche ou rose pâle.

– C'est magnifique, n'est-ce pas ?

– Éblouissant, ma chère. Nous ne tenons plus debout.

– Et vous achetez ?

– Oh ! non, nous regardons. Ça nous repose un peu, d'être assises.

En effet, Mme de Boves, n'ayant guère dans son porte-monnaie que l'argent de sa voiture, faisait sortir des cartons, toutes sortes de dentelles, pour le plaisir de les voir et de les toucher. Elle avait senti chez Deloche le vendeur débutant, d'une gaucherie[32] lente, qui n'ose résister aux caprices des dames ; et elle abusait de sa complaisance effarée[33], elle le tenait depuis une demi-heure, demandant toujours de nouveaux articles. Le comptoir débordait, elle plongeait les mains dans ce flot montant de guipures*, de Valenciennes*, de Chantilly*, les doigts tremblants de désir, le visage peu à peu chauffé d'une joie sensuelle ; tandis que Blanche, près d'elle, travaillée de la même passion, était très pâle, la chair soufflée[34] et molle.

Cependant, la conversation continuait, Hutin les aurait giflées, immobile, attendant leur bon plaisir.

– Tiens ! dit Mme Marty, vous regardez des cravates et des voilettes pareilles aux miennes.

C'était vrai, Mme de Boves, que les dentelles de Mme Marty tourmentaient depuis le samedi, n'avait pu résister au besoin de se frotter du moins aux mêmes modèles, puisque la gêne où son mari la laissait ne lui permettait

32. Gaucherie : maladresse.
33. Complaisance effarée : gentillesse mêlée de stupeur.
34. Soufflée : bouffie, gonflée.

pas de les emporter. Elle rougit légèrement, elle expliqua que Blanche avait voulu voir les cravates de blonde espagnole*. Puis, elle ajouta :

– Vous allez aux confections... Eh bien ! à tout à l'heure. Voulez-vous dans le salon oriental ?

– C'est ça, dans le salon oriental... Hein ? superbe !

Elles se séparèrent en se pâmant, au milieu de l'encombrement produit par la vente des entre-deux et des petites garnitures à bas prix. Deloche, heureux d'être occupé, s'était remis à vider les cartons devant la mère et la fille. Et, lentement, parmi les groupes pressés le long des comptoirs, l'inspecteur Jouve se promenait de son allure militaire, étalant sa décoration, gardant ces marchandises précieuses et fines, si faciles à cacher au fond d'une manche. Quand il passa derrière Mme de Boves, surpris de la voir les bras plongés dans un tel flot de dentelles, il jeta un regard vif sur ses mains fiévreuses.

– À droite, mesdames, dit Hutin en reprenant sa marche.

Il était hors de lui. N'était-ce donc pas assez de lui faire manquer une vente, en bas ? Voilà qu'elles l'attardaient maintenant, à chaque détour du magasin ! Et, dans son irritation, il y avait surtout la rancune des rayons de tissus contre les rayons d'articles confectionnés, en lutte continuelle, se disputant les clientes, se volant leur tant pour cent et leur guelte[35]. La soie, plus que les lainages encore, enrageait, lorsqu'il lui fallait conduire aux confections

35. **Guelte :** prime accordée en fonction des ventes effectuées par le vendeur.

une dame, qui se décidait pour un manteau, après s'être fait montrer des taffetas* et des failles*.

– Mademoiselle Vadon ! dit Hutin d'une voix qui se fâchait, lorsqu'il fut enfin dans le comptoir.

Mais celle-ci passa sans l'écouter, toute à une vente qu'elle bâclait. La pièce était pleine, une queue de monde la traversait dans un bout, entrant et sortant par la porte des dentelles et celle de la lingerie, qui se faisaient face ; tandis que, au fond, des clientes en taille essayaient des vêtements, les reins cambrés devant les glaces. La moquette rouge étouffait le bruit des pas, la voix haute et lointaine du rez-de-chaussée se mourait, ce n'était plus que le murmure discret ; la chaleur d'un salon, alourdie par toute une cohue de femmes.

– Mademoiselle Prunaire ! cria Hutin.

Et, comme celle-là ne s'arrêtait pas davantage, il ajouta entre ses dents, de manière à ne pouvoir être entendu :

– Tas de guenons !

Lui, surtout, ne les aimait guère, les jambes cassées de monter l'escalier pour leur amener des acheteuses, furieux du gain qu'il les accusait de lui prendre ainsi dans la poche. [...]

– Alors, il n'y a personne ? demanda Hutin.

Mais il aperçut Denise. On l'occupait au déplié[36] depuis le matin, on ne lui avait abandonné que quelques ventes douteuses, qu'elle avait manquées d'ailleurs. Quand il la reconnut, occupée à débarrasser une table d'un tas énorme de vêtements, il courut la chercher.

---

36. Déplié : Denise est chargée de trier et de ranger tous les articles sortis.

– Tenez ! mademoiselle, servez donc ces dames qui attendent.

Vivement, il lui mit sur le bras les articles de Mme Marty, qu'il était las de promener. Son sourire revenait, et il y avait, dans ce sourire, la secrète méchanceté d'un vendeur d'expérience, se doutant de l'embarras où il allait jeter ces dames et la jeune fille. Celle-ci, cependant, demeurait tout émue devant cette vente inespérée qui se présentait. Pour la seconde fois, il lui apparaissait comme un ami inconnu, fraternel et tendre, toujours prêt dans l'ombre à la sauver. Ses yeux brillèrent de gratitude, elle le suivit d'un long regard, pendant qu'il jouait des coudes, afin de regagner son rayon au plus vite.

– Je désirerais un manteau, dit Mme Marty.

Alors, Denise la questionna. Quel genre de manteau ? Mais la cliente n'en savait rien, elle n'avait pas d'idée, elle voulait voir les modèles de la maison. Et la jeune fille, très lasse déjà, étourdie par le monde, perdit la tête ; elle n'avait jamais servi qu'une clientèle rare, chez Cornaille, à Valognes ; elle ignorait encore le nombre des modèles, et leur place, dans les armoires. Aussi n'en finissait-elle plus de répondre aux deux amies qui s'impatientaient, lorsque Mme Aurélie aperçut Mme Desforges, dont elle devait connaître la liaison, car elle se hâta de venir demander :

– On s'occupe de ces dames ?

– Oui, cette demoiselle qui cherche là-bas, répondit Henriette. Mais elle n'a pas l'air très au courant, elle ne trouve rien.

Du coup, la première acheva de paralyser Denise, en allant lui dire à demi-voix :

– Vous voyez bien que vous ne savez pas. Tenez-vous tranquille, je vous prie.

Et appelant :

– Mademoiselle Vadon, un manteau !

Elle resta, pendant que Marguerite montrait les modèles. Celle-ci prenait avec les clientes une voix sèchement polie, une attitude désagréable de fille vêtue de soie, frottée à toutes les élégances, dont elle gardait à son insu même, la jalousie et la rancune. Lorsqu'elle entendit Mme Marty dire qu'elle ne voulait pas dépasser deux cents francs, elle eut une moue de pitié. Oh ! madame mettrait davantage, il était impossible avec deux cents francs que madame trouvât quelque chose de convenable. Et elle jetait, sur un comptoir, les manteaux ordinaires, d'un geste qui signifiait : « Voyez donc, est-ce pauvre ! » Mme Marty n'osait les trouver bien. Elle se pencha pour murmurer à l'oreille de Mme Desforges :

– Hein ? n'aimez-vous pas mieux être servie par des hommes ?... On est plus à l'aise.

Enfin, Marguerite apporta un manteau de soie garni de jais[37], qu'elle traitait avec respect. Et Mme Aurélie appela Denise.

– Servez à quelque chose, au moins... Mettez ça sur vos épaules.

Denise, frappée au cœur, désespérant de jamais réussir dans la maison, était demeurée immobile, les mains

37. Jais : matière dure et d'aspect compact, d'un beau noir brillant, utilisée comme pierre fine, taillée et polie, servant notamment à la confection de bijoux, de boutons...

ballantes. On allait la renvoyer sans doute, les enfants seraient sans pain. Le brouhaha de la foule bourdonnait dans sa tête, elle se sentait chanceler, les muscles meurtris d'avoir soulevé des brassées de vêtements, besogne de manœuvre qu'elle n'avait jamais faite. Pourtant, il lui fallut obéir, elle dut laisser Marguerite draper le manteau sur elle, comme sur un mannequin.

– Tenez-vous droite, dit Mme Aurélie.

Mais, presque aussitôt, on oublia Denise. Mouret venait d'entrer avec Vallagnosc et Bourdoncle ; et il saluait ces dames, il recevait leurs compliments pour sa magnifique exposition des nouveautés d'hiver. On se récria forcément sur le salon oriental. Vallagnosc, qui achevait sa promenade à travers les comptoirs, témoignait plus de surprise que d'admiration ; car, après tout, pensait-il dans sa nonchalance[38] de pessimiste, ce n'était jamais que beaucoup de calicot* à la fois. Quant à Bourdoncle, il oubliait qu'il était de l'établissement, il félicitait aussi son patron, afin de lui faire oublier ses doutes et ses préoccupations inquiètes du matin.

– Oui, oui, ça marche assez bien, je suis content, répétait Mouret radieux, répondant par un sourire aux tendres regards d'Henriette. Mais il ne faut pas que je vous dérange, mesdames.

Alors, tous les yeux revinrent sur Denise. Elle s'abandonnait aux mains de Marguerite, qui la faisait tourner lentement.

---

38. Nonchalance : manque d'ardeur, mollesse.

– Hein ? qu'en pensez-vous ? demanda Mme Marty à Mme Desforges.

Cette dernière décidait, en arbitre suprême de la mode.

– Il n'est pas mal, et de coupe originale... Seulement, il me semble peu gracieux de la taille.

– Oh ! intervint Mme Aurélie, il faudrait le voir sur madame elle-même... Vous comprenez, il ne fait aucun effet sur mademoiselle, qui n'est guère étoffée[39]... Redressez-vous donc, mademoiselle, donnez-lui toute son importance.

On sourit. Denise était devenue très pâle. Une honte la prenait, d'être ainsi changée en une machine qu'on examinait et dont on plaisantait librement. Mme Desforges, cédant à une antipathie de nature contraire, agacée par le visage doux de la jeune fille, ajouta méchamment :

– Sans doute, il irait mieux si la robe de mademoiselle était moins large.

Et elle jetait à Mouret le regard moqueur d'une Parisienne, que l'attifement[40] ridicule d'une provinciale égayait. Celui-ci sentit la caresse amoureuse de ce coup d'œil, le triomphe de la femme heureuse de sa beauté et de son art. Aussi, par gratitude d'homme adoré, crut-il devoir railler à son tour, malgré la bienveillance qu'il éprouvait pour Denise, dont sa nature galante subissait le charme secret.

– Puis, il faudrait être peignée, murmura-t-il.

Ce fut le comble. Le directeur daignait rire, toutes ces

39. Étoffée : qui a des formes amples, pleines.
40. Attifement : accoutrement, habillement.

demoiselles éclatèrent. Marguerite risqua un léger gloussement de fille distinguée qui se retient ; Clara avait lâché une vente, pour se faire du bon sang[41] à son aise ; même des vendeuses de la lingerie étaient venues, attirées par la rumeur. Quant à ces dames, elles s'amusaient plus discrètement, d'un air d'intelligence mondaine ; tandis que, seul, le profil impérial de Mme Aurélie ne riait pas, comme si les beaux cheveux sauvages et les fines épaules virginales de la débutante l'eussent déshonorée, dans la bonne tenue de son rayon. Denise avait encore pâli, au milieu de tout ce monde qui se moquait. Elle se sentait violentée, mise à nu, sans défense. Quelle était donc sa faute, pour qu'on s'attaquât de la sorte à sa taille trop mince, à son chignon trop lourd ? Mais elle souffrait surtout du rire de Mouret et de Mme Desforges, avertie par un instinct de leur entente, le cœur défaillant d'une douleur inconnue ; cette dame était bien mauvaise, de s'en prendre ainsi à une pauvre fille qui ne disait rien ; et lui, décidément, la glaçait d'une peur où tous ses autres sentiments sombraient, sans qu'elle pût les analyser. Alors, dans son abandon de paria[42], atteinte à ses plus intimes pudeurs de femme et révoltée contre l'injustice, elle étrangla les sanglots qui lui montaient à la gorge.

– N'est-ce pas ? Qu'elle se peigne demain, c'est inconvenant[43], répétait à Mme Aurélie le terrible Bourdoncle, qui

41. Se faire du bon sang : se faire plaisir.
42. Paria : dans la civilisation traditionnelle des Indes, individu n'appartenant à aucune caste, considéré comme un être impur dont le contact est une souillure et rejeté de ce fait par l'ensemble de la société. Par extension, personne méprisée, rejetée par la collectivité.
43. Inconvenant : qui ne convient pas, qui va contre les convenances et la bienséance.

dès l'arrivée avait condamné Denise, plein de mépris pour ses petits membres.

Et la première vint enfin enlever le manteau des épaules de celle-ci, en lui disant tout bas :

– Eh bien ! mademoiselle, voilà un joli début. Vraiment, si vous avez voulu montrer ce dont vous êtes capable… On n'est pas plus sotte.

Denise, de peur que les larmes ne lui jaillissent des yeux, se hâta de retourner au tas de vêtements qu'elle transportait et qu'elle classait sur un comptoir. Là, au moins, elle était perdue dans la foule, la fatigue l'empêchait de penser. Mais elle sentit près d'elle la vendeuse de la lingerie, qui, le matin déjà, avait pris sa défense. Cette dernière venait de suivre la scène, elle lui murmurait à l'oreille :

– Ma pauvre fille, ne soyez donc pas si sensible. Renfoncez ça, autrement on vous en fera bien d'autres… Moi qui vous parle, je suis de Chartres. Oui, parfaitement, Pauline Cugnot ; et mes parents sont meuniers, là-bas… Eh bien ! on m'aurait mangée, les premiers jours, si je ne m'étais pas mise en travers… Allons, du courage ! donnez-moi la main, nous causerons gentiment, quand vous voudrez.

Cette main qui se tendait, redoubla le trouble de Denise. Elle la serra furtivement, elle se hâta d'enlever une lourde charge de paletots, craignant encore de mal faire et d'être grondée, si on lui savait une amie.

Cependant, Mme Aurélie elle-même venait de poser le manteau sur les épaules de Mme Marty, et l'on se récriait : Oh ! très bien ! ravissant ! Tout de suite, ça prenait une tournure. Mme Desforges déclara qu'on ne trouverait pas mieux.

Il y eut des saluts, Mouret prit congé, tandis que Vallagnosc, qui avait aperçu aux dentelles Mme de Boves et sa fille, se hâta d'aller offrir son bras à la mère. Déjà Marguerite, debout devant une des caisses de l'entresol, appelait les divers achats de Mme Marty, qui paya et qui donna l'ordre de porter le paquet dans sa voiture. Mme Desforges avait retrouvé tous ses articles à la caisse 10. Puis, ces dames se rencontrèrent une fois encore dans le salon oriental. Elles partaient, mais ce fut au milieu d'une crise bavarde d'admiration. Mme Guibal elle-même s'exaltait[44].

– Oh ! délicieux !... On se dirait là-bas !

– N'est-ce pas, un vrai harem ? Et pas cher !

– Les Smyrne, ah ! les Smyrne ! quels tons, quelle finesse !

– Et ce Kurdistan, voyez donc ! un Delacroix[45] !

Lentement, la foule diminuait. Des volées de cloche, à une heure d'intervalle, avaient déjà sonné les deux premières tables du soir[46] ; la troisième allait être servie, et dans les rayons, peu à peu déserts, il ne restait que des clientes attardées, à qui leur rage de dépense faisait oublier l'heure. Du dehors ne venaient plus que les roulements des derniers fiacres, au milieu de la voix empâtée[47] de Paris, un ronflement d'ogre repu[48], digérant les toiles et les draps, les soies et les dentelles, dont on le gavait depuis le matin. À l'intérieur, sous le flamboie-

---

44. S'exaltait : devenait plus ardente, plus passionnée.
45. Eugène Delacroix : peintre romantique (1798-1863).
46. Les deux premières tables du soir : les deux premiers services du dîner des vendeurs, qui prennent leur repas à tour de rôle.
47. Empâtée : voix qui manque de netteté.
48. Repu : gavé, rassasié.

ment des becs de gaz, qui, brûlant dans le crépuscule, avaient éclairé les secousses suprêmes de la vente, c'était comme un champ de bataille encore chaud du massacre des tissus. Les vendeurs, harassés de fatigue, campaient parmi la débâcle de leurs casiers et de leurs comptoirs, que paraissait avoir saccagés le souffle furieux d'un ouragan. On longeait avec peine les galeries du rez-de-chaussée, obstruées[49] par la débandade des chaises ; il fallait enjamber, à la ganterie, une barricade de cartons, entassés autour de Mignot ; aux lainages, on ne passait plus du tout, Liénard sommeillait au-dessus d'une mer de pièces, où des piles restées debout, à moitié détruites, semblaient des maisons dont un fleuve débordé charrie les ruines ; et, plus loin, le blanc avait neigé à terre, on butait contre des banquises de serviettes, on marchait sur les flocons légers des mouchoirs. Mêmes ravages en haut, dans les rayons de l'entresol : les fourrures jonchaient les parquets, les confections s'amoncelaient comme des capotes de soldats[50] mis hors de combat, les dentelles et la lingerie, dépliées, froissées, jetées au hasard, faisaient songer à un peuple de femmes qui se serait déshabillé là, dans le désordre d'un coup de désir ; tandis que, en bas, au fond de la maison, le service du départ[51], en pleine activité, dégorgeait[52] toujours les paquets dont il éclatait et qu'emportaient les voitures, dernier branle de la machine surchauffée. Mais, à la soie surtout, les clientes s'étaient

49. Ostruées : bouchées.
50. Capotes de soldats : manteaux portés par les soldats.
51. Service du départ : service qui s'occupe des livraisons dans Paris et la proche banlieue.
52. Dégorgeait : se vidait de son trop-plein.

ruées en masse ; là, elles avaient fait place nette ; on y passait librement, le hall restait nu, tout le colossal approvisionnement du Paris-Bonheur venait d'être déchiqueté, balayé, comme sous un vol de sauterelles dévorantes. Et, au milieu de ce vide, Hutin et Favier feuilletaient leurs cahiers de débit[53], calculaient leur tant pour cent, essoufflés de la lutte. Favier s'était fait quinze francs, Hutin n'avait pu arriver qu'à treize, battu ce jour-là, enragé de sa mauvaise chance. Leurs yeux s'allumaient de la passion du gain, tout le magasin autour d'eux alignait également des chiffres et flambait d'une même fièvre, dans la gaieté brutale des soirs de carnage.

– Eh bien ! Bourdoncle, cria Mouret, tremblez-vous encore ?

Il était revenu à son poste favori, en haut de l'escalier de l'entresol, contre la rampe ; et, devant le massacre d'étoffes qui s'étalait sous lui, il avait un rire victorieux. Ses craintes du matin, ce moment d'impardonnable faiblesse que personne ne connaîtrait jamais, le jetait à un besoin tapageur de triomphe. La campagne était donc définitivement gagnée, le petit commerce du quartier mis en pièces, le baron Hartmann conquis, avec ses millions et ses terrains. Pendant qu'il regardait les caissiers penchés sur leurs registres, additionnant les longues colonnes de chiffres, pendant qu'il écoutait le petit bruit de l'or, tombant de leurs doigts dans les sébiles[54] de cuivre,

53. Cahier de débit : Mouret a inventé de donner à chacun de ses vendeurs un cahier à souche où il inscrit chacune de ses ventes, ce qui permet le calcul de la prime, la guelte, gagné par le vendeur.
54. Sébile : petite coupe destinée à recevoir de l'argent.

il voyait déjà le *Bonheur des Dames* grandir démesurément, élargir son hall, prolonger ses galeries jusqu'à la rue du Dix-Décembre.

– Et maintenant, reprit-il, êtes-vous convaincu que la maison est trop petite ?... On aurait vendu le double.

Bourdoncle s'humiliait, ravi du reste d'être dans son tort. Mais un spectacle les rendit graves. Comme tous les soirs, Lhomme, premier caissier de la vente, venait de centraliser les recettes particulières de chaque caisse ; après les avoir additionnées, il affichait la recette totale, en embrochant dans sa pique de fer la feuille où elle était inscrite ; et il montait ensuite cette recette à la caisse centrale, dans un portefeuille et dans des sacs, selon la nature du numéraire[55]. Ce jour-là, l'or et l'argent dominaient, il gravissait lentement l'escalier, portant trois sacs énormes. Privé de son bras droit, coupé au coude, il les serrait son bras gauche contre sa poitrine, il en maintenait un avec son menton, pour l'empêcher de glisser. Son souffle fort s'entendait de loin, il passait, écrasé et superbe, au milieu du respect des commis.

– Combien, Lhomme ? demanda Mouret.

Le caissier répondit :

– Quatre-vingt mille sept cent quarante-deux francs dix centimes !

Un rire de jouissance souleva le *Bonheur des Dames*. Le chiffre courait. C'était le plus gros chiffre qu'une maison de nouveautés eût encore jamais atteint en un jour.

55. Numéraire : monnaie métallique, espèces.

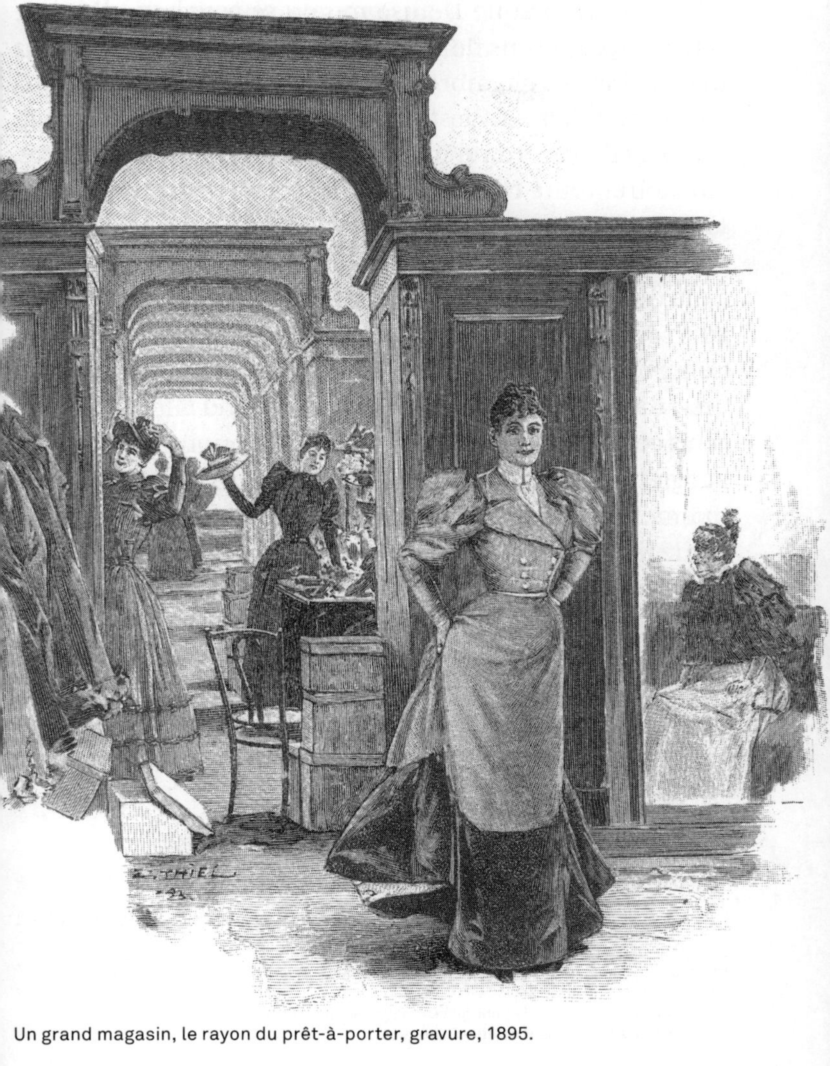

Un grand magasin, le rayon du prêt-à-porter, gravure, 1895.

Et, le soir, lorsque Denise monta se coucher, elle s'appuyait aux cloisons de l'étroit corridor, sous le zinc[56] de la toiture. Dans sa chambre, la porte fermée, elle s'abandonna sur le lit, tellement les pieds lui faisaient du mal. Longtemps, elle regarda d'un air hébété[57] la table de toilette, l'armoire, toute cette nudité d'hôtel garni[58]. C'était donc là qu'elle allait vivre ; et sa première journée se creusait, abominable, sans fin. Jamais elle ne trouverait le courage de la recommencer. Puis, elle s'aperçut qu'elle était vêtue de soie ; cet uniforme l'accablait, elle eut l'enfantillage[59], pour défaire sa malle, de vouloir remettre sa vieille robe de laine, restée au dossier d'une chaise. Mais quand elle fut rentrée dans ce pauvre vêtement à elle, une émotion l'étrangla, les sanglots qu'elle contenait depuis le matin crevèrent brusquement en un flot de larmes chaudes. Elle était retombée sur le lit, elle pleurait au souvenir de ses deux enfants, elle pleurait toujours sans avoir la force de se déchausser, ivre de fatigue et de tristesse.

Extraits du chapitre IV.

56. Zinc : métal dur, d'un blanc bleuâtre, utilisé pour la couverture des toits de Paris.
57. Hébété : rendu stupide.
58. Hôtel garni : qui loue des chambres meublées pauvrement.
59. Enfantillage : comportement d'un enfant.

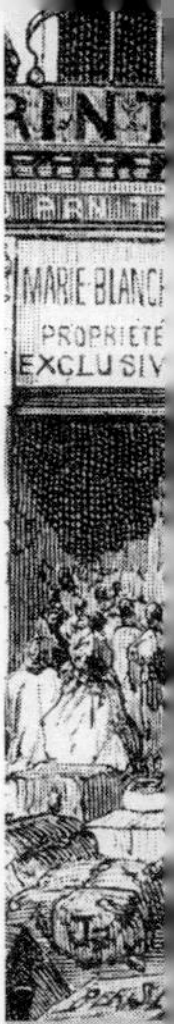

QUESTIONS SUR LE TEXTE 4

AI-JE BIEN LU ?

1 Quel est l'événement au centre de ce chapitre ? Où l'action se déroule-t-elle ? Combien de temps dure-t-elle ?

2 Comment la première journée de travail de Denise au *Bonheur des Dames* se passe-t-elle ?

3 Faites la liste des personnages présents dans cet extrait. Classez-les : personnel du *Bonheur des Dames* ; adjoint de Mouret ; ami de Mouret ; clientes.

J'ANALYSE LE TEXTE

La description du magasin

— Le décor de l'entrée

4 **a.** Comment Mouret a-t-il transformé l'entrée de son magasin ?
b. Comment le narrateur crée-t-il un effet d'abondance et d'exotisme ? Appuyez-vous sur le vocabulaire, la marque du nombre (singulier, pluriel), une figure de style.
c. Quelle impression Denise ressent-elle face à ce décor ? Et les clientes ?

— Le magasin pendant et après la vente

> Les descriptions de Zola s'élargissent souvent en une vision épique, visant à amplifier et dramatiser la réalité. On y trouve, comme dans l'épopée, des combats, mais sous forme métaphorique, et des foules en mouvement.

5 Relevez la métaphore utilisée à propos du magasin (l. 77-80). En quoi traduit-elle une menace ?

6 Relevez le vocabulaire qui décrit la foule (l. 72-130) et celui qui exprime la progression du bruit (l. 88-101).

7 À quel monstre inquiétant le magasin est-il comparé à la fin de la journée (l. 399-403) ?

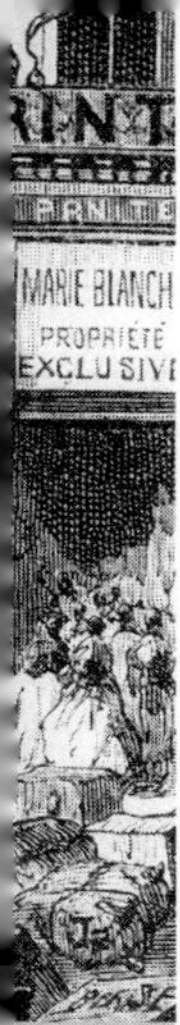

8 **a.** Quel est l'état du magasin après la vente (l. 394-441) ? Relevez le lexique du désordre (notamment les mots formés du préfixe *dé-*) et la métaphore du champ de bataille et du combat.
b. Qui a pillé le magasin ? Qui a gagné la bataille ?

Le parcours de Mouret

— Mouret et son magasin

9 **a.** Où Mouret est-il posté pour observer son magasin durant la vente ? Ce poste est-il à l'image du personnage et de ses ambitions dominatrices ? Justifiez votre réponse.
b. Quelles sont les preuves de la réussite de Mouret ? Quels projets a-t-il pour son magasin ?

— Mouret et Denise

10 **a.** Pourquoi Mouret humilie-t-il Denise ? Par quelle phrase ?
b. Quel est l'effet de cette phrase sur les personnages présents ?

Le parcours de Denise

11 **a.** Quelles critiques Denise subit-elle sur son physique ? De la part de quels personnages ?
b. Relevez les termes qui évoquent son état physique et moral tout au long de la journée.

12 À quels différents moments Denise change-t-elle de robe ? Que peut symboliser l'opposition entre les robes de soie et de laine ?

13 Montrez qu'en cette journée, le vécu de Denise est en totale opposition avec celui de Mouret.

L'écriture naturaliste

14 **a.** Quelle vision Zola donne-t-il, à travers Denise et les autres vendeurs, de la condition des employés de magasin ?
b. Quelle vision donne-t-il de l'attitude des clientes ?

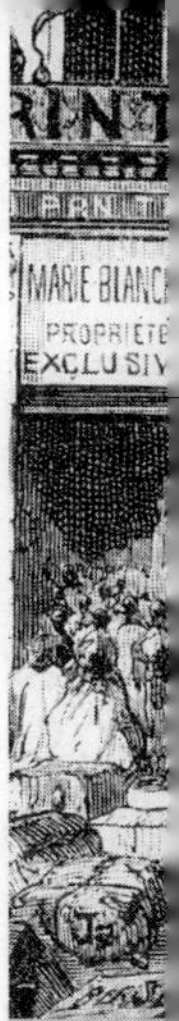

J'ÉTUDIE LA LANGUE

Orthographe : infinitifs et participes passés

15 Justifiez, dans ces phrases, l'orthographe des mots en gras.

a. Le matin, à huit heures, lorsque Denise, qui allait justement **débuter** ce lundi-là, avait **traversé** le salon oriental, elle était **restée saisie**, ne reconnaissant plus l'entrée du magasin, achevant de se **troubler** dans ce décor de harem, **planté** à la porte.

b. Denise ôta la mince robe de laine, **usée** par la brosse, **raccommodée** aux manches, la seule qu'elle eût **apportée** de Valognes.

Vocabulaire : les synonymes

On appelle synonymes des mots de même sens. Ils permettent de varier l'expression

16 Associez à chaque nom son synonyme.

Émerveillement •	• Cohue
Exaspération •	• Engorgement
Foule •	• Moquerie
Brouhaha •	• Ravissement
Encombrement •	• Irritation
Raillerie •	• Rumeur

J'ÉCRIS

Réaliser une interview

17 Dans le cadre d'un journal, vous interrogez une vendeuse ou une caissière d'un grand magasin à propos de son travail.

CONSIGNES D'ÉCRITURE
Imaginez les questions et les réponses après vous être documenté sur les conditions de travail des employés de grands magasins.

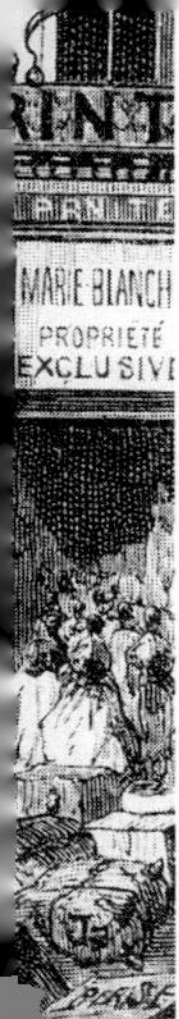

LE SAVIEZ-VOUS ?

Les tissus

Vers le milieu du XIXe siècle, les vêtements de confection tendent de plus en plus à remplacer le costume sur mesure ou le costume usagé qu'on achète chez le fripier. Mais ceci est surtout valable pour les vêtements masculins et ceux des vêtements féminins qui sont peu sensibles aux variations de la mode comme les manteaux ou les accessoires. Pour les robes, la plupart des femmes préfèrent encore acheter des étoffes et se faire tailler un vêtement à leurs mesures chez une couturière. D'où l'importance, dans un magasin comme le *Bonheur des Dames*, des rayons consacrés aux tissus. Ces tissus coûtent cher et ne sont pas à la portée de toutes les bourses. Un mètre de soie noire ordinaire coûte environ 0,59 euros, ce qui représente deux journées de travail d'une ouvrière en chambre ou en atelier. De plus, les robes de l'époque sont larges, alors que les soieries sont étroites (60 centimètres de largeur) : il faut donc 20 à 30 mètres de tissu pour confectionner une robe !

Les chambres des vendeuses

*Voici un extrait du dossier préparatoire d'*Au Bonheur des Dames *(notes prises par Zola sur le* Bon Marché*) :*

« Dans un couloir qui tourne. Des cellules. Le couloir planchéié, propre. On couche environ soixante-quinze femmes. Des numéros sur les portes. Chaque chambre plus ou moins grande ; les unes deux fenêtres, les autres une fenêtre. Mansardées, basses de plafond, un petit lit de fer, quelques-uns avec édredon rouge. Des couvre-pieds bleus. Une armoire de noyer à porte pleine. Une table de toilette. Deux chaises. Des vêtements derrière une porte. Pas de malles, défendu. [...] »

Émile Zola.

« Telle était sa vie... »

Chapitre V

Le lendemain, Denise était descendue au rayon depuis une demi-heure à peine, lorsque Mme Aurélie lui dit de sa voix brève :

– Mademoiselle, on vous demande à la direction.

La jeune fille trouva Mouret seul, assis dans le grand cabinet tendu de reps[1] vert. Il venait de se rappeler « la mal peignée », comme la nommait Bourdoncle ; et lui qui répugnait d'ordinaire au rôle de gendarme, il avait eu l'idée de la faire comparaître pour la secouer un peu, si elle était toujours fagotée en provinciale. La veille, malgré sa plaisanterie, il avait éprouvé devant Mme Desforges, une contrariété d'amour-propre, en voyant discuter l'élégance d'une de ses vendeuses. C'était, chez lui, un sentiment confus, un mélange de sympathie et de colère.

– Mademoiselle, commença-t-il, nous vous avions pris par égard pour votre oncle, et il ne faut pas nous mettre dans la triste nécessité...

Mais il s'arrêta. En face de lui, de l'autre côté du bureau, Denise se tenait droite, sérieuse et pâle. Sa robe de soie n'était plus trop large, serrant sa taille ronde, moulant les

1. **Reps** : étoffe à côtes perpendiculaires aux lisières, souvent employée pour l'ameublement.

lignes pures de ses épaules de vierge ; et, si sa chevelure, nouée en grosses tresses, restait sauvage, elle tâchait du moins de se contenir. Après s'être endormie toute vêtue, les yeux épuisés de larmes, la jeune fille, en se réveillant vers quatre heures, avait eu honte de cette crise de sensibilité nerveuse. Et elle s'était mise immédiatement à rétrécir la robe, elle avait passé une heure devant l'étroit miroir, le peigne dans ses cheveux, sans pouvoir les réduire, comme elle l'aurait voulu.

– Ah ! Dieu merci ! murmura Mouret, vous êtes mieux, ce matin… Seulement, ce sont encore ces diablesses de mèches !

Il s'était levé, il vint corriger sa coiffure, du même geste familier dont Mme Aurélie avait essayé de le faire la veille.

– Tenez ! rentrez donc ça derrière l'oreille… Le chignon est trop haut.

Elle n'ouvrait pas la bouche, elle se laissait arranger. Malgré son serment d'être forte, elle était arrivée toute froide dans le cabinet, avec la certitude qu'on l'appelait pour lui signifier son renvoi. Et l'évidente bienveillance de Mouret ne la rassurait pas, elle continuait à le redouter, à ressentir près de lui ce malaise qu'elle expliquait par un trouble bien naturel, devant l'homme puissant dont sa destinée dépendait. Quand il la vit si tremblante sous ses mains qui lui effleuraient la nuque, il eut regret de ce mouvement d'obligeance[2], car il craignait surtout de perdre son autorité.

2. Obligeance : amabilité.

– Enfin, mademoiselle, reprit-il en mettant de nouveau le bureau entre elle et lui, tâchez de veiller sur votre tenue. Vous n'êtes pas à Valognes, étudiez nos Parisiennes… Si le nom de votre oncle a suffi pour vous ouvrir notre maison, je veux croire que vous tiendrez ce que votre personne m'a semblé promettre. Le malheur est que tout le monde ici ne partage point mon avis… Vous voilà prévenue, n'est-ce pas ? Ne me faites pas mentir.

Il la traitait en enfant, avec plus de pitié que de bonté, sa curiosité du féminin simplement mise en éveil par la femme troublante qu'il sentait naître chez cette enfant pauvre et maladroite. Et elle, pendant qu'il la sermonnait[3], ayant aperçu le portrait de Mme Hédouin, dont le beau visage régulier souriait gravement dans le cadre d'or, se trouvait reprise d'un frisson, malgré les paroles encourageantes qu'il lui adressait. C'était la dame morte, celle que le quartier l'accusait d'avoir tuée, pour fonder la maison sur le sang de ses membres.

Mouret parlait toujours.

– Allez, dit-il enfin, assis et continuant à écrire.

Elle s'en alla, elle eut dans le corridor un soupir de profond soulagement.

À partir de ce jour, Denise montra son grand courage. Sous les crises de sa sensibilité, il y avait une raison sans cesse agissante, toute une bravoure d'être faible et seul, s'obstinant gaiement au devoir qu'elle s'imposait. Elle faisait peu de bruit, elle allait devant elle, droit à son but, par-

3. Sermonnait : adressait des reproches.

dessus les obstacles ; et cela simplement, naturellement, car sa nature même était dans cette douceur invincible.

D'abord, elle eut à surmonter les terribles fatigues du rayon. Les paquets de vêtements lui cassaient les bras, au point que, pendant les six premières semaines, elle criait la nuit en se retournant, courbaturée, les épaules meurtries. Mais elle souffrit plus encore de ses souliers, de gros souliers apportés de Valognes, et que le manque d'argent l'empêchait de remplacer par des bottines légères. Toujours debout, piétinant du matin au soir, grondée si on la voyait s'appuyer une minute contre la boiserie, elle avait les pieds enflés, des petits pieds de fillette qui semblaient broyés dans des brodequins[4] de torture ; les talons battaient de fièvre, la plante s'était couverte d'ampoules, dont la peau arrachée se collait à ses bas. Puis, elle éprouvait un délabrement[5] du corps entier, les membres et les organes tirés par cette lassitude des jambes [...] que trahissaient les pâles couleurs de sa chair[6]. Et elle, si mince, l'air si fragile, résista, pendant que beaucoup de vendeuses devaient quitter les nouveautés, atteintes de maladies spéciales. Sa bonne grâce à souffrir[7], l'entêtement de sa vaillance[8] la maintenaient souriante et droite, lorsqu'elle défaillait[9], à bout de forces, épuisée par un travail auquel des hommes auraient succombé.

4. Brodequins : chaussures ; c'est aussi le nom d'un procédé de torture qui consistait à serrer les pieds de l'accusé entre deux planches.
5. Délabrement : mauvais état.
6. Les pâles couleurs de sa chair : Zola montre ici son intérêt pour les conséquences physiques de la pénibilité du travail.
7. Sa bonne grâce à souffrir : son aptitude à souffrir sans se plaindre.
8. Vaillance : courage.
9. Défaillait : était près de s'effondrer, de perdre connaissance.

Ensuite, son tourment fut d'avoir le rayon contre elle. Au martyre physique s'ajoutait la sourde persécution de ses camarades. Après deux mois de patience et de douceur, elle ne les avait pas encore désarmées. C'étaient des mots blessants, des inventions cruelles, une mise à l'écart qui la frappait au cœur, dans son besoin de tendresse. On l'avait longtemps plaisantée sur son début fâcheux ; les mots de « sabot[10] », de « tête de pioche[11] » circulaient, celles qui manquaient une vente étaient envoyées à Valognes, elle passait enfin pour la bête du comptoir. Puis, lorsqu'elle se révéla plus tard comme une vendeuse remarquable, au courant désormais du mécanisme de la maison, il y eut une stupeur indignée ; et, à partir de ce moment, ces demoiselles s'entendirent de manière à ne jamais lui laisser une cliente sérieuse. Marguerite et Clara[12] la poursuivaient d'une haine instinctive, serraient les rangs pour ne pas être mangées par cette nouvelle venue, qu'elles redoutaient sous leur affectation[13] de dédain. Quant à Mme Aurélie, elle était blessée de la réserve fière de la jeune fille, qui ne tournait pas autour de sa jupe d'un air d'admiration caressante ; [...] toutes s'acharnèrent sur « la mal peignée », celle-ci vécut dans une lutte de chaque heure, n'arrivant avec tout son courage qu'à se maintenir au rayon, difficilement.

Maintenant, telle était sa vie. Il lui fallait sourire, faire la brave et la gracieuse, dans une robe de soie qui ne lui

10. **Sabot :** personne qui s'acquitte mal de sa tâche, peu douée pour quelque chose.
11. **Tête de pioche :** personne très entêtée, stupide.
12. Marguerite Vadon et Clara Prunaire, vendeuses au rayon des confections.
13. **Affectation :** action d'adopter une attitude seulement en apparence.

appartenait point ; et elle agonisait de fatigue, mal nourrie, mal traitée, sous la continuelle menace d'un renvoi brutal. Sa chambre était son unique refuge, le seul endroit où elle s'abandonnait encore à des crises de larmes, lorsqu'elle avait trop souffert durant le jour. Mais un froid terrible y tombait du zinc de la toiture, couverte des neiges de décembre ; elle devait se pelotonner dans son lit, jeter tous ses vêtements sur elle, pleurer sous la couverture, pour que la gelée ne lui gerçât[14] pas le visage. Mouret ne lui adressait plus la parole. Quand elle rencontrait le regard sévère de Bourdoncle pendant le service, elle était prise d'un tremblement, car elle sentait en lui un ennemi naturel, qui ne lui pardonnerait pas la plus légère faute. Et, au milieu de cette hostilité générale, l'étrange bienveillance de l'inspecteur Jouve l'étonnait ; s'il la trouvait à l'écart, il lui souriait, cherchait un mot aimable ; deux fois, il lui avait évité des réprimandes, sans qu'elle lui en témoignât de la gratitude[15], plus troublée que touchée de sa protection.

Un soir, après le dîner, comme ces demoiselles rangeaient les armoires, Joseph vint avertir Denise qu'un jeune homme la demandait, en bas. Elle descendit, très inquiète.

– Tiens ! dit Clara, la mal peignée a donc un amoureux ?

– Faut avoir faim, dit Marguerite.

En bas, sous la porte, Denise trouva son frère Jean. Elle lui avait formellement défendu de se présenter ainsi au magasin, ce qui produisait le plus mauvais effet. Mais elle

14. Gerçât : produisît de petites crevasses.
15. Gratitude : reconnaissance pour un service rendu.

n'osa le gronder, tellement il paraissait hors de lui, sans casquette, essoufflé d'être venu en courant du faubourg du Temple.

– As-tu dix francs ? balbutia-t-il. Donne-moi dix francs ou je suis un homme perdu.

Ce grand galopin aux cheveux blonds envolés, était si drôle, avec son beau visage de fille, en lançant cette phrase de mélodrame[16], qu'elle aurait souri, sans l'angoisse où la mettait la demande d'argent.

– Comment ! dix francs ? murmura-t-elle. Qu'y a-t-il donc ?

Il rougit, il expliqua qu'il avait rencontré la sœur d'un camarade. Denise le fit taire, gagnée par son embarras, n'ayant pas besoin d'en savoir davantage. À deux reprises, il était accouru déjà pour pratiquer des emprunts semblables ; mais il s'agissait seulement, la première fois de vingt-cinq sous, et la seconde de trente sous. Toujours il retombait dans des histoires de femme.

– Je ne peux pas te donner dix francs, reprit-elle. Le mois de Pépé n'est pas encore payé, et j'ai tout juste l'argent. Il me restera à peine de quoi acheter des bottines dont j'ai grand besoin... À la fin, tu n'es pas raisonnable, Jean. C'est très mal.

– Alors, je suis perdu, répéta-t-il avec un geste tragique. Écoute, petite sœur : c'est une grande brune, nous sommes allés au café en compagnie du frère, moi je ne me doutais pas que les consommations...

---

16. Mélodrame : pièce de théâtre populaire présentant souvent une histoire invraisemblable, des scènes violentes et des sentiments exagérés.

Elle dut l'interrompre de nouveau, et comme des larmes montaient aux yeux du cher écervelé[17], elle tira son porte-monnaie, en sortit une pièce de dix francs, qu'elle lui glissa dans la main. Tout de suite, il se mit à rire.

– Je savais bien… Mais, parole d'honneur ! jamais plus désormais ! Il faudrait être un fameux chenapan[18].

Et il reprit sa course, après l'avoir baisée sur les joues comme un fou. Dans le magasin, des employés s'étonnaient.

Cette nuit-là, Denise dormit d'un mauvais sommeil. Depuis son entrée au *Bonheur des Dames*, l'argent était son cruel souci. Elle restait toujours au pair, sans appointements fixes ; et, comme ces demoiselles du rayon l'empêchaient de vendre, elle arrivait tout juste à payer la pension de Pépé, grâce aux clientes sans conséquence qu'on lui abandonnait. C'était pour elle une misère noire, la misère en robe de soie. Souvent elle devait passer la nuit, elle entretenait son mince trousseau, reprisant son linge, raccommodant ses chemises comme de la dentelle ; sans compter qu'elle avait posé des pièces à ses souliers, aussi adroitement qu'un cordonnier aurait pu le faire. Elle risquait des lessives dans sa cuvette. Mais sa vieille robe de laine l'inquiétait surtout ; elle n'en avait pas d'autre, elle était forcée de la remettre chaque soir, quand elle quittait la soie d'uniforme, ce qui l'usait terriblement ; une tache lui donnait la fièvre, le moindre accroc devenait une catastrophe. Et rien à elle, pas un sou, pas de quoi acheter les menus objets dont une femme a besoin ; elle avait dû

17. Écervelé : étourdi, qui ne réfléchit pas (étymologie : sans cerveau).
18. Chenapan : vaurien, garnement.

attendre quinze jours pour renouveler sa provision de fil et d'aiguilles. Aussi étaient-ce des désastres, lorsque Jean, avec ses histoires d'amour, tombait tout d'un coup et saccageait le budget. Une pièce de vingt sous emportée creusait un gouffre. Quant à trouver dix francs le lendemain, il ne fallait pas y songer un instant. Jusqu'au petit jour, elle eut des cauchemars, Pépé jeté à la rue, tandis qu'elle retournait les pavés de ses doigts meurtris, pour voir s'il n'y avait pas de l'argent dessous.

Le lendemain, justement, elle eut à sourire, à jouer son rôle de fille bien mise. Des clientes connues vinrent au rayon, Mme Aurélie l'appela plusieurs fois, lui jeta sur les épaules des manteaux, afin qu'elle en fît valoir les coupes nouvelles. Et, tandis qu'elle se cambrait, avec des grâces[19] imposées de gravures de mode, elle songeait aux quarante francs de la pension de Pépé, qu'elle avait promis de payer le soir. Elle se passerait bien encore de bottines, ce mois-là ; mais, en joignant même aux trente francs qui lui restaient, les quatre francs mis de côté sou à sou, cela ne lui ferait jamais que trente-quatre francs ; et, où prendrait-elle six francs pour compléter la somme ? C'était une angoisse dont son cœur défaillait.

– Remarquez, les épaules sont libres, disait Mme Aurélie. C'est très distingué et très commode... Mademoiselle peut croiser les bras.

– Oh ! parfaitement, répétait Denise, qui gardait un air aimable. On ne le sent pas... Madame en sera contente.

---

19. Grâces : manières agréables, gracieuses.

Maintenant, elle se reprochait d'être allée, l'autre dimanche, chercher Pépé chez Mme Gras, pour le promener aux Champs-Élysées. Le pauvre enfant sortait si rarement avec elle ! Mais il avait fallu lui acheter du pain d'épice et une pelle, puis le mener voir Guignol ; et tout de suite cela était monté à vingt-neuf sous. Vraiment, Jean ne songeait guère au petit, lorsqu'il faisait des sottises. Ensuite, tout retombait sur elle.

– Du moment qu'il ne plaît pas à madame..., reprenait la première. Tenez ! mademoiselle, mettez la rotonde[20], afin que madame juge.

Et Denise marchait à petit pas, la rotonde aux épaules, en disant :

– Elle est plus chaude... C'est la mode de cette année.

Jusqu'au soir, derrière sa bonne grâce de métier, elle se tortura ainsi pour savoir où trouver de l'argent. Ces demoiselles, débordées, lui laissèrent faire une vente importante ; mais on était au mardi, il fallait attendre quatre jours, avant de toucher la semaine. Après le dîner, elle résolut de remettre au lendemain sa visite chez Mme Gras. Elle s'excuserait, dirait avoir été retenue ; et d'ici là, peut-être aurait-elle les six francs.

Comme Denise évitait les moindres dépenses, elle montait se coucher de bonne heure. Que pouvait-elle faire sur les trottoirs, sans un sou, avec sa sauvagerie, et toujours inquiétée par la grande ville, où elle ne connaissait que les rues voisines du magasin ? Après s'être risquée

20. Rotonde : voir note 17 p. 52.

jusqu'au Palais-Royal, pour prendre l'air, elle rentrait vite, s'enfermait, se mettait à coudre ou à savonner. C'était, le long du couloir des chambres ; une promiscuité de caserne[21], des filles souvent peu soignées, des commérages[22] d'eaux de toilette et de linges sales, toute une aigreur qui se dépensait en brouilles et en raccommodements continuels. [...] Denise n'avait pas d'amie. De toutes ces demoiselles, une seule, Pauline Cugnot, lui témoignait quelque tendresse ; et encore, les rayons des confections et de la lingerie, installés côte à côte, se trouvant en guerre ouverte, la sympathie des deux vendeuses avait dû jusque-là se borner à de rares paroles, échangées en courant. Pauline occupait bien une chambre voisine, à droite de la chambre de Denise ; mais, comme elle disparaissait au sortir de table et ne revenait pas avant onze heures, cette dernière l'entendait seulement se mettre au lit, sans jamais la rencontrer, en dehors des heures de travail.

Cette nuit-là, Denise s'était résignée à faire de nouveau le cordonnier. Elle tenait ses souliers, les examinait, regardait comment elle pourrait les mener au bout du mois. Enfin, avec une forte aiguille, elle avait pris le parti de recoudre les semelles, qui menaçaient de quitter l'empeigne[23]. Pendant ce temps, un col et des manches trempaient dans la cuvette, pleine d'eau de savon.

Chaque soir, elle entendait les mêmes bruits, ces demoiselles qui rentraient une à une, de courtes conversations

---

21. Promiscuité de caserne : rapprochement de personnes très différentes comme dans une caserne, bâtiment destiné à loger des soldats.
22. Commérages : bavardages malveillants, indiscrets.
23. Empeigne : dessus de la chaussure recouvrant le pied (de la pointe au cou-de-pied).

chuchotées, des rires, parfois des querelles, qu'on étouffait. Puis, les lits craquaient, il y avait des bâillements ; et les chambres tombaient à un lourd sommeil. Sa voisine de gauche rêvait souvent tout haut, ce qui l'avait effrayée d'abord. Peut-être, d'autres, à son exemple, veillaient-elles pour se raccommoder[24], malgré le règlement ; mais ce devait être avec les précautions qu'elle prenait elle-même, les gestes ralentis, les moindres chocs évités, car un silence frissonnant sortait seul des portes closes.

Onze heures étaient sonnées depuis dix minutes, lorsqu'un bruit de pas lui fit lever la tête. Encore une de ces demoiselles qui se trouvait en retard ! Et elle reconnut Pauline, en entendant celle-ci ouvrir la porte d'à côté. Mais elle demeura stupéfaite : la lingère revenait doucement et frappait chez elle.

– Dépêchez-vous, c'est moi.

Il était défendu aux vendeuses de se recevoir dans leurs chambres. Aussi Denise tourna-t-elle la clef vivement, pour que sa voisine ne fût pas surprise par Mme Cabin, qui veillait à la stricte observation du règlement.

– Elle était là ? demanda-t-elle en refermant la porte.

– Qui ? Mme Cabin ? dit Pauline. Oh ! ce n'est pas d'elle que j'ai peur… Avec cent sous !

Puis elle ajouta :

– Voici longtemps que je veux causer. En bas, on ne peut jamais… Puis, vous m'avez eu l'air si triste, ce soir, à table !

---

24. Raccommoder : recoudre, réparer leurs vêtements.

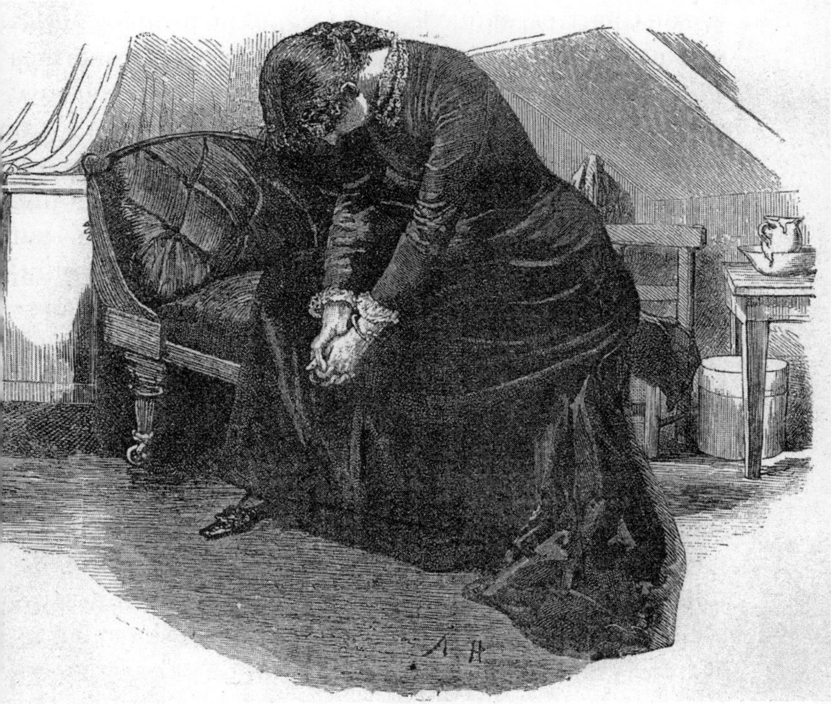

Illustration du roman *Au Bonheur des Dames* d'Émile Zola. Éditions Fasquelle, 1906.

Denise la remerciait, la priait de s'asseoir, touchée de son air de bonne fille. Mais, dans le trouble où cette visite imprévue la mettait, elle n'avait pas lâché le soulier qu'elle était en train de recoudre ; et les yeux de Pauline tombèrent sur ce soulier. Elle hocha la tête, regarda autour d'elle, aperçut les manches et le col dans la cuvette.

– Ma pauvre enfant, je m'en doutais, reprit-elle. Allez ! je connais ça. Dans les premiers temps, quand je suis arrivée de Chartres, et que le père Cugnot ne m'envoyait pas un sou, j'en ai lavé de ces chemises ! Oui, oui, jusqu'à mes chemises ! J'en avais deux, vous en auriez toujours trouvé une qui trempait.

Elle s'était assise, essoufflée d'avoir couru. Sa large face, aux petits yeux vifs, à la grande bouche tendre, avait une grâce, sous l'épaisseur des traits. Et, sans transition, tout d'un coup, elle conta son histoire : sa jeunesse au moulin, le père Cugnot ruiné par un procès, et qui l'avait envoyée à Paris faire fortune, avec vingt francs dans la poche ; ensuite, ses débuts comme vendeuse, d'abord au fond d'un magasin des Batignolles, puis au *Bonheur des Dames*, de terribles débuts, toutes les blessures et toutes les privations ; enfin, sa vie actuelle, les deux cents francs qu'elle gagnait par mois, les plaisirs qu'elle prenait, l'insouciance où elle laissait couler ses journées. Des bijoux, une broche, une chaîne de montre, luisaient sur sa robe de drap gros bleu, pincée coquettement à la taille ; et elle souriait sous sa toque[25] de velours, ornée d'une grande plume grise.

Denise était devenue très rouge, avec son soulier. Elle voulait balbutier une explication.

– Puisque ça m'est arrivé ! répéta Pauline. Voyons, je suis votre aînée, j'ai vingt-six ans et demi, sans que cela paraisse… Contez-moi vos petites affaires.

Alors, Denise céda, devant cette amitié qui s'offrait si franchement. Elle s'assit en jupon, un vieux châle noué sur les épaules, près de Pauline en toilette ; et une bonne

25. Toque : chapeau sans bords.

causerie s'engagea entre elles. Il gelait dans la chambre, le froid semblait y couler des murs mansardés, d'une nudité de prison ; mais elles ne s'apercevaient pas que leurs doigts avaient l'onglée[26], elles étaient toutes à leurs confidences. Peu à peu, Denise se livra, parla de Jean et de Pépé, dit combien la question d'argent la torturait ; ce qui les amena toutes deux à tomber sur ces demoiselles des confections. Pauline se soulageait.

– Oh ! les mauvaises teignes[27] ! Si elles se conduisaient en bonnes camarades, vous pourriez vous faire plus de cent francs.

– Tout le monde m'en veut, sans que je sache pourquoi, disait Denise gagnée par les larmes. [...]

– [...] Mais que vous êtes donc enfant de vous chagriner ainsi ! Est-ce malheureux d'être si sensible ! Pardi ! ce qui vous arrive, arrive à toutes : on vous fait payer la bienvenue.

Elle lui saisit les mains, elle l'embrassa, emportée par son bon cœur. La question d'argent était plus grave. Certainement, une pauvre fille ne pouvait soutenir ses deux frères, payer la pension du petit et régaler les maîtresses du grand, en ramassant les quelques sous douteux dont les autres ne voulaient point ; car il était à craindre qu'on ne l'appointât pas avant la reprise des affaires, en mars.

– Écoutez, il est impossible que vous teniez le coup davantage, dit Pauline. Moi, à votre place...

---

26. Onglée : engourdissement douloureux du bout des doigts, causé par le froid.
27. Teignes : personnes méchantes, hargneuses.

Mais un bruit, venu du corridor, la fit taire. C'était peut-être Marguerite, qu'on accusait de se promener en chemise de nuit, pour moucharder le sommeil des autres. La lingère, qui serrait toujours les mains de son amie, la regarda un moment en silence, l'oreille tendue.

Puis, elle recommença très bas, d'un air de tendre conviction :

– Moi, à votre place, je prendrais quelqu'un.

– Comment, quelqu'un ? murmura Denise, sans comprendre d'abord.

Lorsqu'elle eut compris, elle retira ses mains, elle resta toute sotte. Ce conseil la gênait comme une idée qui ne lui était jamais venue, et dont elle ne voyait pas l'avantage.

– Oh ! non, répondit-elle simplement.

– Alors, continua Pauline, vous ne vous en sortirez pas, c'est moi qui vous le dis !... Les chiffres sont là : quarante francs pour le petit, des pièces de cent sous de temps à autre au grand ; et vous ensuite, vous qui ne pouvez toujours aller mise comme une pauvresse, avec des souliers dont ces demoiselles plaisantent ; oui, parfaitement, vos souliers vous font du tort... Prenez quelqu'un, ce sera beaucoup mieux.

– Non, répéta Denise.

– Eh bien ! vous n'êtes pas raisonnable... C'est forcé, ma chère, et si naturel ! Nous avons toutes passé par là. Moi, tenez ! j'étais au pair, comme vous. Pas un liard. On est couchée et nourrie, bien sûr ; mais il y a la toilette, puis il est impossible de rester sans un sou, renfermée dans sa chambre, à regarder voler les mouches. Alors, mon Dieu ! il faut se laisser aller...

Et elle parla de son premier amant, un clerc d'avoué, qu'elle avait connu dans une partie, à Meudon. Après celui-là, elle s'était mise avec un employé des postes. Enfin, depuis l'automne, elle fréquentait un vendeur du *Bon Marché*, un grand garçon très gentil, chez lequel elle passait toutes ses heures libres. Jamais qu'un à la fois, du reste. Elle était honnête, elle s'indignait, lorsqu'on parlait de ces filles qui se donnent au premier venu.

– Je ne vous dis point de vous mal conduire, au moins ! reprit-elle vivement. Ainsi je ne voudrais pas être rencontrée en compagnie de votre Clara, de peur qu'on ne m'accusât de faire la noce[28] comme elle. Mais, quand on est tranquillement avec quelqu'un, et qu'on n'a aucun reproche à s'adresser... Ça vous semble donc vilain ?

– Non, répondit Denise. Ça ne me va pas, voilà tout.

Il y eut un nouveau silence. Dans la petite chambre glacée, toutes deux se souriaient, émues de cette conversation à voix basse.

– Et puis, il faudrait d'abord avoir de l'amitié pour quelqu'un, reprit-elle, les joues roses.

[...] Pauline n'insista plus. Chacune était maîtresse d'agir à son goût. Ce qu'elle en avait dit, c'était par bonté de cœur, car elle éprouvait un véritable chagrin de voir si malheureuse une camarade. Et, comme minuit allait sonner, elle se leva pour partir. Mais, auparavant, elle

28. Faire la noce : mener une vie de plaisirs, passer d'un amant à un autre.

força Denise à accepter les six francs qui lui manquaient, en la suppliant de ne pas se gêner, de ne les rendre que lorsqu'elle gagnerait davantage.

– Maintenant, ajouta-t-elle, éteignez votre bougie, pour qu'on ne sache pas quelle porte s'ouvre... Vous la rallumerez ensuite.

La bougie éteinte, toutes deux se serrèrent encore les mains ; et Pauline fila légèrement, rentra chez elle, sans laisser d'autres bruits que le frôlement de sa jupe, au milieu du sommeil, écrasé de fatigue, des autres petites chambres.

Avant de se mettre au lit, Denise voulut achever de recoudre son soulier et faire son savonnage. Le froid devenait plus vif, à mesure que la nuit avançait. Mais elle ne le sentait pas, cette causerie avait remué tout le sang de son cœur. [...] Vers une heure, elle se coucha enfin. Non, elle n'aimait personne. Alors, à quoi bon déranger sa vie, gâter le dévouement maternel qu'elle avait voué à ses deux frères ? Pourtant, elle ne s'endormait pas, des frissons tièdes montaient à sa nuque, l'insomnie faisait passer devant ses paupières closes des formes indistinctes, qui s'évanouissaient dans la nuit. [...]

La vie de Denise reste difficile ; les mois passent. Denise commence à s'intéresser aux histoires d'amour qui se déroulent autour d'elles. Elle découvre que Colomban, le commis de Baudu (voir texte 1, p. 16), pourtant fiancé à sa fille, aime une vendeuse du Bonheur des Dames. *Un dimanche de mai, Pauline l'entraîne sur les bords de la Marne avec son amant Baugé. Denise retrouve là-bas quelques employés du magasin, notamment le timide Deloche, embauché le même jour que Denise et Hutin, un vendeur au rayon des soieries. Se croyant amoureuse de Hutin, elle est troublée de découvrir sa vulgarité et de le voir en compagnie de femmes. Quant à Deloche, il lui avoue timidement son amour, mais Denise ne veut être que son amie. Au retour, à plus de minuit, Denise aperçoit l'ombre de Mouret, rentrant de soirée. Pour l'éviter, elle prend une porte qui donne dans le magasin et réservée aux rondes de surveillance... Elle se retrouve face à face avec Mouret.*

– Comment ! c'est vous, mademoiselle ! dit Mouret, que Denise trouva devant elle, dans l'escalier, une petite bougie de poche à la main.

Elle balbutia, voulut expliquer qu'elle venait de chercher quelque chose au rayon. Mais il ne se fâchait point, il la regardait de son air à la fois paternel et curieux.

– Vous aviez donc une permission de théâtre ?

– Oui, monsieur.

– Et vous êtes-vous divertie ?... À quel théâtre êtes-vous allée ?

– Monsieur, je suis allée à la campagne.

Cela le fit rire. Puis, il demanda, en appuyant sur les mots :

– Toute seule ?

– Non, monsieur, avec une amie, répondit-elle, les joues empourprées, honteuse de la pensée qu'il avait sans doute.

Alors, il se tut. Mais il la regardait toujours, dans sa petite robe noire, coiffée de son chapeau garni d'un seul ruban bleu. Est-ce que cette sauvageonne finirait par devenir une jolie fille ? Elle sentait bon de sa course au grand air, elle était charmante avec ses beaux cheveux épeurés[29] sur son front. Et lui qui, depuis six mois, la traitait en enfant, qui la conseillait parfois, cédant à des idées d'expérience, à des envies méchantes de savoir comment une femme poussait et se perdait dans Paris, il ne riait plus, il éprouvait un sentiment indéfinissable de surprise et de crainte, mêlé de tendresse. Sans doute, c'était un amant qui l'embellissait ainsi. À cette pensée, il lui sembla qu'un oiseau favori, dont il jouait, venait de le piquer au sang[30].

– Bonsoir, monsieur, murmura Denise, en continuant de monter, sans attendre.

Il ne répondit pas, la regarda disparaître. Puis, il rentra chez lui.

Extraits du chapitre V.

---

29. Épeurés : en désordre.
30. Il lui sembla… sang : Denise est comparée à un oiseau.

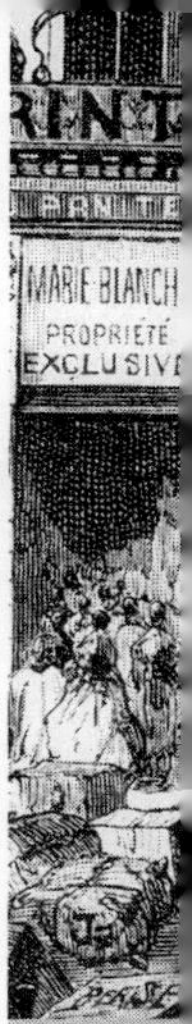

QUESTIONS SUR LE TEXTE 5

AI-JE BIEN LU ?

❶ Pour quelle raison Mouret convoque-t-il Denise dans son bureau ? Comment l'entrevue se termine-t-elle ?

❷ Comment Denise est-elle traitée par les autres vendeuses des confections ?

❸ Pourquoi Denise a-t-elle de gros problèmes d'argent ? Que souhaiterait-elle acheter pour elle ?

❹ Que propose Pauline Cugnot à Denise qui lui permettrait de se tirer d'affaire ? Que répond-elle ?

❺ Quel personnage Denise rencontre-t-elle le dimanche soir, à son retour de la campagne ?

J'ANALYSE LE TEXTE

L'ordre et le rythme du récit

— Le retour en arrière

Les événements sont souvent racontés dans leur ordre chronologique, mais le narrateur peut procéder à des **retours en arrière** en rapportant un événement après le moment où il se situe dans l'histoire. Le temps utilisé est le plus-que-parfait à valeur d'antériorité dans le passé.

❻ **a.** Repérez les deux retours en arrière dans les lignes 1-29. Appuyez-vous sur les indications temporelles et le temps des verbes.
b. Quels personnages ces retours en arrière concernent-ils ? Quel en est l'intérêt ?

— Le rythme du récit

Le narrateur peut **ralentir** le rythme, c'est-à-dire qu'il utilise plusieurs lignes ou pages pour rapporter une action de courte durée, multipliant les détails introduisant des dialogues pour donner au

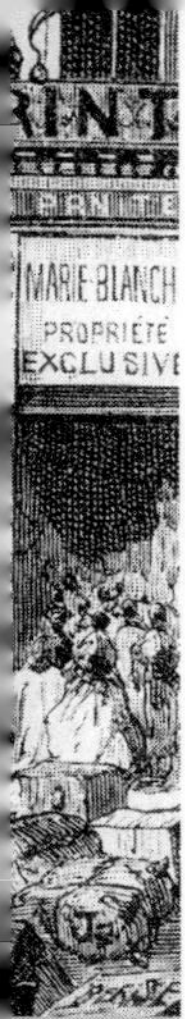

lecteur l'illusion que l'action se déroule en même temps qu'il la lit. On parle alors de scènes.
Le narrateur peut **accélérer** le rythme, c'est-à-dire qu'il raconte en quelques lignes des événements qui ont duré des mois ou même des années. On parle alors de sommaires.

7 **a.** Quelle est la durée totale des événements racontés dans cet extrait ?
b. Combien de mois s'écoule-t-il entre les deux entrevues de Denise et Mouret (début et fin de chapitre) ? Combien de lignes le narrateur consacre-t-il à chacune de ces rencontres ?
c. Montrez qu'au cours du chapitre le narrateur accélère le récit (l. 70-143). Pourquoi fait-il ce choix ?
d. Sur quelles scènes le narrateur s'attarde-t-il (l. 144-433) ? Pour quelle raison ?

Le parcours de Mouret

8 **a.** Dans quel cadre Mouret reçoit-il Denise (l. 1-67) ?
b. Quels sont les éléments de décor évoqués ? Quel est celui qui a une valeur symbolique (l. 59-65) ?
9 **a.** Quels différents sentiments Mouret éprouve-t-il face à la jeune fille pendant cette entrevue ?
b. Dans quelles circonstances Mouret se trouve-t-il à nouveau face à Denise ? Quel nouveau regard porte-t-il sur elle ?

Le parcours de Denise

— Les tourments de Denise

10 **a.** Détaillez les souffrances physiques et morales subies par Denise dans l'exercice de son métier. De quelles qualités fait-elle preuve ?
b. Comment passe-t-elle ses soirées ?
11 Pourquoi Jean vient-il demander de l'argent à Denise ? Est-elle en mesure de répondre à sa demande ? Pourquoi le fait-elle ?

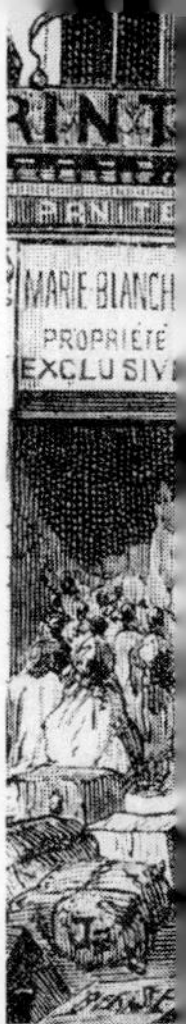

— Pauline : une amitié réconfortante

⓬ a. Dans quel rayon du *Bonheur des Dames* Pauline Cugnot travaille-t-elle ?
b. Quel âge a-t-elle ? Résumez son histoire.
c. Quels détails montrent qu'elle est à l'aise financièrement (l. 326-338) ?

⓭ a. De quelles différentes façons tente-t-elle de réconforter et d'aider Denise ?
b. Quels sentiments nouveaux Denise éprouve-t-elle après sa discussion avec la jeune femme ?

— Les relations avec Mouret

⓮ Quels sentiments confus Denise ressent-elle face à Mouret lors de sa première entrevue puis lorsqu'elle le rencontre à la fin du chapitre ?

Les principes naturalistes : la condition des employés

⓯ Quel témoignage Zola fournit-il sur les conditions de travail et de vie des vendeuses de grand magasin à la fin du XIXe siècle (salaire, durée du travail, fatigue et maladies, conditions de logement) ?

J'ÉTUDIE LA LANGUE

Vocabulaire : les préfixes

> Un **préfixe** est un élément qui se place devant le radical pour modifier le sens d'un mot. Ex. : placer / dé-placer.

⓰ Identifiez les préfixes dans chacun des mots suivants, présents dans l'extrait, puis indiquez le sens de ces préfixes.
a. malheur. **b.** maladroite. **c.** invincible. **d.** désarmées. **e.** imprévue. **f.** insouciance. **g.** impossible. **h.** recoudre. **i.** revenait. **j.** malheureuse. **k.** rallumerez. **l.** indistinctes.

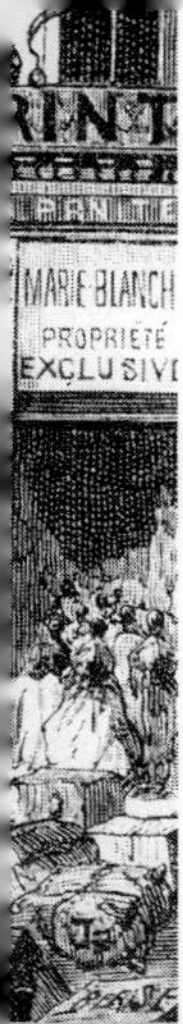

Grammaire : l'expression de l'hypothèse

L'**hypothèse** exprime un fait soumis à condition. Le plus souvent, elle est énoncée dans une subordonnée introduite par *si*.

17 **a.** Dans les phrases ci-dessous, identifiez le temps, le mode et l'infinitif des verbes en gras.
b. Réécrivez la phrase 2 en introduisant une proposition introduite par *si*. Quel temps avez-vous utilisé ?
– Phrase 1 : « Si elles **se conduisaient** en bonnes camarades, vous **pourriez** vous faire plus de cent francs. »
– Phrase 2 : « Moi, à votre place, je **prendrais** quelqu'un. »

J'ÉCRIS

Réécrire au style direct

18 Réécrivez au style direct le passage des lignes 326-335.

CONSIGNES D'ÉCRITURE
- Commencez par des guillemets.
- Faites parler Denise à la première personne.
- Effectuez les changements nécessaires.

« Passez à la caisse ! »

Chapitre VI

C'est l'été, le magasin est « vide de clientes, pendant les chaleurs de juillet et d'août ». Les vendeurs risquent le renvoi au moindre prétexte. Ils redoutent tous Bourdoncle et son terrible : « Passez à la caisse ! » Denise se sent menacée, Clara et Marguerite font courir le bruit qu'elle a un enfant et un amant parce qu'elles l'ont vue avec ses frères Pépé et Jean. Pour faire face aux besoins financiers de ce dernier, elle a obtenu de Robineau un travail supplémentaire, en cachette de la direction : elle coud des nœuds de cravate la nuit. Or, Robineau, vendeur à la soie depuis sept ans, est jalousé par ses collègues, dont Hutin et Favier, qui veulent prendre sa place…

Ce jour-là, Denise cherche Robineau dans tout le magasin : peut-être pourra-t-il l'aider à retrouver l'entrepreneuse de cravates qui a fait faillite et lui doit dix-huit francs. En vain ! Elle est descendue déjeuner au réfectoire. Les femmes sont installées dans une salle à part. Denise a décidé de partir la dernière pour pouvoir aborder Robineau qui déjeune dans une salle voisine. Arrive alors l'inspecteur Jouve, il s'approche d'elle et tente de l'embrasser ; Denise le repousse violemment, une bouteille de vin se renverse et vient éclabousser sa cravate blanche. Denise s'enfuit…

[…]

Justement, la cloche sonnait ; et, troublée, encore frémissante, elle oublia Robineau, elle remonta au comptoir. Puis, elle n'osa plus redescendre. Comme le soleil, l'après-midi, chauffait la façade de la place Gaillon, on étouffait dans les salons de l'entresol, malgré les stores. Quelques clientes vinrent, mirent ces demoiselles en nage, sans rien acheter. Tout le rayon bâillait, sous les grands yeux somnolents de Mme Aurélie. Enfin, vers trois heures, Denise, voyant la première s'assoupir, fila doucement, reprit sa course à travers le magasin, de son air affairé. Pour dépister les curieux, qui pouvaient la suivre du regard, elle ne descendit pas directement à la soie ; d'abord, elle parut avoir affaire aux dentelles, elle aborda Deloche[1], lui demanda un renseignement ; ensuite, au rez-de-chaussée, elle traversa la rouennerie*, et elle entrait aux cravates, lorsqu'un sursaut de surprise l'arrêta net. Jean était devant elle.

– Comment ! c'est toi ? murmura-t-elle toute pâle.

Il avait gardé sa blouse de travail, et il était nu-tête, avec ses cheveux blonds en désordre, dont les frisures coulaient sur sa peau de fille. Debout devant un casier de minces cravates noires, il semblait réfléchir profondément.

– Que fais-tu là ? reprit-elle.

– Dame ! répondit-il, je t'attendais... Tu me défends de venir. Alors, je suis bien entré, mais je n'ai rien dit à personne. Oh ! tu peux être tranquille. Ne fais pas semblant de me connaître, si tu veux.

Des vendeurs les regardaient déjà, l'air étonné. Jean baissa la voix.

---

1. **Deloche :** jeune vendeur qui a fait une déclaration à Denise (voir texte 5, p. 119).

– Tu sais, elle a voulu m'accompagner. Oui, elle est sur la place, devant la fontaine… Donne vite les quinze francs, ou nous sommes fichus, aussi vrai que le soleil nous éclaire !

Alors, Denise fut saisie d'un grand trouble. On ricanait, on écoutait cette aventure. Et, comme un escalier du sous-sol s'ouvrait derrière le rayon des cravates, elle y poussa son frère, elle le fit descendre vivement. En bas, il continua son histoire, embarrassé, cherchant les faits, craignant de n'être point cru.

– L'argent n'est pas pour elle. Elle est trop distinguée… Et son mari, ah ! bien, il se fiche joliment de quinze francs ! Pour un million, il n'autoriserait pas sa femme. Un fabricant de colle, te l'ai-je dit ? des gens extrêmement bien… Non, c'est pour une crapule, un ami à elle qui nous a vus ; et, tu comprends, si je ne lui donne pas les quinze francs, ce soir…

– Tais-toi, murmura Denise. Tout à l'heure… Marche donc !

Ils étaient descendus dans le service du départ. La morte saison endormait la vaste cave, sous le jour blafard[2] des soupiraux[3]. Il y faisait froid, un silence tombait de la voûte. Mais pourtant un garçon prenait, dans un des compartiments, les quelques paquets destinés au quartier de la Madeleine ; et, sur la grande table de triage, Campion, le chef de service, était assis, les jambes ballantes, les yeux ouverts.

2. Blafard : pâle, sans éclat.
3. Soupiraux : au singulier, soupirail ; ouverture donnant du jour et de l'air à des pièces en sous-sol ou aux caves d'un bâtiment.

Jean recommençait :

– Le mari qui a un grand couteau...

– Va donc ! répéta Denise, en le poussant toujours.

Ils suivirent un des corridors étroits, où le gaz brûlait continuellement. À droite et à gauche, au fond des caveaux obscurs, les marchandises des réserves entassaient des ombres derrière les palissades. Enfin, elle s'arrêta contre une de ces claies[4] de bois. Personne ne viendrait sans doute ; mais c'était défendu, et elle avait un frisson.

– Si cette crapule parle, reprit Jean, le mari qui a un grand couteau...

– Où veux-tu que je trouve quinze francs ? s'écria Denise désespérée. Tu ne peux donc pas être raisonnable ? Il t'arrive sans cesse des choses si drôles !

Il se frappa la poitrine. Au milieu de ses inventions romanesques, lui-même ne savait plus l'exacte vérité. Il dramatisait simplement ses besoins d'argent, il y avait toujours au fond quelque nécessité immédiate.

– Sur ce que j'ai de plus sacré, cette fois c'est bien vrai... Je la tenais comme ça, et elle m'embrassait...

Elle le fit taire de nouveau, elle se fâcha, torturée, poussée à bout.

– Je ne veux pas savoir. Garde pour toi ta mauvaise conduite. C'est trop vilain, entends-tu !... Et tu me tourmentes chaque semaine, je me tue à t'entretenir de pièces de cent sous. Oui, je passe les nuits... Sans compter que tu enlèves le pain de la bouche de ton frère.

4. **Claies :** palissades.

Jean restait béant, la face pâle. Comment ! c'était vilain ? et il ne comprenait pas, il avait depuis l'enfance traité sa sœur en camarade, il lui semblait bien naturel de vider son cœur. Mais ce qui l'étranglait surtout, c'était d'apprendre qu'elle passait les nuits. L'idée qu'il la tuait et qu'il mangeait la part de Pépé, le bouleversa tellement, qu'il se mit à pleurer.

– Tu as raison, je suis un chenapan, cria-t-il. Mais ce n'est pas vilain, va ! au contraire, et voilà pourquoi on recommence... Celle-là, vois-tu, a déjà vingt ans. Elle croyait rire, parce que j'en ai à peine dix-sept... Mon Dieu ! que je suis donc furieux contre moi ! Je me flanquerais des gifles !

Il lui avait pris les mains, il les baisait, les mouillait de larmes.

– Donne-moi les quinze francs, ce sera la dernière fois, je te le jure... Ou bien, non ! ne me donne rien, j'aime mieux mourir. Si le mari m'assassine, tu seras bien débarrassée.

Et, comme elle aussi pleurait, il eut un remords.

– Je dis ça, je n'en sais rien. Peut-être qu'il ne veut tuer personne. Nous nous arrangerons, je te le promets, petite sœur. Allons, adieu, je pars.

Mais un bruit de pas, au bout du corridor, les inquiéta. Elle le ramena contre la réserve, dans un coin d'ombre. Pendant un instant, ils n'entendirent plus que le sifflement d'un bec de gaz, près d'eux. Puis, les pas se rapprochèrent ; et, en allongeant la tête, elle reconnut l'inspecteur Jouve, qui venait de s'engager dans le corridor, de son air raide. Passait-il par hasard ? quelque autre surveillant, de planton à la porte, l'avait-il averti ? Elle fut prise d'une telle crainte, qu'elle perdit la tête ; et elle poussa Jean hors du trou de ténèbres où ils se cachaient, le chassa devant elle, balbutia[5] :

– Va-t'en ! va-t'en !

Tous deux galopaient, en entendant derrière leurs talons le souffle du père Jouve, qui s'était mis également à courir. Ils traversèrent de nouveau le service du départ, ils arrivèrent au pied de l'escalier dont la cage vitrée débouchait sur la rue de la Michodière.

– Va-t'en ! répétait Denise, va-t'en !... Si je peux, je t'enverrai les quinze francs tout de même.

Jean, étourdi, se sauva. Hors d'haleine, l'inspecteur, qui arrivait, distingua seulement un coin de la blouse blanche et les boucles des cheveux blonds, envolés dans le vent du trottoir. Un instant, il souffla, pour retrouver la correction de sa tenue. Il avait une cravate blanche toute neuve, prise au rayon de la lingerie, et dont le nœud, très large, luisait comme une neige.

– Eh bien ! c'est propre, mademoiselle, dit-il, les lèvres tremblantes. Oui, c'est propre, c'est très propre... si vous espérez que je vais tolérer, dans le sous-sol, des choses si propres.

Et il la poursuivait de ce mot, tandis qu'elle remontait au magasin, la gorge serrée d'émotion, sans trouver une parole de défense. Maintenant, elle était désolée d'avoir

---

5. Balbutia : articula d'une manière confuse, avec peine.

couru. Pourquoi ne pas s'expliquer, montrer son frère ? On allait encore s'imaginer des vilenies[6] ; et elle aurait beau jurer, on ne la croirait pas. Une fois de plus, elle oublia Robineau, elle rentra directement au comptoir.

Sans attendre, Jouve se rendit à la direction, pour faire son rapport. Mais le garçon de service lui dit que le directeur était avec M. Bourdoncle et M. Robineau : tous trois causaient depuis un quart d'heure. La porte, d'ailleurs, restait entrouverte ; on entendait Mouret demander gaiement au commis s'il venait de passer de bonnes vacances ; il n'était nullement question d'un renvoi, la conversation au contraire tomba sur certaines mesures à prendre dans le rayon.

– Vous désirez quelque chose, monsieur Jouve ? cria Mouret. Entrez donc.

Mais un instinct avertit l'inspecteur. Bourdoncle étant sorti, Jouve préféra tout lui conter. Lentement, ils suivirent la galerie des châles, marchant côte à côte, l'un penché et parlant très bas, l'autre écoutant, sans qu'un trait de son visage sévère laissât voir ses impressions.

– C'est bien, finit par dire ce dernier.

Et, comme ils étaient arrivés devant les confections, il entra. Justement, Mme Aurélie se fâchait contre Denise. D'où venait-elle encore ? cette fois, elle ne dirait peut-être pas qu'elle était montée à l'atelier. Vraiment, ces disparitions continuelles ne pouvaient se tolérer davantage.

– Madame Aurélie ! appela Bourdoncle.

---

6. Vilenies : actions mauvaises, basses.

Il se décidait à un coup de force, il ne voulait pas consulter Mouret, de peur d'une faiblesse. La première s'avança, et de nouveau l'histoire fut contée à voix basse. Tout le rayon attendait, flairant une catastrophe.

Enfin, Mme Aurélie se tourna, l'air solennel.

– Mademoiselle Baudu...

Et son masque empâté d'empereur avait l'immobilité inexorable[7] de la toute-puissance.

– Passez à la caisse !

La terrible phrase sonna très haut, dans le rayon alors vide de clientes. Denise était demeurée droite et blanche sans un souffle. Puis, elle eut des mots entrecoupés.

– Moi ! moi !... Pourquoi donc ? qu'ai-je fait ?

Bourdoncle répondit durement qu'elle le savait, qu'elle ferait mieux de ne pas provoquer une explication ; et il parla des cravates, et il dit que ce serait joli, si toutes ces demoiselles voyaient des hommes dans le sous-sol.

– Mais c'est mon frère ! cria-t-elle avec la colère douloureuse d'une vierge violentée.

Marguerite et Clara se mirent à rire, tandis que Mme Frédéric, si discrète d'habitude, hochait également la tête d'un air incrédule[8]. Toujours son frère ! c'était bête à la fin ! Alors, Denise les regarda tous : Bourdoncle, qui dès la première heure ne voulait pas d'elle ; Jouve, resté là pour témoigner, et dont elle n'attendait aucune justice ; puis, ces filles qu'elle n'avait pu toucher par neuf mois de courage souriant, ces filles heureuses enfin de la pous-

7. **Inexorable :** qu'on ne peut pas fléchir par des prières, impitoyable.
8. **Incrédule :** qui ne peut pas croire ce qui est dit.

ser dehors. À quoi bon se débattre? pourquoi vouloir s'imposer, quand personne ne l'aimait? Et elle s'en alla sans ajouter une parole, elle ne jeta même pas un dernier regard, dans ce salon où elle avait lutté si longtemps.

Mais, dès qu'elle fut seule, devant la rampe du hall, une souffrance plus vive serra son cœur. Personne ne l'aimait, et la pensée brusque de Mouret venait de lui ôter toute sa résignation. Non! elle ne pouvait accepter un pareil renvoi. Peut-être croirait-il cette vilaine histoire, ce rendez-vous avec un homme, au fond des caves. Une honte la torturait à cette idée, une angoisse dont elle n'avait jamais encore senti l'étreinte. Elle voulait l'aller trouver, elle lui expliquerait les choses, pour le renseigner simplement; car il lui était égal de partir, lorsqu'il saurait la vérité. Et son ancienne peur, le frisson qui la glaçait devant lui, éclatait soudain en un besoin ardent de le voir, de ne point quitter la maison, sans lui jurer qu'elle n'avait pas appartenu à un autre.

Il était près de cinq heures, le magasin reprenait un peu de vie, dans l'air rafraîchi du soir. Vivement, elle se dirigea vers la direction. Mais, lorsqu'elle fut devant la porte du cabinet, une tristesse désespérée l'envahit de nouveau. Sa langue s'embarrassait, l'écrasement de l'existence retombait sur ses épaules. Il ne la croirait pas, il rirait comme les autres; et cette crainte la fit défaillir. C'était fini, elle serait mieux seule, disparue, morte. Alors, sans même prévenir Deloche et Pauline, elle passa tout de suite à la caisse.

– Mademoiselle, dit l'employé, vous avez vingt-deux jours, ça fait dix-huit francs soixante-dix auxquels il faut ajouter sept francs de tant pour cent et de guelte. C'est bien votre compte, n'est-ce pas ?

– Oui, monsieur... Merci.

Et Denise s'en allait avec son argent, lorsqu'elle rencontra enfin Robineau. Il avait appris déjà le renvoi, il lui promit de retrouver l'entrepreneuse de cravates. Tout bas, il la consolait, il s'emportait : quelle existence ! se voir à la continuelle merci d'un caprice ! être jeté dehors d'une heure à l'autre, sans pouvoir même exiger les appointements du mois entier ! Denise monta prévenir Mme Cabin[9], qu'elle tâcherait de faire prendre sa malle dans la soirée. Cinq heures sonnaient, lorsqu'elle se trouva sur le trottoir de la place Gaillon, étourdie, au milieu des fiacres et de la foule.

Le soir même, comme Robineau rentrait chez lui, il reçut une lettre de la direction, l'avertissant en quatre lignes que, pour des raisons d'ordre intérieur, elle se voyait forcée de renoncer à ses services. Il était depuis sept ans dans la maison ; l'après-midi encore, il avait causé avec ces messieurs ; ce fut un coup de massue. Hutin et Favier chantaient victoire à la soie, aussi bruyamment que Marguerite et Clara triomphaient aux confections. Bon débarras ! les coups de balai font de la place ! Seuls, quand ils se rencontraient, à travers la cohue des rayons, Deloche et Pauline échangeaient des mots navrés, regrettant Denise, si douce, si honnête.

9. **Mme Cabin :** chargée de la surveillance des chambres.

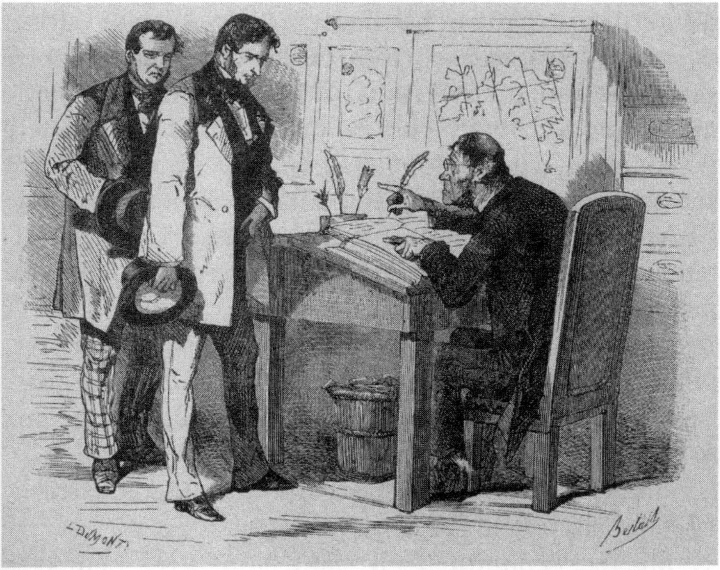

Illustration du roman *Au Bonheur des Dames* d'Émile Zola. Éditions Fasquelle, 1906.

– Ah ! disait le jeune homme, si elle réussissait jamais autre part, je voudrais qu'elle rentrât ici, pour leur mettre le pied sur la gorge, à toutes ces pas grand-chose !

Et ce fut Bourdoncle qui, dans cette affaire, supporta le choc violent de Mouret. Lorsque ce dernier apprit le renvoi de Denise, il entra dans une grande irritation. D'habitude, il s'occupait fort peu du personnel ; mais il affecta cette fois de voir là un empiétement de pouvoir[10], une tentative d'échapper à son autorité. Est-ce qu'il

10. Empiètement de pouvoir : fait d'usurper les droits de quelqu'un, d'agir à sa place sans en avoir le droit.

n'était plus le maître, par hasard, pour qu'on se permît de donner des ordres ? Tout devait lui passer sous les yeux, absolument tout ; et il briserait comme une paille quiconque résisterait. Puis, quand il eut fait une enquête personnelle, dans un tourment nerveux qu'il ne pouvait cacher, il se fâcha de nouveau. Elle ne mentait pas, cette pauvre fille : c'était bien son frère, Campion l'avait parfaitement reconnu. Alors, pourquoi la renvoyer ? Il parla même de la reprendre.

Cependant, Bourdoncle, fort de sa résistance passive, pliait l'échine[11] sous la bourrasque[12]. Il étudiait Mouret. Enfin, un jour où il le vit plus calme, il osa dire, d'une voix particulière :

– Il vaut mieux pour tout le monde qu'elle soit partie.

Mouret resta gêné, le sang au visage.

– Ma foi, répondit-il en riant, vous avez peut-être raison… Descendons voir la vente. Ça remonte, on a fait près de cent mille francs, hier.

Extraits du chapitre VI.

11. Échine : colonne vertébrale d'un animal. **Plier l'échine :** se soumettre.
12. Bourrasque : coup de vent violent ; mouvement de colère.

QUESTIONS SUR LE TEXTE 6

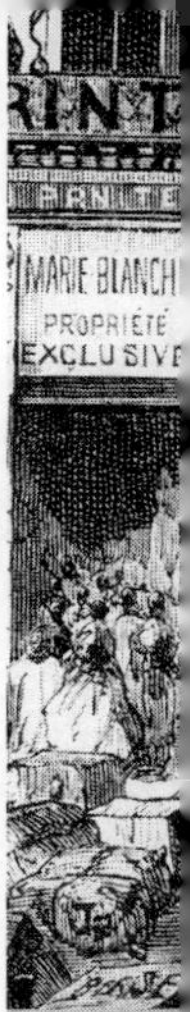

AI-JE BIEN LU ?

❶ **a.** Que fait Denise la nuit pour gagner de l'argent ?
b. Quelle affaire traite-t-elle avec Robineau ? Pourquoi cherche-t-elle à le voir, et en cachette ?
❷ **a.** Pourquoi Jean vient-il rendre visite à Denise pendant son travail ?
b. Par qui tous deux sont-ils surpris ? Dans quel lieu ?
❸ Pour quelle raison Denise est-elle renvoyée ? Et Robineau ?

J'ANALYSE LE TEXTE

Le grand magasin dans la morte-saison

❹ En quelle saison la scène se déroule-t-elle ? Pourquoi est-ce une période de morte-saison ?
❺ Relevez les éléments qui indiquent que l'activité du magasin est au point mort :
– dans l'attitude des vendeuses ;
– dans le comportement des clientes ;
– dans le service du départ.
❻ Que craignent alors les employés du *Bonheur des Dames* ? Quelle est la phrase que chacun redoute d'entendre ?

Le parcours de Denise

— Denise et son frère jean
❼ **a.** De quelle somme Jean a-t-il besoin ? Quelle histoire raconte-t-il pour justifier sa demande ?
b. À quel chantage affectif soumet-il sa sœur ?
c. Quels arguments Denise utilise-t-elle pour le convaincre de ne plus lui demander d'argent ? Sont-ils efficaces ?

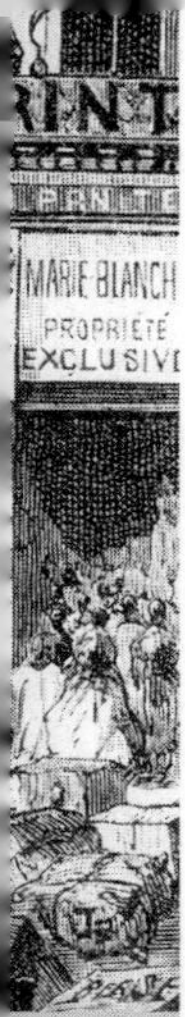

Un tournant dans le parcours : le renvoi

8 **a.** Par qui l'inspecteur fait-il renvoyer Denise ? Mouret est-il au courant ?
b. Quelles sont les réactions du personnel lorsqu'elle est renvoyée ?
c. Qui, parmi ses collègues, regrette son départ ?

9 **a.** Pour quelle raison Denise accepte-t-elle ce renvoi ?
b. Pourquoi ensuite veut-elle aller trouver Mouret ?
c. Pourquoi finalement ne le fait-elle pas ?

Le parcours de Mouret

10 **a.** Comment Mouret justifie-il sa colère auprès de Bourdoncle lorsqu'il apprend le renvoi de Denise (l. 251-260) ?
b. Pourquoi se fâche-t-il de nouveau lorsqu'il a fait son « enquête personnelle » (l. 260-265) ? Qu'envisage-t-il alors ?

11 **a.** « Il vaut mieux pour tout le monde qu'elle soit partie » (l. 270) : comment Mouret comprend-il cette phrase de Bourdoncle ? Justifiez votre réponse.
b. Quel est l'effet produit par la dernière réplique de Mouret à la fin de l'extrait ?

Les principes naturalistes : les licenciements des employés

12 Comment les licenciements se font-ils à l'époque ? Vous répondrez aux questions suivantes en vous appuyant sur le texte.
a. Denise peut-elle se défendre quand elle entend : « Passez à la caisse » ? Justifiez votre réponse.
b. Que lui paie-t-on quand elle « passe à la caisse » ?
c. De quelle façon Robineau apprend-il son propre renvoi ?

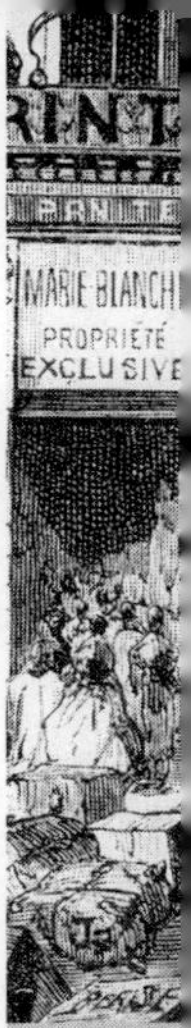

J'ÉTUDIE LA LANGUE

Vocabulaire : autour du mot « caisse »

⓭ Donnez le sens des mots et expressions en gras dans les phrases suivantes.

a. L'entrepôt est encombré de **caisses** et de cageots.
b. La fanfare dont je fais partie vient de s'acheter une superbe **grosse caisse**.
c. Passez ici, je vais vous **encaisser** à la **caisse** 3.
d. Cette vallée étroite est **encaissée** entre deux montagnes.
e. Avez-vous un livret de **caisse d'épargne** ?
f. Tous les soirs, les commerçants font leur **caisse.**
g. Le skieur a entrepris la descente **à fond la caisse** (*familier*).

J'ÉCRIS

Écrire une scène

⓮ Denise monte une dernière fois dans sa chambre et fait sa malle. Imaginez la scène.

CONSIGNES D'ÉCRITURE
- Racontez à la troisième personne.
- Montrez Denise en train de ranger ses pauvres affaires.
- Indiquez ses sentiments (elle revoit ce qu'elle a vécu, songe avec angoisse à ce qui l'attend).
- Elle jette un dernier regard sur la pièce et sort du magasin…

TEXTE 7 DENISE VENDEUSE CHEZ ROBINEAU

« La jeune fille connut la misère noire. »

Chapitre VII

Un instant, Denise était restée étourdie sur le pavé, dans le soleil encore brûlant de cinq heures. Juillet chauffait les ruisseaux, Paris avait sa lumière crayeuse[1] d'été, aux aveuglantes réverbérations[2]. Et la catastrophe venait d'être si brusque, on l'avait poussée dehors si rudement, qu'elle retournait au fond de sa poche ses vingt-cinq francs soixante-dix, d'une main machinale, en se demandant où aller et que faire.

Toute une file de fiacres l'empêchait de quitter le trottoir du *Bonheur des Dames*. Quand elle put se hasarder entre les roues, elle traversa la place Gaillon, comme si elle avait voulu gagner la rue Louis-le-Grand ; puis, elle se ravisa, descendit vers la rue Saint-Roch. Mais elle n'avait toujours aucun projet, car elle s'arrêta à l'angle de la rue Neuve-des-Petits-Champs, qu'elle finit par suivre, après avoir regardé autour d'elle d'un air indécis. Le passage Choiseul s'étant présenté, elle y entra, se trouva rue Monsigny sans savoir comment, retomba dans la rue Neuve-Saint-Augustin. Un grand bourdonnement emplissait sa tête, l'idée de sa malle lui revint, à la vue d'un commissionnaire ; mais chez qui la faire porter, et pourquoi toute cette

1. Crayeuse : semblable à de la craie, blanchâtre.
2. Réverbérations : lumières qui se réfléchissent.

peine, lorsqu'une heure plus tôt elle avait encore un lit où coucher le soir ?

Alors, les yeux levés sur les maisons, elle se mit à examiner les fenêtres. Des écriteaux défilaient. Elle les voyait confusément, sans cesse reprise par le branle intérieur qui l'agitait tout entière. Était-ce possible ? seule d'une minute à l'autre, perdue dans cette grande ville inconnue, sans appui, sans ressources ! Il fallait manger et dormir cependant. Les rues se succédaient, la rue des Moulins, la rue Sainte-Anne. Elle battait le quartier, tournant sur elle-même, ramenée toujours au seul carrefour qu'elle connaissait bien. Brusquement, elle demeura stupéfaite, elle était de nouveau devant le *Bonheur des Dames* ; et, pour échapper à cette obsession, elle se jeta dans la rue de la Michodière.

Heureusement, Baudu n'était pas sur sa porte, le *Vieil Elbeuf* semblait mort, derrière ses vitrines noires. Jamais elle n'aurait osé se présenter chez son oncle, car il affectait de ne plus la reconnaître, et elle ne voulait point tomber à sa charge, dans le malheur qu'il avait prédit. Mais de l'autre côté de la rue, un écriteau jaune l'arrêta : Chambre garnie[3] à louer. C'était le premier qui ne lui faisait pas peur, tellement la maison paraissait pauvre. Puis, elle la reconnut, avec ses deux étages bas, sa façade couleur de rouille, étranglée entre le *Bonheur des Dames* et l'ancien hôtel Duvillard. Au seuil de la boutique de parapluies, le vieux Bourras, chevelu et barbu comme un prophète,

3. **Chambre garnie :** chambre meublée.

des bésicles[4] sur le nez, étudiait l'ivoire d'une pomme de canne[5]. Locataire de toute la maison, il sous-louait en garni[6] les deux étages, pour diminuer son loyer.

– Vous avez une chambre, monsieur ? demanda Denise, obéissant à une poussée instinctive.

Il leva ses gros yeux embroussaillés, resta surpris de la voir. Toutes ces demoiselles lui étaient connues. Et il répondit, après avoir regardé sa petite robe propre, sa tournure honnête :

– Ça ne fait pas pour vous.[7]

– Combien donc ? répondit Denise.

– Quinze francs par mois.

Alors, elle voulut visiter. Dans l'étroite boutique, comme il la dévisageait toujours de son air étonné, elle dit son départ du magasin et son désir de ne pas gêner son oncle. Le vieillard finit par aller chercher une clef sur une planche de l'arrière-boutique, une pièce obscure, où il faisait sa cuisine et où il couchait ; au-delà, derrière un vitrage poussiéreux, on apercevait le jour verdâtre d'une cour intérieure, large de deux mètres à peine.

– Je passe devant, pour que vous ne tombiez pas, dit Bourras dans l'allée humide qui longeait la boutique.

Il buta contre une marche, il monta, en multipliant les avertissements. Attention ! la rampe était contre la muraille, il y avait un trou au tournant, parfois les locataires laissaient leurs boîtes à ordures. Denise, dans une

4. **Bésicles :** grosses lunettes.
5. **Pomme de canne :** extrémité arrondie du manche.
6. **Garni :** voir note 3.
7. **Ça ne fait pas pour vous :** ce n'est pas fait pour vous.

obscurité complète, ne distinguait rien, sentait seulement la fraîcheur des vieux plâtres mouillés. Au premier étage pourtant, un carreau donnant sur la cour lui permit de voir vaguement, comme au fond d'une eau dormante, l'escalier déjeté[8], les murailles noires de crasse, les portes craquées et dépeintes.

– Si encore l'une de ces deux chambres était libre ! reprit Bourras. Vous y seriez bien… Mais elles sont toujours occupées par des dames.

Au deuxième étage, le jour grandissait, éclairant d'une pâleur crue la détresse du logis. Un garçon boulanger occupait la première chambre ; et c'était l'autre, celle du fond, qui se trouvait vacante[9]. Quand Bourras l'eut ouverte, il dut rester sur le palier, pour que Denise pût la visiter à l'aise. Le lit, dans l'angle de la porte, laissait tout juste le passage d'une personne. Au bout, il y avait une petite commode de noyer, une table de sapin noirci et deux chaises. Les locataires qui faisaient un peu de cuisine s'agenouillaient devant la cheminée, où se trouvait un fourneau de terre.

– Mon Dieu ! disait le vieillard, ce n'est pas riche, mais la fenêtre est gaie, on voit le monde dans la rue.

Et, comme Denise regardait avec surprise l'angle du plafond, au-dessus du lit, où une dame de passage avait écrit son nom : Ernestine, en promenant la flamme d'une chandelle, il ajouta d'un air bonhomme :

– Si l'on réparait, on ne joindrait jamais les deux bouts… Enfin, voilà tout ce que j'ai.

8. Déjeté : qui est de travers.
9. Vacante : libre.

– Je serai très bien, déclara la jeune fille.

Elle paya un mois d'avance, demanda le linge, une paire de draps et deux serviettes, et fit son lit sans attendre, heureuse, soulagée de savoir où coucher le soir. Une heure plus tard, elle avait envoyé un commissionnaire chercher sa malle, elle était installée.

Ce furent d'abord deux mois de terrible gêne[10]. Ne pouvant plus payer la pension de Pépé, elle l'avait repris et le couchait sur une vieille bergère[11] prêtée par Bourras. Il lui fallait strictement trente sous chaque jour, le loyer compris, en consentant à vivre elle-même de pain sec, pour donner un peu de viande à l'enfant. La première quinzaine encore, les choses marchèrent : elle était entrée avec dix francs en ménage, puis elle eut la chance de retrouver l'entrepreneuse de cravates, qui lui paya ses dix-huit francs trente. Mais, ensuite, son dénuement[12] devint complet. Elle eut beau se présenter dans les magasins, à la *Place Clichy*, au *Bon Marché*, au *Louvre* : la morte-saison arrêtait partout les affaires, on la renvoyait à l'automne, plus de cinq mille employés de commerce, congédiés comme elle, battaient le pavé, sans place. Alors, elle tâcha de se procurer de petits travaux ; seulement dans son ignorance de Paris, elle ne savait où frapper, acceptait des besognes ingrates, ne touchait même pas toujours son argent. Certains soirs, elle faisait dîner Pépé tout seul, d'une soupe, en lui disant qu'elle avait mangé dehors ; et elle se mettait au lit, la tête

10. Gêne : misère.
11. Bergère : fauteuil.
12. Dénuement : pauvreté, misère, état de quelqu'un qui n'a plus rien.

bourdonnante, nourrie par la fièvre qui lui brûlait les mains. Lorsque Jean tombait au milieu de cette pauvreté, il se traitait de scélérat, avec une telle violence de désespoir, qu'elle était obligée de mentir ; souvent, elle trouvait encore le moyen de lui glisser une pièce de quarante sous, pour lui prouver qu'elle avait des économies. Jamais elle ne pleurait devant ses enfants. Les dimanches où elle pouvait faire cuire un morceau de veau dans la cheminée, à genoux sur le carreau, l'étroite pièce retentissait d'une gaieté de gamins, insoucieux de l'existence. Puis, Jean retourné chez son patron, Pépé endormi, elle passait une nuit affreuse, dans l'angoisse du lendemain.

[...]

Ce fut vers les derniers jours de septembre que la jeune fille connut la misère noire. Pépé était tombé malade, un gros rhume inquiétant. Il aurait fallu le nourrir de bouillon, et elle n'avait même pas de pain. Un soir que, vaincue, elle sanglotait, dans une de ces débâcles sombres qui jettent les filles au ruisseau[13] ou à la Seine[14], le vieux Bourras frappa doucement. Il apportait un pain et une boîte à lait pleine de bouillon.

– Tenez ! voilà pour le petit, dit-il de son air brusque. Ne pleurez pas si fort, ça dérange mes locataires.

Et, comme elle le remerciait, dans une nouvelle crise de larmes :

– Taisez-vous donc ! Demain, venez me parlez. J'ai du travail pour vous.

---

13. **Au ruisseau :** à la prostitution.
14. **À la Seine :** pour se suicider.

Bourras, depuis le coup terrible que le *Bonheur des Dames* lui avait porté en créant un rayon de parapluies et d'ombrelles, n'employait plus d'ouvrières. Il faisait tout lui-même, pour diminuer ses frais : les nettoyages, les reprises, la couture. Sa clientèle, du reste, diminuait au point qu'il manquait de travail parfois. Aussi dut-il inventer de la besogne, le lendemain, lorsqu'il installa Denise dans un coin de sa boutique. Il ne pouvait pas laisser mourir le monde chez lui.

– Vous aurez quarante sous par jour, dit-il. Quand vous trouverez mieux, vous me lâcherez.

Elle avait peur de lui, elle dépêcha son travail si vite, qu'il fut embarrassé pour lui en donner d'autre, C'étaient des lés[15] de soie à coudre, des dentelles à réparer. Les premiers jours, elle n'osait lever la tête, gênée de le sentir autour d'elle, avec sa crinière de vieux lion, son nez crochu et ses yeux perçants, sous les touffes raides de ses sourcils. Il avait la voix dure, les gestes fous, et les mères du quartier terrifiaient leurs marmots en menaçant de l'envoyer chercher, comme on envoie chercher les gendarmes. Cependant, les gamins ne passaient jamais devant sa porte, sans lui crier quelque vilenie[16], qu'il ne semblait même pas entendre. Toute sa colère de maniaque[17] s'exhalait contre les misérables qui déshonoraient son métier, en vendant du bon marché, de la camelote, des articles dont les chiens, disait-il, n'auraient pas voulu se servir.

---

15. Lés : bandes de tissu.
16. Vilenie : ici, parole grossière, injurieuse.
17. Maniaque : personne poursuivie par une idée fixe, proche de la folie.

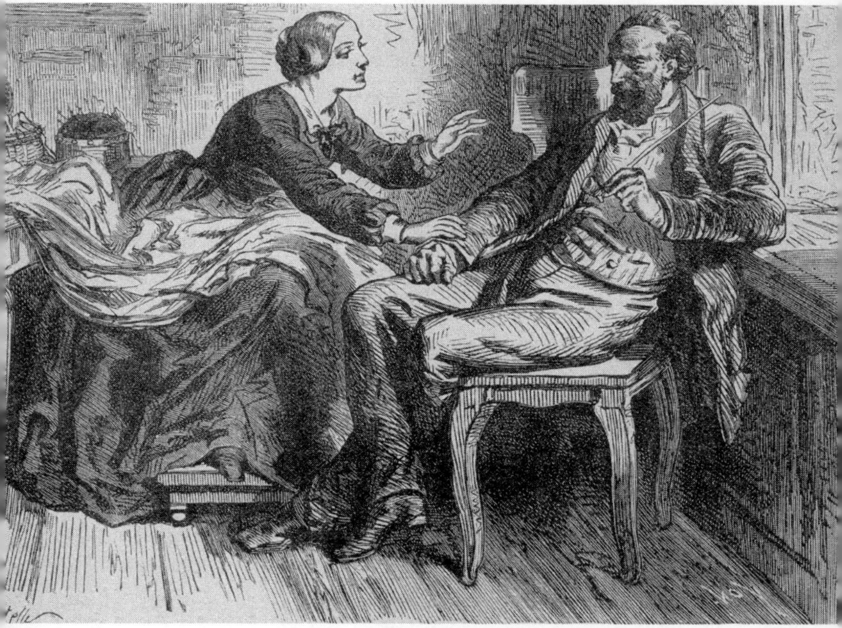

Illustration du roman *Au Bonheur des Dames* d'Émile Zola. Éditions Fasquelle, 1906.

Denise tremblait, quand il lui criait furieusement :

– L'art est fichu, entendez-vous !… Il n'y a plus un manche propre. On fait des bâtons, mais des manches, c'est fini !… Trouvez-moi un manche, et je vous donne vingt francs !

C'était son orgueil d'artiste, pas un ouvrier à Paris n'était capable d'établir un manche pareil aux siens, léger et solide. Il en sculptait surtout la pomme[18] avec une fantai-

18. Pomme du parapluie : extrémité arrondie du manche, pouvant être sculptée.

sie charmante, renouvelant toujours les sujets, des fleurs, des fruits, des animaux, des têtes, traités d'une façon vivante et libre. Un canif lui suffisait, on le voyait les journées entières, le nez chaussé de bésicles, fouillant le buis[19] ou l'ébène[20].

– Un tas d'ignorants, disait-il, qui se contentent de coller de la soie sur des baleines[21] ! Ils achètent leurs manches à la grosse[22], des manches tout fabriqués… Et ça vend ce que ça veut ! Entendez-vous, l'art est fichu !

Denise, enfin, se rassura. Il avait voulu que Pépé descendît jouer dans la boutique, car il adorait les enfants. Quand le petit marchait à quatre pattes, on ne pouvait plus remuer, elle au fond de son coin faisant des raccommodages, lui, devant la vitrine, creusant le bois, à l'aide de son canif. Maintenant, chaque journée ramenait les mêmes besognes et la même conversation. En travaillant, il retombait toujours sur le *Bonheur des Dames*, il expliquait sans se lasser où en était son terrible duel. Depuis 1845, il occupait la maison, pour laquelle il avait un bail[23] de trente années, moyennant un loyer de dix-huit cents francs ; et, comme il rattrapait un millier de francs avec ses quatre chambres garnies, il payait huit cents francs la boutique. C'était peu, il n'avait pas de frais, il pouvait tenir longtemps encore. À l'entendre, sa victoire ne faisait pas un doute, il mangerait le monstre.

---

19. Buis : arbuste à feuilles persistantes.
20. Ébène : bois de l'ébénier, noir et très dur.
21. Baleines du parapluie : tiges souples qui sous-tendent le tissu imperméable dont est fait le parapluie.
22. À la grosse : par grosses quantités (douze douzaines).
23. Bail : contrat de location de l'immeuble (pluriel : des baux).

Brusquement, il s'interrompait.

– Est-ce qu'ils en ont, des têtes de chien comme ça ?

Et il clignait les yeux derrière ses lunettes, pour juger la tête de dogue qu'il sculptait, la lèvre retroussée, les crocs dehors, dans un grognement plein de vie. Pépé, en extase devant le chien, se soulevait, appuyait ses deux petits bras sur les genoux du vieux.

– Pourvu que je joigne les deux bouts, je me moque du reste, reprenait celui-ci, en attaquant délicatement la langue de la pointe de son canif. Les coquins ont tué mes bénéfices ; mais, si je ne gagne plus, je ne perds pas encore, ou peu de chose du moins. Et, voyez-vous, je suis décidé à y laisser ma peau, plutôt que de céder.

Il brandissait son outil, ses cheveux blancs s'envolaient sous un vent de colère.

[...]

Denise maintenant avait du pain tous les jours. Elle en gardait une vive gratitude au vieux marchand, dont elle sentait le bon cœur, sous les étrangetés violentes. Son vif désir était cependant de trouver ailleurs du travail, car elle le voyait inventer de petites besognes, elle comprenait qu'il n'avait pas besoin d'une ouvrière, dans la débâcle[24] de son commerce, et qu'il l'employait par charité pure. Six mois s'étaient passés, on venait de retomber dans la morte-saison d'hiver. Elle désespérait de se caser avant mars, lorsque, un soir de janvier, Deloche, qui la guettait sous une porte, lui donna un conseil. Pourquoi n'allait-

24. Débâcle : ruine.

elle pas se présenter chez Robineau, où l'on avait peut-être besoin de monde ?

[...]

En effet, Robineau, après son renvoi, a acheté une boutique avec l'argent de sa femme. Celui-ci embauche Denise, tandis que Bourras s'occupe de Pépé. Robineau engage donc la lutte avec le Bonheur des Dames *en utilisant les armes de son adversaire : prix bas, publicité, soin de l'étalage. À son tour, Bourras se lance dans la bataille en modernisant son magasin, Denise, qui ne peut s'empêcher d'être séduite par les méthodes du grand commerce, les met en garde tous les deux, mais en vain : Robineau, tout comme Bourras, échouent et se ruinent. Le magasin de Bourras est maintenant enserré entre des immeubles achetés par Mouret et appartenant au* Bonheur des Dames.

Juillet fut très chaud. Denise souffrait dans son étroite chambre, sous les ardoises. Aussi lorsqu'elle sortait de son magasin, prenait-elle Pépé chez Bourras ; et, au lieu de monter tout de suite, elle allait respirer un peu l'air des Tuileries[25], jusqu'à la fermeture des grilles. Un soir, comme elle se dirigeait vers les marronniers, elle resta saisie : à quelques pas, marchant droit à elle, il lui semblait reconnaître Hutin. Puis, son cœur battit violemment. C'était Mouret, qui avait dîné sur la rive gauche et qui se hâtait de se rendre à pied chez Mme Desforges. Au brusque mouvement que fit la jeune fille pour lui échapper, il la regarda.

25. Tuileries : ce jardin existe depuis le XVIe siècle, en prolongement du Louvre.

La nuit tombait, il la reconnut pourtant.

– C'est vous, mademoiselle.

Elle ne répondit pas, éperdue[26] qu'il eût daigné s'arrêter. Lui, souriant, cachait sa gêne sous un air d'aimable protection.

– Vous êtes toujours à Paris ?

– Oui, monsieur, dit-elle enfin.

Lentement, elle reculait, elle cherchait à saluer, pour continuer sa promenade. Mais il revint lui-même sur ses pas, il la suivit sous les ombres noires des grands marronniers. Une fraîcheur tombait, des enfants riaient au loin, en poussant des cerceaux.

– C'est votre frère, n'est-ce pas ? demanda-t-il encore, les yeux sur Pépé.

Celui-ci intimidé par cette présence extraordinaire d'un monsieur, marchait gravement près de sa sœur, dont il tenait la main :

– Oui, monsieur, répondit-elle de nouveau.

Elle avait rougi, elle songeait aux inventions abominables de Marguerite et de Clara. Sans doute, Mouret comprit la cause de sa rougeur, car il ajouta vivement :

– Écoutez, mademoiselle, j'ai des excuses à vous présenter... Oui, j'aurais été heureux de vous dire plus tôt combien j'ai regretté l'erreur qui a été commise. On vous a accusée trop légèrement d'une faute... Enfin, le mal est fait, je voulais seulement vous apprendre que tout le monde, chez nous, connaît aujourd'hui votre tendresse pour vos frères...

26. Éperdue : profondément troublée, affolée.

Il continua, fut d'une politesse respectueuse, à laquelle les vendeuses du *Bonheur des Dames* n'étaient guère habituées de sa part. Le trouble de Denise avait augmenté ; mais une joie inondait son cœur. Il savait donc qu'elle ne s'était donnée à personne ! Tous deux gardaient le silence, il restait près d'elle, réglant ses pas sur les petits pas de l'enfant ; et les bruits lointains de Paris se mouraient, sous les ombres noires des grands arbres.

– Je n'ai qu'une réhabilitation[27] à vous offrir, mademoiselle, reprit-il. Naturellement, si vous désirez rentrer chez nous…

Elle l'interrompit, elle refusa avec une hâte fébrile[28].

– Monsieur, je ne puis pas… Je vous remercie tout de même, mais j'ai trouvé ailleurs.

Il le savait, on lui avait appris depuis peu qu'elle était chez Robineau. Et, tranquillement, sur un pied d'égalité charmante, il lui parla de ce dernier, auquel il rendait justice : un garçon d'une intelligence vive, trop nerveux seulement. Il aboutirait à une catastrophe […]. Alors, Denise, gagnée par cette familiarité, se livra davantage, laissa voir qu'elle était pour les grands magasins, dans la bataille livrée entre ceux-ci et le petit commerce ; elle s'animait, citait des exemples, se montrait au courant de la question, remplie même d'idées larges et nouvelles. Lui, ravi, l'écoutait avec surprise. Il se tournait, tâchait de distinguer ses traits, dans la nuit grandissante. Elle semblait toujours la même, vêtue d'une robe simple, le visage doux ; mais, de cet effacement

27. Réhabilitation : fait de rétablir quelqu'un dans l'estime et la considération d'autrui.
28. Fébrile : qui manifeste une agitation, une précipitation excessives.

modeste, montait un parfum pénétrant dont il subissait la puissance. Sans doute, cette petite s'était faite à l'air de Paris, la voilà qui devenait femme, et elle était troublante, si raisonnable, avec ses beaux cheveux, lourds de tendresse.

– Puisque vous êtes des nôtres, dit-il en riant, pourquoi restez-vous chez nos adversaires ?... Ainsi, ne m'a-t-on pas dit également que vous logiez chez ce Bourras ?

– Un bien digne homme, murmura-t-elle.

– Non, laissez donc ! un vieux toqué, un fou qui me forcera à le mettre sur la paille, lorsque je voudrais m'en débarrasser avec une fortune !... D'abord, votre place n'est pas chez lui, sa maison est mal famée[29], il loue à des personnes...

Mais il sentit la jeune fille confuse, il se hâta d'ajouter :

– On peut être honnête partout, et il y a même plus de mérite à l'être, quand on n'est pas riche.

Ils firent de nouveau quelques pas en silence. Pépé semblait écouter de son air attentif d'enfant précoce[30]. Par moments, il levait les yeux sur sa sœur, dont la main brûlante, secouée de légers tressaillements, l'étonnait :

– Tenez ! reprit gaiement Mouret, voulez-vous être mon ambassadeur ? Demain, j'avais l'intention d'augmenter encore mon offre, de faire proposer à Bourras quatre-vingt mille francs... Parlez-lui en la première, dites-lui donc qu'il se suicide. Il vous écoutera peut-être puisqu'il a de l'amitié pour vous, et vous lui rendriez un véritable service.

---

29. Mal famée : qui a mauvaise réputation, qui est fréquenté par des gens peu recommandables.
30. Précoce : qui se développe plus tôt que d'habitude, dont le développement intellectuel est très rapide.

– Soit ! répondit Denise, souriante elle aussi. Je ferai la commission, mais je doute de réussir.

Et le silence retomba. Ni l'un ni l'autre n'avait plus rien à se dire. Un instant, il essaya de causer de l'oncle Baudu ; puis, il dut se taire, en voyant le malaise de la jeune fille. Cependant, ils continuaient de se promener côte à côte, ils débouchèrent enfin, vers la rue de Rivoli, dans une allée où il faisait jour encore. Au sortir de la nuit des arbres, ce fut comme un brusque réveil. Il comprit qu'il ne pouvait la retenir davantage.

– Bonsoir, mademoiselle.

– Bonsoir, monsieur.

Mais il ne s'en allait pas. En levant les yeux, d'un coup d'œil, il venait d'apercevoir devant lui, au coin de la rue d'Alger, les fenêtres éclairées de Mme Desforges, qui l'attendait. Et il avait reporté ses regards sur Denise, il la voyait bien, dans le pâle crépuscule : elle était toute chétive auprès d'Henriette, pourquoi donc lui chauffait-elle ainsi le cœur ? C'était un caprice imbécile.

– Voici un petit garçon qui se fatigue, reprit-il pour dire encore quelque chose. Et rappelez-vous bien, n'est-ce pas ? que notre maison vous est ouverte. Vous n'aurez qu'à y frapper, je vous donnerai toutes les compensations désirables… Bonsoir, mademoiselle.

– Bonsoir, monsieur.

Quand Mouret l'eut quittée, Denise rentra sous les marronniers, dans l'ombre noire. Longtemps, elle marcha sans but, entre les troncs énormes, le sang au visage, la tête bourdonnante d'idées confuses. Pépé, toujours pendu à sa main, allongeait ses courtes jambes pour la suivre. Elle l'oubliait. Il finit par dire :

– Tu vas trop fort, petite mère.

Alors elle s'assit sur un banc : et, comme il était las, l'enfant s'endormit en travers de ses genoux. Elle le tenait, le serrait contre sa poitrine de vierge, les yeux perdus au fond des ténèbres. Lorsque, une heure plus tard, elle revint doucement avec lui rue de la Michodière, elle avait son tranquille visage de fille raisonnable.

– Tonnerre de Dieu ! lui cria Bourras, du plus loin qu'il l'aperçut, le coup est fait… Cette canaille de Mouret vient d'acheter ma maison.

Il était hors de lui, il se battait tout seul, au milieu de la boutique, avec des gestes si désordonnés, qu'il menaçait d'enfoncer les vitrines.

– Ah ! la crapule !… C'est le fruitier[31] qui m'écrit. Et vous ne savez pas combien il l'a vendue, ma maison ? cent cinquante mille francs, quatre fois ce qu'elle vaut ! Encore un joli voleur, celui-là !… Imaginez-vous qu'il a prétexté mes embellissements ; oui, il a fait valoir que la maison venait d'être remise à neuf… Est-ce qu'ils n'auront pas bientôt fini de se ficher de moi ?

Cette idée que son argent, dépensé en badigeon[32] et en peinture, avait pu profiter au fruitier, l'exaspérait. Et, maintenant, voilà Mouret qui devenait son propriétaire : c'était à lui qu'il devrait payer ! c'était chez lui, chez ce

---

31. Fruitier : le propriétaire de Bourras.
32. Badigeon : peinture à base de lait de chaux.

concurrent abhorré[33], qu'il logerait désormais ! Une telle pensée achevait de le soulever de fureur.

– Je les entendais bien trouer le mur... À cette heure, ils sont ici, c'est comme s'ils mangeaient dans mon assiette !

Et, de son poing abattu sur le comptoir, il secouait la boutique, il faisait danser les parapluies et les ombrelles.

Denise, étourdie, n'avait pu placer un mot. Elle restait immobile, attendant la fin de la crise ; pendant que Pépé, très las, s'endormait sur une chaise. Enfin, quand Bourras se calma un peu, elle résolut de faire la commission de Mouret ; sans doute, le vieillard était irrité, mais l'excès même de sa colère, l'impasse où il se trouvait, pouvaient déterminer une acceptation brusque.

– Justement, j'ai rencontré quelqu'un, commença-t-elle. Oui, une personne du *Bonheur*, et très bien informée... Il paraît que, demain, on vous offrira quatre-vingt mille francs...

Il l'interrompit d'un éclat de voix terrible :

– Quatre-vingt mille francs ! quatre-vingt mille francs !... Pas pour un million, maintenant !

Elle voulut le raisonner. Mais la porte de la boutique s'ouvrit, et elle recula tout d'un coup, muette et pâle. C'était l'oncle Baudu, avec sa face jaune, l'air vieilli. Bourras saisit les boutons du paletot de son voisin, lui cria dans le visage, sans le laisser dire un mot, fouetté par sa présence :

– Savez-vous ce qu'ils ont le toupet de m'offrir ? quatre-vingt mille francs ! Ils en sont là, les bandits ! ils croient

33. Abhorré : haï, détesté.

que je vais me vendre comme une fille... Ah ! ils ont acheté la maison, et ils pensent me tenir ! Eh bien, c'est fini, ils ne l'auront pas ! J'aurais cédé peut-être, mais puisqu'elle est à eux, qu'ils essayent donc de la prendre !

– Alors, la nouvelle est vraie ? dit Baudu de sa voix lente. On me l'avait affirmé, je venais pour savoir.

– Quatre-vingt mille francs ! répétait Bourras. Pourquoi pas cent mille ? C'est tout cet argent qui m'indigne. Est-ce qu'ils croient qu'ils me feraient commettre une coquinerie, avec leur argent ?... Ils ne l'auront pas, tonnerre de Dieu ! Jamais, jamais, entendez-vous !

Denise sortit de son silence, pour dire de son air calme :

– Ils l'auront dans neuf ans, quand votre bail sera fini.

Et, malgré la présence de son oncle, elle conjura le vieillard d'accepter. La lutte devenait impossible, il se battait contre une force supérieure, il ne pouvait, sans démence[34], refuser la fortune qui se présentait. Mais, lui, répondait toujours non. Dans neuf ans, il espérait bien être mort, pour ne pas voir ça.

– Vous entendez, monsieur Baudu ? reprit-il, votre nièce est avec eux, c'est elle qu'ils ont chargée de me corrompre[35]... Elle est avec les brigands, parole d'honneur !

L'oncle, jusque-là, avait paru ne pas voir Denise. Il levait la tête, du mouvement bourru[36] qu'il affectait sur le seuil de sa boutique, chaque fois qu'elle passait. Mais, lentement, il se tourna, il la regarda. Ses grosses lèvres tremblèrent.

---

34. Démence : folie.
35. Corrompre : pousser à agir contre son devoir, sa conscience en échange d'argent ou d'autres avantages.
36. Bourru : brusque et rude.

– Je le sais, répondit-il à demi-voix.

Et il continuait à la regarder. Denise, touchée aux larmes, le trouvait bien changé par le chagrin. Lui, pris du sourd remords de ne l'avoir pas secourue, songeait peut-être à la vie de misère qu'elle venait de traverser. Puis, la vue de Pépé endormi sur la chaise, au milieu des éclats de la discussion, sembla l'attendrir.

– Denise, dit-il simplement, entre donc demain manger la soupe, avec le petit… Ma femme et Geneviève m'ont prié de t'inviter, si je te rencontrais.

Elle devint très rouge, elle l'embrassa. Et, lorsqu'il partit, Bourras, heureux de cette réconciliation, lui cria encore :

– Corrigez-la, elle a du bon… Moi, la maison peut crouler, on me trouvera sous les pierres.

– Nos maisons croulent déjà, voisin, dit Baudu d'un air sombre. Nous y resterons tous.

Extraits du chapitre VII.

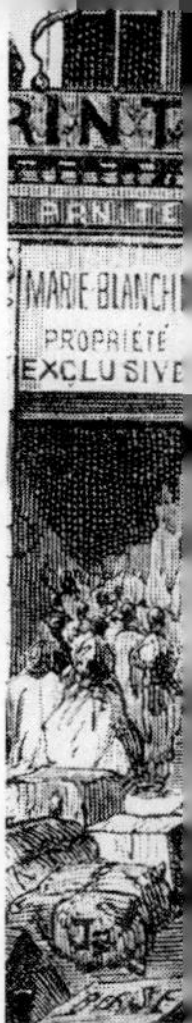

QUESTIONS SUR LE TEXTE 7

AI-JE BIEN LU ?

1 **a.** Chez quel personnage Denise a-t-elle loué une chambre après son renvoi ?
b. Quelle est l'activité de ce personnage ?
c. Quel emploi va-t-elle occuper chez lui ?
d. Pourquoi cherche-t-elle un autre emploi ?
2 Chez qui trouve-t-elle à s'embaucher ?
3 Qui rencontre-t-elle aux Tuileries ?
4 Dans quelles circonstances Denise retrouve-t-elle son oncle Baudu ?

J'ANALYSE LE TEXTE

La durée

5 Retrouvez la chronologie des faits et évaluez la durée de l'action dans ce chapitre. Pour répondre, indiquez le mois :
– où Denise a été renvoyée ;
– où elle été embauchée chez Bourras, puis chez Robineau ;
– où elle rencontre Mouret.

Le personnage de Bourras

— Les désignations

> Le nom choisi par le narrateur pour un personnage est un constituant important de sa personnalité.
> Un même personnage peut être désigné par différentes expressions.

6 **a.** Qu'évoque le nom propre « Bourras » ?
b. Quels termes désignent Bourras (l. 61-95 et 217-230) ? Quelle caractéristique du personnage mettent-ils en valeur ?

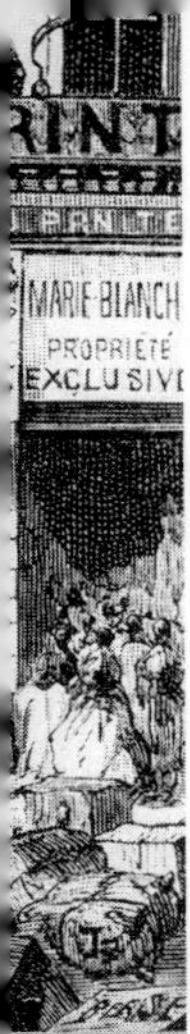

c. Quels termes caractérisent son aspect physique ? Relevez la comparaison se référant à la Bible et la métaphore animale (l. 47-55 et 163-173).

7 Quelles sont ses qualités humaines et professionnelles ?

8 Quel « coup terrible » (l. 154) le *Bonheur des Dames* lui a-t-il porté ? Compte-t-il résister aux assauts de son concurrent ?

Le parcours de Denise

— La misère

9 Quels détails indiquent la pauvreté de la maison de Bourras où loge Denise (l. 41-102) ? Appuyez-vous sur un champ lexical.

10 Quelles difficultés Denise rencontre-t-elle durant cette période ? Comment Bourras l'aide-t-il ?

— L'attrait du grand magasin

11 Quelle position Denise développe-t-elle à l'égard des grands magasins (l. 297-302) ?

12 Quels arguments utilise-t-elle pour convaincre Bourras de céder son bail (l. 393-433) ?

— La rencontre avec Mouret

13 Dans quel cadre la rencontre de Denise avec Mouret se déroule-t-elle ? Relevez les notations qui précisent l'atmosphère et l'éclairage.

14 Quel personnage aborde l'autre ? Qui parle le plus ? Quels sont les deux thèmes principaux de la conversation ?

15 **a.** Montrez en citant le texte que Mouret est attiré par Denise. Quel regard porte-t-il sur elle, à chaque étape de cette rencontre ?
b. Comment le trouble de Denise se manifeste-t-il ?

16 Quelle proposition Mouret lui fait-il ? De quelle mission la charge-t-il ?

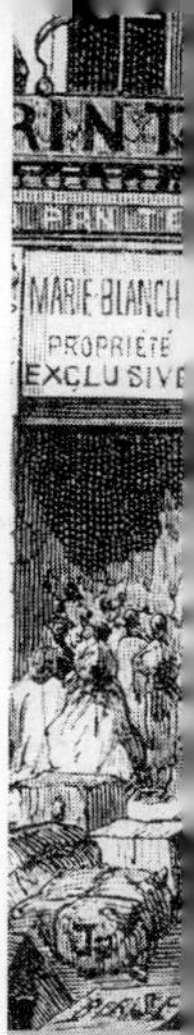

Les principes naturalistes

17 **a.** Montrez que le commerce de Bourras connaît des difficultés.
b. Quels reproches Bourras adresse-t-il aux parapluies des grands magasins ?
c. À quoi les travaux d'embellissement réalisés par Bourras (voir le hors texte p. 168) ont-ils finalement servi (l. 370-390) ?

J'ÉTUDIE LA LANGUE

Vocabulaire : le suffixe *-ment*

> Le suffixe *-ment* sert à former des adverbes et des noms : « On l'avait poussée dehors si **rudement** » (l. 5) ; « Un grand **bourdonnement** emplissait sa tête » (l. 19).
> L'adverbe se forme le plus souvent sur l'adjectif au féminin. Ex. : *curieux → curieusement*.
> Les adverbes en *-emment* ou *-amment* conservent le *e* ou le *a* de l'adjectif. Ex. : *brillant → brillamment.*

18 Formez les adverbes en *-ment* correspondant aux adjectifs suivants.

a. heureux.
b. vague.
c. strict.
d. seul.
e. fou.
f. furieux.
g. vif.
h. léger.
i. naturel.
j. tranquille.
k. violent.
l. patient.

19 Formez les noms en *-ment* correspondant aux verbes suivants.

a. avertir.
b. mouvoir.
c. effacer.
d. tressaillir.
e. embellir.
f. grogner.
g. hurler.

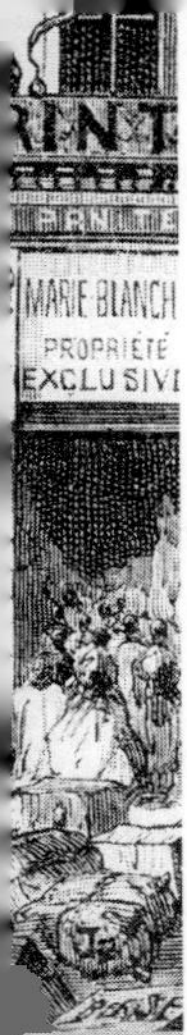

Grammaire : l'attribut du sujet

L'**attribut du sujet** est un mot (ou groupe de mots) qui permet d'attribuer une caractéristique par l'intermédiaire d'un verbe dit attributif (*être*, *paraître*, *sembler*, *devenir*, *demeurer*, *rester*...).

20 Relevez les attributs du sujet et indiquez leur classe grammaticale (adjectif, groupe nominal). Lequel est au superlatif ? Indiquez ensuite quels sont les verbes attributifs.

a. « ...le *Vieil Elbeuf* semblait mort, derrière ses vitrines noires. »

b. « C'était le premier qui ne lui faisait pas peur, tellement la maison paraissait pauvre. »

c. « – Si encore l'une de ces deux chambres était libre ! reprit Bourras. »

d. « Juillet fut très chaud. »

e. « Un soir, comme elle se dirigeait vers les marronniers, elle resta saisie... »

f. « Et, maintenant, voilà Mouret qui devenait son propriétaire. »

J'ÉCRIS

Changer de narrateur

21 Réécrivez les lignes 122-129 en faisant de Denise la narratrice.

CONSIGNES D'ÉCRITURE
- Remplacez le pronom « elle » par le pronom « je ».
- Faites les modifications qui s'imposent.

« C'était vrai, il leur volait tout... »

Chapitre VIII

Cependant, tout le quartier causait de la grande voie qu'on allait ouvrir, du nouvel Opéra à la Bourse, sous le nom de la rue du Dix-Décembre[1]. [...]

Mais ce qui remuait le quartier plus encore, c'étaient les travaux entrepris au *Bonheur des Dames*. On parlait d'agrandissements considérables, de magasins gigantesques tenant les trois façades des rues de la Michodière, Neuve-Saint-Augustin et Monsigny. Mouret, disait-on, avait traité avec le baron Hartmann[2], président du Crédit Immobilier, et il occuperait tout le pâté de maisons, sauf la façade future de la rue du Dix-Décembre, où le baron voulait construire une concurrence au Grand-Hôtel. Partout, le *Bonheur des Dames* rachetait les baux[3], les boutiques fermaient, les locataires déménageaient ; et, dans les immeubles vides, une armée d'ouvriers commençait les aménagements nouveaux, sous des nuages de plâtre. Seule, au milieu de ce bouleversement, l'étroite masure du vieux Bourras restait immobile et intacte, obstinément accrochée entre les hautes murailles, couvertes de maçons.

1. **Rue du Dix-Décembre :** voir le plan, p. 17.
2. **Baron Hartmann :** voir texte 3, p. 66.
3. **Baux :** pluriel de bail (contrat de location pour un temps déterminé).

Lorsque, le lendemain, Denise se rendit avec Pépé chez l'oncle Baudu, la rue était justement barrée par une file de tombereaux[4], qui déchargeaient des briques devant l'ancien hôtel Duvillard. Debout sur le seuil de sa boutique, l'oncle regardait d'un œil morne. À mesure que le *Bonheur des Dames* s'élargissait, il semblait que le *Vieil Elbeuf* diminuât... La jeune fille trouvait les vitrines plus noires, plus écrasées sous l'entresol bas, aux baies rondes de prison; l'humidité avait encore déteint la vieille enseigne verte, une détresse tombait de la façade entière, plombée[5] et comme amaigrie.

– Vous voilà, dit Baudu. Prenez garde! ils vous passeraient sur le corps.

Dans la boutique, Denise éprouva le même serrement de cœur. Elle la revoyait assombrie, gagnée davantage par la somnolence de la ruine; des angles vides creusaient des trous de ténèbres, la poussière envahissait les comptoirs et les casiers; tandis qu'une odeur de cave salpêtrée montait des ballots de draps*, qu'on ne remuait plus. À la caisse, Mme Baudu et Geneviève se tenaient muettes et immobiles, comme dans un coin de solitude, où personne ne venait les déranger. La mère ourlait des torchons. La fille, les mains tombées sur les genoux, regardait le vide devant elle.

– Bonsoir, ma tante, dit Denise. Je suis bien heureuse de vous revoir, et si je vous ai fait de la peine, veuillez me le pardonner.

---

4. Tombereau : véhicule tiré par des chevaux transportant de grosses charges et pouvant basculer par l'arrière.
5. Plombée : d'une teinte bleu grisâtre évoquant celle du plomb.

Mme Baudu l'embrassa, très émue.

– Ma pauvre fille, répondit-elle, si je n'avais pas d'autres peines, tu me verrais plus gaie.

– Bonsoir, ma cousine, reprit Denise, en baisant la première Geneviève sur les joues.

Celle-ci s'éveillait comme en sursaut. Elle lui rendit ses baisers, sans trouver une parole. Les deux femmes prirent ensuite Pépé, qui tendait ses petits bras. Et la réconciliation fut complète.

– Eh bien ! il est six heures, mettons-nous à table, dit Baudu. [...]

Puis, se tournant vers le fond obscur de la boutique :

– Colomban, vous pouvez dîner en même temps que nous. Personne ne viendra.

Denise n'avait pas aperçu le commis. La tante lui expliqua qu'ils avaient dû congédier[6] l'autre vendeur et la demoiselle. Les affaires devenaient si mauvaises, que Colomban suffisait ; et encore passait-il des heures inoccupé, alourdi, glissant au sommeil, les yeux ouverts.

Dans la salle à manger, le gaz brûlait, bien qu'on fût aux longs jours de l'été. Denise eut un léger frisson en entrant, les épaules saisies par la fraîcheur qui tombait des murs. Elle retrouva la table ronde, le couvert mis sur une toile cirée, la fenêtre prenant l'air et la lumière au fond du boyau empesté[7] de la petite cour. Et ces choses lui paraissaient, comme la boutique, s'être assombries encore et avoir des larmes.

---

6. Congédier : donner son congé, renvoyer.
7. Boyau empesté : passage étroit qui sent mauvais.

– Père, dit Geneviève, gênée pour Denise, voulez-vous que je ferme la fenêtre ? Ça ne sent pas bon.

Lui, ne sentait rien. Il resta surpris.

– Ferme la fenêtre, si cela t'amuse, répondit-il enfin. Seulement, nous manquerons d'air.

En effet, on étouffa. C'était un dîner de famille, fort simple. Après le potage, dès que la bonne eut servi le bouilli[8], l'oncle en vint fatalement aux gens d'en face. Il se montra d'abord très tolérant, il permettait à sa nièce d'avoir une opinion différente.

– Mon Dieu ! tu es bien libre de soutenir ces grandes chabraques[9] de maisons… Chacun son idée, ma fille… Du moment que ça ne t'a pas dégoûtée d'être salement flanquée à la porte, c'est que tu dois avoir des raisons solides pour les aimer ; et tu y rentrerais, vois-tu, que je ne t'en voudrais pas du tout… N'est-ce pas ? personne ici ne lui en voudrait ?

– Oh ! non, murmura Mme Baudu.

Denise, posément, dit ses raisons, comme elle les disait chez Robineau : l'évolution logique du commerce, les nécessités des temps modernes, la grandeur de ces nouvelles créations, enfin le bien-être croissant du public. Baudu, les yeux arrondis, la bouche épaisse, l'écoutait, avec une visible tension d'intelligence. Puis, quand elle eut terminé, il secoua la tête.

8. Bouilli : viande bouillie.
9. Chabraque : injure ; femme désagréable. Une chabraque était une peau ou une étoffe recouvrant la selle d'un cheval dans certaines troupes de cavalerie.

– Tout ça, ce sont des fantasmagories[10]. Le commerce est le commerce, il n'y a pas à sortir de là... Oh ! je leur accorde qu'ils réussissent, mais c'est tout. Longtemps, j'ai cru qu'ils se casseraient les reins ; oui, j'attendais ça, je patientais, tu te rappelles ? Eh bien ! non, il paraît qu'aujourd'hui ce sont les voleurs qui font fortune, tandis que les honnêtes gens meurent sur la paille... Voilà où nous en sommes, je suis forcé de m'incliner devant les faits. Et je m'incline, mon Dieu ! je m'incline...

Une sourde colère le soulevait peu à peu. Il brandit tout d'un coup sa fourchette.

– Mais jamais le *Vieil Elbeuf* ne fera une concession !... Entends-tu, je l'ai dit à Bourras : « Voisin, vous pactisez avec les charlatans, vos peinturlurages sont une honte. »

– Mange donc, interrompit Mme Baudu, inquiète de le voir s'allumer ainsi.

– Attends, je veux que ma nièce sache bien ma devise... Écoute ça, ma fille : je suis comme cette carafe, je ne bouge pas. Ils réussissent, tant pis pour eux ! Moi, je proteste, voilà tout !

La bonne apportait un morceau de veau rôti. De ses mains tremblantes, il découpa ; et il n'avait plus son coup d'œil juste, son autorité à peser les parts. La conscience de sa défaite lui ôtait son ancienne assurance de patron respecté. Pépé s'était imaginé que l'oncle se fâchait : il avait fallu le calmer, en lui donnant tout de suite du dessert, des biscuits qui se trouvaient devant son assiette.

10. Fantasmagories : représentations de l'esprit erronées et ne reposant sur rien de réel, de sérieux ; chimères.

Alors l'oncle, baissant la voix, essaya de parler d'autre chose. Un instant, il causa des démolitions, il approuva la rue du Dix-Décembre, dont la trouée allait certainement accroître le commerce du quartier. Mais là, de nouveau, il revint au *Bonheur des Dames* ; tout l'y ramenait, c'était une obsession maladive. On était pourri de plâtre, on ne vendait plus rien, depuis que les voitures de matériaux barraient la rue. D'ailleurs, ce serait ridicule, à force d'être grand ; les clientes se perdraient, pourquoi pas les Halles[11] ? Et, malgré les regards suppliants de sa femme, malgré son effort, il passa des travaux au chiffre d'affaires du magasin. N'était-ce pas inconcevable ? en moins de quatre ans, ils avaient quintuplé ce chiffre : leur recette annuelle, autrefois de huit millions, atteignait le chiffre de quarante, d'après le dernier inventaire. Enfin, une folie, une chose qui ne s'était jamais vue, et contre laquelle il n'y avait plus à lutter. Toujours ils s'engraissaient, ils étaient maintenant mille employés, ils annonçaient vingt-huit rayons. Ce nombre de vingt-huit rayons surtout le jetait hors de lui. Sans doute on devait en avoir dédoublé quelques-uns, mais d'autres étaient complètement nouveaux : par exemple un rayon de meubles et un rayon d'articles de Paris[12]. Comprenait-on cela ? des articles de Paris ! Vrai, ces gens n'étaient pas fiers, ils finiraient par vendre du poisson. L'oncle, tout en affectant de respecter les idées de Denise, en arrivait à l'endoctriner.

---

11. Les Halles : marché de vente en gros de produits alimentaires frais, situé au centre de Paris puis transféré à Rungis en 1969.

12. Articles de Paris : articles de mode, bijoux fantaisie.

– Franchement, tu ne peux les défendre. Me vois-tu joindre un rayon de casseroles à mon commerce de draps ? Hein ? tu dirais que je suis fou… Avoue au moins que tu ne les estimes pas.

La jeune fille se contenta de sourire, gênée, comprenant l'inutilité des bonnes raisons. Il reprit :

– Enfin, tu es pour eux. Nous n'en parlerons plus, car il est inutile qu'ils nous fâchent encore. Ce serait le comble, de les voir se mettre entre ma famille et moi !… Rentre chez eux, si ça te plaît, mais je te défends de me casser davantage les oreilles avec leurs histoires !

Un silence régna. Son ancienne violence tombait à cette résignation fiévreuse. Comme on suffoquait dans l'étroite salle, chauffée par le bec de gaz, la bonne dut rouvrir la fenêtre ; et la pestilence[13] humide de la cour souffla sur la table. Des pommes de terre sautées avaient paru. On se servit lentement, sans une parole.

– Tiens ! regarde ces deux-là, recommença Baudu, en désignant de son couteau Geneviève et Colomban. Demande-leur s'ils l'aiment, ton *Bonheur des Dames* !

Côte à côte, à la place accoutumée où ils se retrouvaient deux fois par jour depuis douze ans, Colomban et Geneviève mangeaient avec mesure. Ils n'avaient pas dit un mot. Lui, exagérant l'épaisse bonhomie[14] de sa face, semblait cacher, derrière ses paupières tombantes, la flamme intérieure qui le brûlait[15] ; tandis que, la tête

---

13. Pestilence : odeur infecte.
14. Bonhomie : bonté superficielle.
15. La flamme intérieure qui le brûlait : Colomban est amoureux de Clara Prunaire, vendeuse au *Bonheur des Dames*.

courbée davantage sous sa chevelure trop lourde, elle, s'abandonnait, comme ravagée par une souffrance secrète.

– L'année dernière a été désastreuse, expliquait l'oncle. Il a bien fallu reculer leur mariage... Non, par plaisir, demande-leur un peu ce qu'ils pensent de tes amis.

Denise, pour le contenter, interrogea les jeunes gens.

– Je ne peux guère les aimer, ma cousine, répondit Geneviève. Mais, soyez tranquille, tout le monde ne les déteste pas.

Et elle regardait Colomban, qui roulait une mie de pain, d'un air absorbé. Quand il sentit sur lui les yeux de la jeune fille, il lâcha des mots violents.

– Une sale boutique !... Tous plus coquins les uns que les autres !... Enfin, un vrai choléra[16] pour le quartier !

– Vous l'entendez ! vous l'entendez ! criait Baudu, ravi. En voilà un qu'ils n'auront jamais !... Va ! tu es le dernier, on n'en fera plus !

Mais Geneviève, le visage sévère et douloureux, ne quittait pas Colomban du regard. Elle pénétrait jusqu'à son cœur, et il se troublait, il redoublait d'invectives[17]. Mme Baudu, devant eux, allait de l'un à l'autre, inquiète et silencieuse, comme si elle eût deviné là un nouveau malheur. Depuis quelque temps la tristesse de sa fille l'effrayait, elle la sentait mourir.

– La boutique est seule, dit-elle enfin, en quittant la table, désireuse de faire cesser la scène. Voyez donc, Colomban, j'ai cru entendre quelqu'un.

16. Choléra : fléau, catastrophe (fréquemment associé à la peste).
17. Invectives : paroles violentes et injurieuses contre quelqu'un.

On avait fini, on se leva. [...]

Geneviève, malheureuse et malade, fait ses confidences à Denise. Elle lui demande s'il est vrai que Colomban aime Clara. Denise essaie de rassurer sa cousine.

Des mois se passèrent. Denise entrait presque tous les jours égayer un instant Geneviève. Mais la tristesse augmentait chez les Baudu. Les travaux d'en face étaient un continuel tourment qui avivait leur malchance. Même lorsqu'ils avaient une heure d'espoir, une joie inattendue, il suffisait du fracas d'un tombereau de briques, de la scie d'un tailleur de pierres ou du simple appel d'un maçon, pour la leur gâter aussitôt. Tout le quartier, d'ailleurs, en était secoué. [...] au moindre coup de vent, un nuage de plâtre s'envolait et s'abattait sur les toitures environnantes, ainsi qu'une tombée de neige. Les Baudu désespérés regardaient cette poussière implacable[18] pénétrer partout, traverser les boiseries les mieux closes, salir les étoffes de la boutique, se glisser jusque dans leur lit ; et l'idée qu'ils la respiraient quand même, qu'ils finiraient par en mourir, leur empoisonnait l'existence.

Du reste, la situation allait empirer encore. En septembre, l'architecte, craignant de ne pas être prêt, se décida à faire travailler la nuit. De puissantes lampes électriques furent établies, et le branle[19] ne cessa plus : des équipes se succédaient, les marteaux n'arrêtaient pas, les machines

18. Implacable : sans pitié, que rien ne peut arrêter.
19. Branle : mouvement infernal.

sifflaient continuellement, la clameur toujours aussi haute semblait soulever et semer le plâtre. Alors, les Baudu, exaspérés, durent même renoncer à fermer les yeux; ils étaient secoués dans leur alcôve[20], les bruits se changeaient en cauchemars, dès que la fatigue les engourdissait. Puis, s'ils se levaient pieds nus, pour calmer leur fièvre, et s'ils venaient soulever un rideau, ils restaient effrayés devant la vision du *Bonheur des Dames* flambant au fond des ténèbres, comme une forge colossale, où se forgeait leur ruine. Au milieu des murs, à moitié construits, troués de baies vides, les lampes électriques jetaient de larges rayons bleus, d'une intensité aveuglante. Deux heures du matin sonnaient, puis trois heures, puis quatre heures. Et, dans le sommeil pénible du quartier, le chantier agrandi par cette clarté lunaire, devenu colossal et fantastique, grouillait d'ombres noires, d'ouvriers retentissants, dont les profils gesticulaient, sur la blancheur crue des murailles neuves.

L'oncle Baudu l'avait dit, le petit commerce des rues voisines recevait encore un coup terrible. [...] Mlle Tatin, la lingère du passage Choiseul, venait d'être déclarée en faillite; Quinette, le gantier, en avait à peine pour six mois; les fourreurs Vanpouille étaient obligés de sous-louer une partie de leurs magasins; si Bédoré et sœur, les bonnetiers, tenaient toujours, rue Gaillon, ils mangeaient évidemment les rentes[21] amassées jadis. Et voilà que, maintenant, d'autres ruines allaient s'ajouter à ces ruines prévues depuis longtemps: le rayon d'articles de Paris

20. Alcôve: chambre à coucher.
21. Rentes: revenus, rentrées d'argent.

menaçait un bimbelotier[22] de la rue Saint-Roch, Deslignières, un gros homme sanguin ; tandis que le rayon des meubles atteignait les Piot et Rivoire, dont les magasins dormaient dans l'ombre du passage Sainte-Anne. [...]

En février de l'année suivante (1867), Denise, comprenant que Robineau ne sait pas comment la congédier, revient au Bonheur des Dames *où elle est embauchée pour un salaire de mille francs.*

Un soir, elle allait remonter chez elle, lorsque Deloche, qui la guettait sous une porte cochère, l'arrêta au passage. Il était bien heureux, il venait d'apprendre la grande nouvelle, tout le magasin en causait, disait-il. Et il lui conta gaiement les commérages des comptoirs.

– Vous savez, ces dames des confections font une figure !

Puis, s'interrompant :

– À propos, vous vous souvenez de Clara Prunaire. Eh bien ! il paraît que le patron l'aurait... Vous comprenez ?

Il était devenu rouge. Elle, toute pâle, s'écria :

– Monsieur Mouret !

– Un drôle de goût, n'est-ce pas ? reprit-il. Une femme qui ressemble à un cheval... La petite lingère qu'il avait eue deux fois, l'an passé, était gentille au moins. Enfin, ça le regarde.

Denise, rentrée chez elle, se sentit défaillir. [...] Paris l'irritait, elle haïssait le *Bonheur des Dames*, elle ne savait plus pourquoi elle avait consenti à y retourner. Certainement,

22. Bimbelotier : vendeur de petits articles, de bibelots.

elle y souffrirait encore [...]. Elle pleura longtemps, elle retrouva quelque courage à vivre.

Le lendemain, Denise se rend au Vieil Elbeuf, *elle veut parler à Colomban...*

[...] Elle l'attira dans un coin. Et, baissant la voix :

– C'est à vous que je veux parler... Vous manquez donc de cœur ? vous ne voyez donc pas que Geneviève vous aime et qu'elle en mourra ?

Elle était toute frémissante, sa fièvre de la veille la secouait de nouveau. Lui, effaré, étonné de cette brusque attaque, ne trouvait pas une parole.

– Entendez-vous ! continua-t-elle, Geneviève sait que vous en aimez une autre. Elle me l'a dit, elle a sangloté comme une malheureuse... Ah ! la pauvre enfant ! elle ne pèse plus lourd, allez ! Si vous aviez vu ses petits bras ! C'est à pleurer... Dites, vous ne pouvez pas la laisser mourir ainsi !

Il parla enfin, tout à fait bouleversé.

– Mais elle n'est pas malade, vous exagérez... Moi, je ne vois pas... [...]

– Et pour qui ? reprenait Denise, pour une rien du tout !... Mais vous ignorez donc qui vous aimez ? Je n'ai pas voulu vous chagriner jusqu'à présent, j'ai évité souvent de répondre à vos continuelles questions... Eh bien ! oui, elle va avec tout le monde, elle se moque de vous, jamais vous ne l'aurez, ou bien vous l'aurez comme les autres, une fois, en passant.

Très pâle, il l'écoutait ; et, à chacune des phrases qu'elle lui jetait à la face, entre ses dents serrées, il avait un petit tremblement des lèvres. Elle, prise de cruauté, cédait à un emportement dont elle n'avait pas conscience.

– Enfin, dit-elle dans un dernier cri, elle est avec M. Mouret, si vous voulez le savoir !

Sa voix s'était étranglée, elle devint plus pâle que lui. Tous deux se regardèrent.

Puis, il bégaya :

– Je l'aime.

Alors, Denise fut honteuse. Pourquoi parlait-elle ainsi à ce garçon et qu'avait-elle à se passionner ? Elle resta muette, le simple mot qu'il venait de répondre lui retentissait dans le cœur, avec un lointain bruit de cloche, dont elle était assourdie. « Je l'aime, je l'aime », et cela s'élargissait : il avait raison, il ne pouvait en épouser une autre.

Comme elle se tournait, elle aperçut Geneviève, sur le seuil de la salle à manger.

– Taisez-vous ! dit-elle rapidement.

Mais il était trop tard, Geneviève devait avoir entendu. Elle n'avait plus de sang au visage. [...]

Arrive alors une cliente qui trouve que le prix de la soie est plus cher qu'au Bonheur des Dames. *Baudu, furieux, la renvoie au magasin d'en face...*

– Encore une qu'ils nous prennent ! murmura le drapier.

Puis, se tournant vers Denise, dont il connaissait l'engagement nouveau :

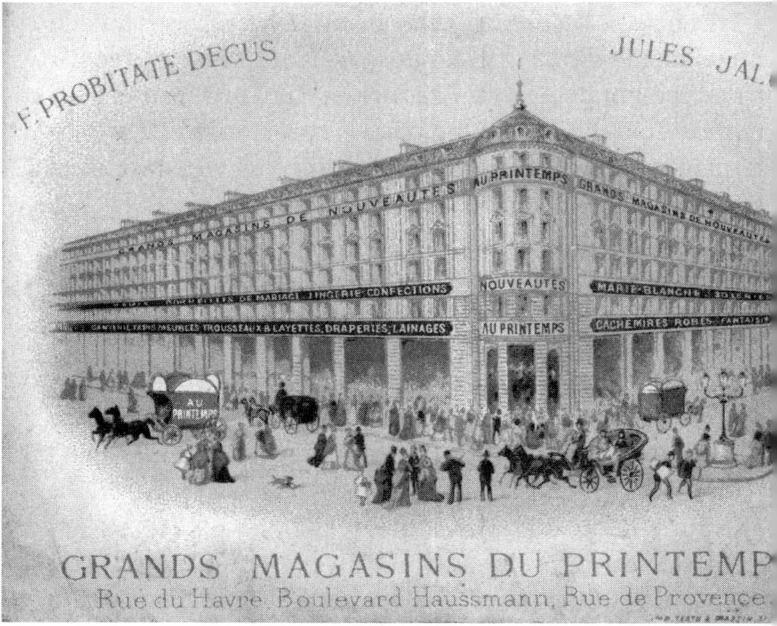

Grands magasins du Printemps, publicité, vers 1890.

– Toi aussi, ils t'ont reprise… Va, je ne t'en veux pas. Puisqu'ils ont l'argent, ils sont les plus forts.

Justement, Denise, espérant encore que Geneviève n'avait pu entendre Colomban, lui disait à l'oreille :

– Il vous aime, soyez plus gaie.

Mais la jeune fille lui répondit très bas, d'une voix déchirée :

– Pourquoi mentez-vous ?… Tenez ! il ne peut s'en empêcher, il regarde là-haut… Je sais bien qu'ils me l'ont volé, comme ils nous volent tout.

Et elle s'était assise sur la banquette de la caisse, près de sa mère. [...] C'était vrai, il leur volait tout : au père, la fortune ; à la mère, son enfant mourante ; à la fille, un mari attendu depuis dix ans. Devant cette famille condamnée, Denise, dont le cœur se noyait de compassion, eut un instant peur d'être mauvaise. N'allait-elle pas remettre la main à la machine qui écrasait le pauvre monde ? Mais elle se trouvait comme emportée par une force [...].

Extraits du chapitre VIII.

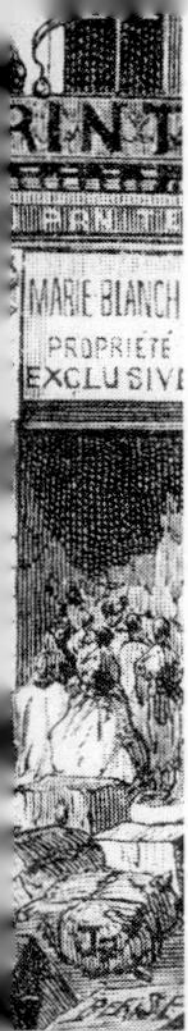

QUESTIONS SUR LE TEXTE 8

AI-JE BIEN LU ?

❶ Où les retrouvailles de la famille Baudu ont-elles lieu ?
❷ Qui est Colomban ? À qui est-il fiancé ? De qui est-il amoureux ?
❸ Quels types de travaux ont été entrepris dans le quartier ? Dans quel but ?
❹ Quelle est la situation financière de Baudu ?
❺ Pourquoi Denise quitte-t-elle Robineau ? Où se fait-elle embaucher ?

J'ANALYSE LE TEXTE

La durée et le rythme du récit

❻ **a.** En quelle saison le dîner chez les Baudu a-t-il lieu ? Quel mois Denise est-elle embauchée au *Bonheur des Dames* ?
b. Évaluez la durée de l'action dans ce chapitre.
❼ **a.** Quelles sont les différentes scènes du passage ? Appuyez-vous sur les dialogues.
b. Qui sont les personnages présents ?

Les personnages

— Baudu
❽ **a.** Comment Baudu réagit-il face à la réussite du *Bonheur des Dames* ?
b. Montrez que ses soucis l'ont atteint physiquement et moralement (l. 118-130).
c. Quelles critiques fait-il au magasin moderne ?

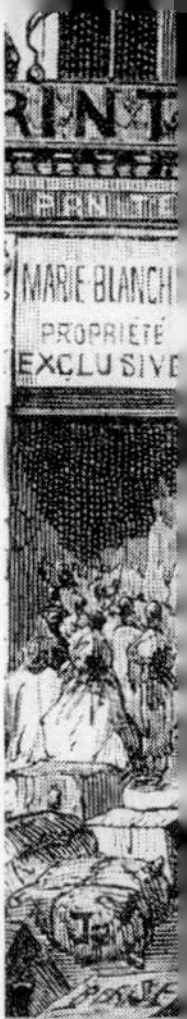

— Geneviève Baudu

9 **a.** Pour quelles raisons Geneviève est-elle tombée malade ? Quelle conversation entend-elle, qui la fait souffrir encore davantage ?

b. Quel soutien reçoit-elle de Denise ?

— Colomban

10 De qui Colomban est-il amoureux ? Semble-t-il conscient de l'état de Geneviève ?

11 Quels termes Colomban emploie-t-il à propos du *Bonheur des Dames* (l. 189-190) ? Est-il sincère ? Comment peut-on qualifier son attitude ?

12 Quelle révélation Denise lui fait-elle concernant Clara Prunaire ? Comment réagit-il ?

Le parcours de Denise

— Denise et la famille Baudu

13 **a.** Quelles sont les réactions de la jeune fille devant l'état de la boutique de son oncle ?

b. Quel comportement a-t-elle à l'égard de sa cousine ?

14 **a.** Denise est-elle sensible aux dégâts causés par le grand magasin sur les petits commerçants, et notamment sur son oncle et sa famille ?

b. Continue-t-elle pour autant à défendre les principes du nouveau commerce ? Justifiez vos réponses.

15 Quelle force pousse Denise à retourner au *Bonheur des Dames* ?

— Denise et Mouret

16 **a.** Relevez les indices qui marquent le trouble de Denise à chaque fois que Mouret est évoqué.

b. Relisez les lignes 293-315. Pourquoi Denise révèle-t-elle à Colomban la liaison du directeur et de Clara avec une telle passion ?

L'écriture naturaliste

Petits commerces et grand magasin

17 Relisez les lignes 20-64.

a. Relevez les indices de la ruine du *Vieil Elbeuf.*

b. Quel est l'état des affaires ? Comment Colomban, Mme Baudu et Geneviève s'occupent-ils ?

18 **a.** Quels commerces du quartier sont ruinés par le *Bonheur des Dames* ?

b. Quels chiffres montrent le succès du grand magasin (l. 136-144) ?

Les travaux et leurs nuisances

19 Relisez les lignes 207-242.

a. Relevez les expressions qui témoignent du bouleversement causé par les travaux et de l'activité débordante qu'ils suscitent.

b. Quelles nuisances les habitants et notamment les Baudu subissent-ils ? Citez le texte.

Une vision épique et fantastique de la réalité

20 Montrez que la description prend une dimension épique et fantastique :

– Relevez les termes qui montrent le gigantisme des travaux (l. 1-19).

– Expliquez l'effet produit par la comparaison « comme une forge colossale, où se forgeait leur ruine » (l. 234) et par les jeux d'ombre et de lumière (l. 236-242).

J'ÉTUDIE LA LANGUE

Grammaire : conjugaison

21 « – Franchement, tu ne peux les défendre. Me vois-tu joindre un rayon de casseroles à mon commerce de draps ? Hein ? tu dirais que je suis fou… Avoue au moins que tu ne les estimes pas. » (l. 151-154).

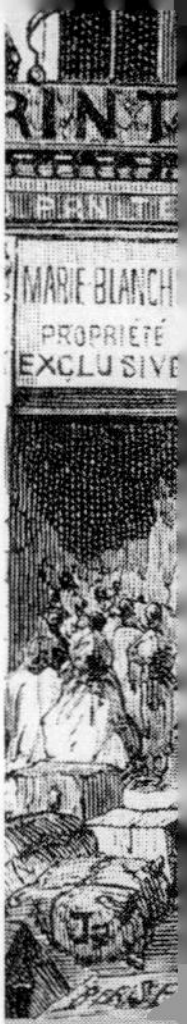

a. Identifiez le temps et le mode des verbes conjugués.
b. Réécrivez ce passage en imaginant que Baudu parle au nom de sa femme et du sien (utilisation du pronom « nous ») et s'adresse à plusieurs personnes (utilisation du pronom « vous »).

Vocabulaire : le lexique de la tristesse et du malheur

22 Faites correspondre les noms et leur définition

Tristesse, oppression •	
Triste, abattu et silencieux •	• Détresse
Diminution des forces morales •	• Attristé
Grande peine causée par l'accumulation de difficultés •	• Avoir du chagrin
Avoir de la peine •	• Désespéré
Sanglots •	• Abattement
État d'une personne qui juge une situation sans issue •	• Serrement de cœur
Rendu triste •	• Morne
	• Larmes

J'ÉCRIS

Argumenter

23 Petit commerce, grande surface ou achat en ligne ? Recherchez des arguments pour défendre l'un de ces trois types de commerces.

CONSIGNES D'ÉCRITURE
• Développez votre position sous la forme suivante : « Je préfère acheter dans... / j'opterais pour... / En ce qui me concerne, ma préférence va au petit commerce / à la grande surface / aux achats sur Internet, pour les raisons suivantes. »
• Présentez vos arguments ainsi : « Tout d'abord... Ensuite... Enfin... »

TEXTE 9 L'INAUGURATION DES NOUVEAUX MAGASINS

« Vaincre la femme. »

Chapitre IX

Un lundi, 14 mars, le *Bonheur des Dames* inaugurait ses magasins neufs par la grande exposition des nouveautés d'été, qui devait durer trois jours. Au-dehors, une aigre bise soufflait, les passants, surpris de ce retour d'hiver, filaient vite, en boutonnant leurs paletots. Cependant, toute une émotion fermentait dans les boutiques du voisinage ; et l'on voyait, contre les vitres, les faces pâles des petits commerçants, occupés à compter les premières voitures, qui s'arrêtaient devant la nouvelle porte d'honneur, rue Neuve-Saint-Augustin. Cette porte, haute et profonde comme un porche d'église, surmontée d'un groupe, l'Industrie et le Commerce[1] se donnant la main au milieu d'une complication d'attributs[2], était abritée sous une vaste marquise[3], dont les dorures fraîches semblaient éclairer les trottoirs d'un coup de soleil. À droite, à gauche, les façades, d'une blancheur crue encore, s'allongeaient, faisaient retour sur les rues Monsigny et de la Michodière, occupaient toute l'île sauf le côté de la rue du Dix-Décembre, où le Crédit Immobilier allait bâtir. Le long de ce développement de caserne, lorsque les petits commerçants levaient la tête, ils

1. L'Industrie et le Commerce : il s'agit d'un groupe de deux statues allégoriques, personnifiant le commerce et l'industrie.
2. Attribut : emblème caractéristique qui accompagne une figure mythologique.
3. Marquise : auvent vitré au-dessus d'une porte d'entrée pour servir d'abri contre la pluie.

apercevaient l'amoncellement des marchandises, par les glaces sans tain, qui, du rez-de-chaussée au second étage, ouvraient la maison au plein jour. Et ce cube énorme, ce colossal bazar leur bouchait le ciel, leur paraissait être pour quelque chose dans le froid dont ils grelottaient, au fond de leurs comptoirs glacés.

Dès six heures, cependant, Mouret était là, donnant ses derniers ordres. Au centre, dans l'axe de la porte d'honneur, une large galerie allait de bout en bout, flanquée à droite et à gauche de deux galeries plus étroites, la galerie Monsigny et la galerie Michodière. On avait vitré les cours, transformées en halls ; et des escaliers de fer s'élevaient du rez-de-chaussée, des ponts de fer étaient jetés d'un bout à l'autre, aux deux étages. L'architecte, par hasard intelligent, un jeune homme amoureux des temps nouveaux, ne s'était servi de la pierre que pour les sous-sols et les piles d'angle, puis avait monté toute l'ossature en fer[4], des colonnes supportant l'assemblage des poutres et des solives. Les voûtains[5] des planchers, les cloisons des distributions intérieures, étaient en briques. Partout on avait gagné de l'espace, l'air et la lumière entraient librement, le public circulait à l'aise, sous le jet hardi des fermes[6] à longue portée. C'était la cathédrale du commerce moderne solide et légère, faite pour un peuple de clientes. En bas, dans la galerie centrale, après les soldes de la porte, il y

4. Ossature en fer : ce type de construction n'a existé qu'à partir de 1880 alors que le roman est censé se dérouler sous le Second Empire (1867 si l'on suit la chronologie du plan détaillé établi par Zola avant la rédaction définitive).
5. Voûtain : portion de voûte servant de support.
6. Ferme : assemblage de pièces de bois ou de métal destinées à porter le faîtage d'un toit.

avait les cravates, la ganterie, la soie; la galerie Monsigny était occupée par le blanc et la rouennerie*, la galerie Michodière par la mercerie, la bonneterie, la draperie et les lainages. Puis, au premier, se trouvaient les confections, la lingerie, les châles, les dentelles, d'autres rayons nouveaux, tandis qu'on avait relégué au second étage la literie, les tapis, les étoffes d'ameublement, tous les articles encombrants et d'un maniement difficile. À cette heure, le nombre des rayons était de trente-neuf, et l'on comptait dix-huit cents employés, dont deux cents femmes. Un monde poussait là, dans la vie sonore des hautes nefs métalliques.

Mouret avait l'unique passion de vaincre la femme. Il la voulait reine dans sa maison, il lui avait bâti ce temple, pour l'y tenir à sa merci. C'était toute sa tactique, la griser d'attentions galantes et trafiquer de ses désirs, exploiter sa fièvre. Aussi, nuit et jour, se creusait-il la tête, à la recherche de trouvailles nouvelles. Déjà, voulant éviter la fatigue des étages aux dames délicates, il avait fait installer deux ascenseurs, capitonnés[7] de velours. Puis, il venait d'ouvrir un buffet, où l'on donnait gratuitement des sirops et des biscuits, et un salon de lecture, une galerie monumentale, décorée avec un luxe trop riche, dans laquelle il risquait même des expositions de tableaux. Mais son idée la plus profonde était, chez la femme sans coquetterie, de conquérir la mère par l'enfant; il ne

7. Capitonnés : rembourrés et garnis de compartiments formés par la piqûre sur la surface du tissu.

perdait aucune force, spéculait sur tous les sentiments[8], créait des rayons pour petits garçons et fillettes, arrêtait les mamans au passage, en offrant aux bébés des images et des ballons. Un trait de génie que cette prime des ballons, distribuée à chaque acheteuse, des ballons rouges, à la fine peau de caoutchouc, portant en grosses lettres le nom du magasin, et qui, tenus au bout d'un fil, voyageant en l'air, promenaient par les rues une réclame vivante !

La grande puissance était surtout la publicité. Mouret en arrivait à dépenser par an trois cent mille francs de catalogues, d'annonces et d'affiches. Pour sa mise en vente des nouveautés d'été, il avait lancé deux cent mille catalogues, dont cinquante mille à l'étranger, traduits dans toutes les langues. Maintenant, il les faisait illustrer de gravures, il les accompagnait même d'échantillons, collés sur les feuilles. C'était un débordement d'étalages, le *Bonheur des Dames* sautait aux yeux du monde entier, envahissait les murailles, les journaux, jusqu'aux rideaux des théâtres. Il professait que la femme est sans force contre la réclame, qu'elle finit fatalement par aller au bruit. Du reste, il lui tendait des pièges plus savants, il l'analysait en grand moraliste. Ainsi, il avait découvert qu'elle ne résistait pas au bon marché, qu'elle achetait sans besoin, quand elle croyait conclure une affaire avantageuse ; et, sur cette observation, il basait son système des diminutions de prix, il baissait progressivement les articles non vendus, préférant les vendre à perte, fidèle au principe du renouvelle-

---

8. **Spéculait sur tous les sentiments :** comptait dessus pour obtenir quelque chose.

ment rapide des marchandises. Puis, il avait pénétré plus avant encore dans le cœur de la femme, il venait d'imaginer « les rendus », un chef d'œuvre de séduction jésuitique[9]. « Prenez toujours, madame : vous nous rendrez l'article, s'il cesse de vous plaire. » Et la femme, qui résistait, trouvait-là une dernière excuse, la possibilité de revenir sur une folie : elle prenait, la conscience en règle. Maintenant, les rendus et la baisse des prix entraient dans le fonctionnement classique du nouveau commerce.

Mais où Mouret se révélait comme un maître sans rival, c'était dans l'aménagement intérieur des magasins. Il posait en loi que pas un coin du *Bonheur des Dames* ne devait rester désert ; partout, il exigeait du bruit, de la foule, de la vie ; car la vie, disait-il, attire la vie, enfante et pullule[10]. De cette loi, il tirait toutes sortes d'applications. D'abord, on devait s'écraser pour entrer, il fallait que, de la rue, on crût à une émeute ; et il obtenait cet écrasement, en mettant sous la porte les soldes, des casiers et des corbeilles débordant d'articles à vil prix ; si bien que le menu peuple s'amassait, barrait le seuil, faisait penser que les magasins craquaient de monde, lorsque souvent ils n'étaient qu'à demi pleins. Ensuite, le long des galeries, il avait l'art de dissimuler les rayons qui chômaient, par exemple les châles en été et les indiennes en hiver ; il les entourait de rayons vivants, les noyait dans du vacarme. Lui seul avait encore imaginé de placer au deuxième étage les comptoirs des tapis et des

9. Jésuitique : ici, synonyme d'hypocrite puisque Mouret sait que peu de clientes vont rendre leurs achats.
10. Pullule : se développe en grand nombre.

meubles, des comptoirs où les clientes étaient plus rares, et dont la présence au rez-de-chaussée aurait creusé des trous vides et froids. S'il en avait découvert le moyen, il aurait fait passer la rue au travers de sa maison.

Justement, Mouret se trouvait en proie à une crise d'inspiration. Le samedi soir, comme il donnait un dernier coup d'œil aux préparatifs de la grande vente du lundi, dont on s'occupait depuis un mois, il avait eu la conscience soudaine que le classement des rayons adopté par lui, était inepte[11]. C'était pourtant un classement d'une logique absolue, les tissus d'un côté, les objets confectionnés de l'autre, un ordre intelligent qui devait permettre aux clientes de se diriger elles-mêmes. Il avait rêvé cet ordre autrefois, dans le fouillis de l'étroite boutique de Mme Hédouin ; et voilà qu'il se sentait ébranlé, le jour où il le réalisait. Brusquement, il s'était écrié qu'il fallait « lui casser tout ça ». On avait quarante-huit heures, il s'agissait de déménager une partie des magasins. Le personnel, effaré, bousculé, avait dû passer les deux nuits et la journée entière du dimanche, au milieu d'un gâchis épouvantable. Même le lundi matin, une heure avant l'ouverture, des marchandises ne se trouvaient pas encore en place. Certainement, le patron devenait fou, personne ne comprenait, c'était une consternation[12] générale.

– Allons, dépêchons ! criait Mouret, avec la tranquille assurance de son génie. Voici encore des costumes qu'il

---

11. Inepte : stupide.
12. Consternation : état de tristesse et de grand découragement provoqué par une mauvaise nouvelle ou un spectacle affligeant.

faut me porter là-haut… Et le Japon[13] est-il installé sur le palier central ?… Un dernier effort, mes enfants, vous verrez la vente tout à l'heure !

Bourdoncle, lui aussi, était là depuis le petit jour. Pas plus que les autres, il ne comprenait, et ses regards suivaient le directeur d'un air d'inquiétude. Il n'osait lui poser des questions, sachant de quelle manière on était reçu, dans ces moments de crise. Pourtant, il se décida, il demanda doucement :

– Est-ce qu'il était bien nécessaire de tout bouleverser ainsi, à la veille de notre exposition ?

D'abord, Mouret haussa les épaules, sans répondre. Puis, comme l'autre se permit d'insister, il éclata.

– Pour que les clientes se tassent toutes dans le même coin, n'est-ce pas ? Une jolie idée de géomètre que j'avais eue là ! Je ne m'en serais jamais consolé… Comprenez donc que je localisais la foule. Une femme entrait, allait droit où elle voulait aller, passait du jupon à la robe, de la robe au manteau, puis se retirait, sans même s'être un peu perdue !… Pas une n'aurait seulement vu nos magasins !

– Mais, fit remarquer Bourdoncle, maintenant que vous avez tout brouillé et tout jeté aux quatre coins, les employés useront leurs jambes, à conduire les acheteuses de rayon en rayon.

Mouret eut un geste superbe.

– Ce que je m'en fiche ! Ils sont jeunes, ça les fera grandir… Et tant mieux, s'ils se promènent ! Ils auront l'air plus

13. Japon : marchandises venues du Japon, porcelaines.

nombreux, ils augmenteront la foule. Qu'on s'écrase, tout ira bien !

Il riait, il daigna expliquer son idée, en baissant la voix :

– Tenez ! Bourdoncle, écoutez les résultats... Premièrement, ce va-et-vient continuel de clientes les disperse un peu partout, les multiplie et leur fait perdre la tête ; secondement, comme il faut qu'on les conduise d'un bout des magasins à l'autre, si elles désirent par exemple la doublure après avoir acheté la robe, ces voyages en tous sens triplent pour elle la grandeur de la maison ; troisièmement, elles sont forcées de traverser des rayons où elles n'auraient pas mis les pieds, des tentations les y accrochent au passage, et elles succombent ; quatrièmement...

Bourdoncle riait avec lui. Alors, Mouret, enchanté, s'arrêta, pour crier aux garçons :

– Très bien, mes enfants ! Maintenant, un coup de balai, et voilà qui est beau !

Mais, en se tournant, il aperçut Denise. Lui et Bourdoncle se trouvaient devant le rayon des confections, qu'il venait justement de dédoubler, en faisant monter les robes et costumes au second étage, à l'autre bout des magasins. Denise, descendue la première, ouvrait de grands yeux, dépaysée par les aménagements nouveaux.

– Quoi donc ? murmura-t-elle, on déménage ?

Cette surprise parut amuser Mouret, qui adorait ces coups de théâtre. Dès les premiers jours de février, Denise était rentrée au *Bonheur*, où elle avait eu l'heureux étonnement de retrouver le personnel poli, presque respectueux.

Mme Aurélie surtout se montrait bienveillante ; Marguerite et Clara semblaient résignées ; jusqu'au père Jouve[14] qui pliait l'échine, l'air embarrassé, comme désireux d'effacer le vilain souvenir d'autrefois. Il suffisait que Mouret eût dit un mot, tout le monde chuchotait, en la suivant des yeux. Et, dans cette amabilité générale, elle n'était un peu blessée que par la tristesse singulière de Deloche[15] et les sourires inexplicables de Pauline.

Cependant, Mouret la regardait toujours de son air ravi.

– Que cherchez-vous donc, mademoiselle ? demanda-t-il enfin.

Denise ne l'avait pas aperçu. Elle rougit légèrement. Depuis sa rentrée, elle recevait de lui des marques d'intérêt, qui la touchaient beaucoup. Pauline, sans qu'elle sût pourquoi, lui avait conté en détail les amours du patron et de Clara, où il la voyait, ce qu'il la payait ; et elle en reparlait souvent, elle ajoutait même qu'il avait une autre maîtresse, cette Mme Desforges, bien connue de tout le magasin. De telles histoires remuaient Denise, elle était reprise devant lui de ses peurs d'autrefois, d'un malaise où sa reconnaissance luttait contre de la colère.

– C'est tout ce remue-ménage, murmura-t-elle.

Alors, Mouret s'approcha pour lui dire à voix plus basse :

– Ce soir, après la vente, veuillez passer à mon cabinet. Je désire vous parler.

[…]

---

14. Jouve : voir texte 8, p. 181. Jouve a tenté d'embrasser Denise qui l'a violemment repoussé.
15. Deloche : il a déclaré son amour à Denise, mais sans succès.

Au cours de la journée, les clientes ont afflué. Les vendeuses des confections accompagnent leurs clientes : Marguerite traînant une chaise sur laquelle elle avait entassé tous les achats effectués par Mme Marty et Denise portant ceux de Mme Desforges. Cette dernière, ayant découvert l'attirance de Mouret pour Denise, a décidé de mettre à rude épreuve la jeune fille en se montrant désagréable avec elle : peine perdue, Denise conserve une douceur inébranlable.

Et le grand voyage commença, le long des galeries encombrées. En tête marchait Marguerite, tirant la chaise comme une petite voiture, s'ouvrant un chemin avec lenteur. Dès la lingerie, Mme Desforges se plaignit : était-ce ridicule, ces bazars où il fallait faire deux lieues pour mettre la main sur le moindre article ! Mme Marty se disait aussi morte de fatigue ; et elle n'en jouissait pas moins profondément de cette fatigue, de cette mort lente de ses forces, au milieu de l'inépuisable déballage des marchandises. Le coup de génie de Mouret la tenait tout entière. Au passage, chaque rayon l'arrêtait. Elle fit une première halte devant les trousseaux[16], tentée par des chemises que Pauline lui vendit, et Marguerite se trouva débarrassée de la chaise, ce fut Pauline qui dut la prendre. Mme Desforges aurait pu continuer sa marche, pour libérer Denise plus vite ; mais elle semblait heureuse de la sentir derrière elle, immobile et patiente, tandis qu'elle s'attardait également, à conseiller son amie. Aux layettes, ces dames s'extasièrent, sans rien acheter. Puis, les faiblesses de Mme Marty recom-

16. Trousseaux : ensembles de linge et d'objets de toilette.

mencèrent : elle succomba successivement devant un corset de satin noir, des manchettes de fourrure vendues au rabais, à cause de la saison, des dentelles russes dont on garnissait alors le linge de table. Tout cela s'empilait sur la chaise, les paquets montaient, faisaient craquer le bois ; et les vendeurs qui se succédaient, s'attelaient avec plus de peine, à mesure que la charge devenait plus lourde.

– Par ici, madame, disait Denise sans une plainte, après chaque halte.

– Mais c'est stupide ! criait Mme Desforges. Nous n'arriverons jamais. Pourquoi n'avoir pas mis les robes et costumes près des confections ? En voilà un gâchis !

Mme Marty, dont les yeux se dilataient, grisée par ce défilé de choses riches qui dansaient devant elle, répétait à demi-voix :

– Mon Dieu ! que va dire mon mari ?... Vous avez raison, il n'y a pas d'ordre, dans ce magasin. On se perd, on fait des bêtises.

Sur le grand palier central, la chaise eut peine à passer. Mouret, justement, venait d'encombrer le palier d'un déballage d'articles de Paris, des coupes montées sur du zinc doré, des nécessaires[17] et des caves à liqueur de camelote, trouvant qu'on y circulait trop librement, que la foule ne s'y étouffait pas. Et, là, il avait autorisé un de ses vendeurs à exposer, sur une petite table, des curiosités de la Chine et du Japon, quelques bibelots à bas prix, que les clientes s'arrachaient. C'était un succès inattendu, déjà il rêvait

17. Nécessaires : coffrets, mallettes, trousses contenant divers objets nécessaires pour une activité.

d'élargir cette vente. Mme Marty, pendant que deux garçons montaient la chaise au second étage, acheta six boutons d'ivoire, des souris en soie, un porte-allumettes en émail cloisonné[18].

Au second, la course recommença. Denise, qui depuis le matin promenait ainsi des clientes, tombait de lassitude ; mais elle restait correcte, avec sa douceur polie. Elle dut encore attendre ces dames aux étoffes d'ameublement, où une cretonne* ravissante avait accroché Mme Marty. Puis, aux meubles, ce fut une table à ouvrage dont cette dernière eut le désir. Ses mains tremblaient, elle suppliait en riant Mme Desforges de l'empêcher de dépenser davantage, lorsque la rencontre de Mme Guibal lui apporta une excuse. C'était au rayon des tapis, celle-ci venait enfin de monter rendre tout un achat de portières d'Orient, fait par elle depuis cinq jours ! et elle causait, debout devant le vendeur, un grand gaillard, dont les bras de lutteur remuaient, du matin au soir, des charges à tuer un bœuf. Naturellement, il était consterné par ce « rendu », qui lui enlevait son tant pour cent. Aussi tâchait-il d'embarrasser la cliente, flairant quelque aventure louche, sans doute un bal donné avec les portières, prises au *Bonheur*, puis renvoyées, afin d'éviter une location chez un tapissier ; il savait que cela se faisait parfois, dans la bourgeoisie économe. Madame devait avoir une raison pour les rendre ; si c'étaient les dessins ou les couleurs qui n'allaient pas à madame, il lui montrerait autre chose, il avait un assortiment très complet. À toutes

18. Cloisonné : dont les motifs sont circonscrits par de minces cloisons métalliques retenant la matière vitrifiée.

ces insinuations, Mme Guibal répondait tranquillement, de son air assuré de femme reine, que les portières ne lui plaisaient plus, sans daigner ajouter une explication. Elle refusa d'en voir d'autres, et il dut s'incliner, car les vendeurs avaient ordre de reprendre les marchandises, même s'ils s'apercevaient qu'on s'en fût servi.

Comme les trois dames s'éloignaient ensemble, et que Mme Marty revenait avec remords sur la table à ouvrage dont elle n'avait aucun besoin, Mme Guibal lui dit de sa voix tranquille :

– Eh bien ! vous la rendrez… Vous avez vu ? ce n'est pas plus difficile que ça… Laissez-la toujours porter chez vous. On la met dans son salon, on la regarde ; puis, quand elle vous ennuie, on la rend.

– C'est une idée ! cria Mme Marty. Si mon mari se fâche trop fort, je leur rends tout.

Et ce fut pour elle l'excuse suprême, elle ne compta plus, elle acheta encore, avec le sourd besoin de tout garder, car elle n'était pas des femmes qui rendent.

Enfin, on arriva aux robes et costumes. Mais, comme Denise allait remettre à des vendeuses le foulard acheté par Mme Desforges, celle-ci parut se raviser et déclara que, décidément, elle prendrait un des manteaux de voyage, le gris clair ; et Denise dut attendre complaisamment[19], pour la ramener aux confections. La jeune fille sentait bien la volonté de la traiter en servante, dans ces caprices de cliente impérieuse ; seulement, elle s'était

19. Complaisamment : en faisant preuve de complaisance, de gentillesse.

juré de rester à son devoir, elle gardait son attitude calme, malgré les bonds de son cœur et les révoltes de sa fierté. Mme Desforges n'acheta rien aux robes et costumes.

– Oh ! maman, disait Valentine, ce petit costume-là, s'il est à ma taille !

Tout bas, Mme Guibal expliquait à Mme Marty sa tactique. Quand une robe lui plaisait dans un magasin, elle se la faisait envoyer, en prenait le patron, puis la rendait. Et Mme Marty acheta le costume pour sa fille, en murmurant :

– Bonne idée ! Vous êtes pratique, vous, chère madame.

On avait dû abandonner la chaise. Elle était restée en détresse, au rayon des meubles, à côté de la table à ouvrage. Le poids devenait trop lourd, les pieds de derrière menaçaient de casser ; et il était convenu que tous les achats seraient centralisés à une caisse, pour être descendus ensuite au service du départ.

Alors, ces dames, toujours conduites par Denise, vagabondèrent. On les revit de nouveau dans tous les rayons. Il n'y avait plus qu'elles sur les marches des escaliers et le long des galeries. [...]

Et, à cette heure dernière, au milieu de cet air surchauffé, les femmes régnaient. Elles avaient pris d'assaut les magasins, elles y campaient comme en pays conquis, ainsi qu'une horde[20] envahissante, installée dans la débâcle[21] des marchandises. Les vendeurs, assourdis, brisés, n'étaient plus que leurs choses, dont elles disposaient avec une tyrannie de souveraines. De grosses

20. Horde : tribu nomade, indisciplinée.
21. Débâcle : pillage.

dames bousculaient le monde. Les plus minces tenaient de la place, devenaient arrogantes. Toutes, la tête haute, les gestes brusques, étaient chez elles, sans politesse les unes pour les autres, usant de la maison tant qu'elles pouvaient, jusqu'à en emporter la poussière des murs. Mme Bourdelais, désireuse de rattraper ses dépenses, avait de nouveau conduit ses trois enfants au buffet ; maintenant, la clientèle s'y ruait dans une rage d'appétit, les mères elles-mêmes s'y gorgeaient de malaga[22] ; on avait bu, depuis l'ouverture, quatre-vingts litres de sirop et soixante-dix bouteilles de vin. Après avoir acheté son manteau de voyage, Mme Desforges s'était fait offrir des images à la caisse ; et elle partait en songeant au moyen de tenir Denise chez elle, où elle l'humilierait en présence de Mouret lui-même, pour voir leur figure et tirer d'eux une certitude. Enfin, pendant que M. de Boves réussissait à se perdre dans la foule et à disparaître avec Mme Guibal, Mme de Boves, suivie de Blanche et de Vallagnosc, avait eu le caprice de demander un ballon rouge, bien qu'elle n'eût rien acheté. C'était toujours cela, elle ne s'en irait pas les mains vides, elle se ferait une amie de la petite fille de son concierge. Au comptoir de distribution, on entamait le quarantième mille : quarante mille ballons rouges qui avaient pris leur vol dans l'air chaud des magasins, toute une nuée de ballons rouges qui flottaient à cette heure d'un bout à l'autre de Paris, portant au ciel le nom du *Bonheur des Dames* !

22. Malaga : vin liquoreux fait avec le raisin de la région de Malaga (Espagne) cueilli très mûr.

Cinq heures sonnèrent. De toutes ces dames, Mme Marty demeurait seule avec sa fille, dans la crise finale de la vente. Elle ne pouvait s'en détacher, lasse à mourir, retenue par des liens si forts, qu'elle revenait toujours sur ses pas, sans besoin, battant les rayons de sa curiosité inassouvie. C'était l'heure où la cohue, fouettée de réclames, achevait de se détraquer ; les soixante mille francs d'annonces payés aux journaux, les dix mille affiches collées sur les murs, les deux cent mille catalogues lancés dans la circulation, après avoir vidé les bourses, laissaient à ces nerfs de femmes l'ébranlement de leur ivresse ; et elles restaient secouées encore de toutes les inventions de Mouret, la baisse des prix, les rendus, les galanteries sans cesse renaissantes. Mme Marty s'attardait devant les tables de proposition[23], parmi les appels enroués des vendeurs, dans le bruit d'or des caisses et le roulement des paquets tombant aux sous-sols ; elle traversait une fois de plus le rez-de-chaussée, le blanc, la soie, la ganterie, les lainages ; puis, elle remontait, s'abandonnait à la vibration métallique des escaliers suspendus et des ponts volants, retournait aux confections, à la lingerie, aux dentelles, poussait jusqu'au second étage, dans les hauteurs de la literie et des meubles, et, partout, les commis, Hutin et Favier, Mignot et Liénard, Deloche, Pauline, Denise, les jambes mortes, donnaient un coup de force, arrachaient des victoires à la fièvre dernière des clientes. Cette fièvre,

23. Tables de proposition : tables de démonstration ; « des vendeurs spéciaux, des Parisiens fainéants et blagueurs » (selon le début du chapitre) font l'article pour écouler des « petits objets de camelote ».

depuis le matin, avait grandi peu à peu, comme la griserie même qui se dégageait des étoffes remuées. La foule flambait sous l'incendie du soleil de cinq heures. Maintenant, Mme Marty avait la face animée et nerveuse d'une enfant qui a bu du vin pur. Entrée les yeux clairs, la peau fraîche du froid de la rue, elle s'était lentement brûlé la vue et le teint, au spectacle de ce luxe, de ces couleurs violentes, dont le galop continu irritait sa passion. Lorsqu'elle partit enfin, après avoir dit qu'elle paierait chez elle, terrifiée par le chiffre de sa facture, elle avait les traits tirés, les yeux élargis d'une malade. Il lui fallut se battre pour se dégager de l'écrasement obstiné de la porte ; on s'y tuait, au milieu du massacre des soldes. Puis, sur le trottoir, quand elle eut retrouvé sa fille qu'elle avait perdue, elle frissonna à l'air vif, elle demeura effarée, dans le détraquement de cette névrose[24] des grands bazars.

Le soir, comme Denise revenait de dîner, un garçon l'appela.

– Mademoiselle, on vous demande à la direction.

Elle oubliait l'ordre que Mouret lui avait donné, le matin, de passer à son cabinet, après la vente. Il l'attendait debout. En entrant, elle ne repoussa pas la porte, qui resta ouverte.

– Nous sommes contents de vous, mademoiselle, dit-il, et nous avons songé à vous témoigner notre satisfaction… Vous savez de quelle indigne manière Mme Frédéric nous a quittés[25]. Dès demain, vous la remplacerez comme seconde.

---

24. Névrose : forme légère de maladie mentale, qui aboutit à des troubles du comportement.
25. Mme Frédéric nous a quittés : la seconde du rayon des confections est partie la veille sans explication.

Denise l'écoutait, immobile de saisissement. Elle murmura, la voix tremblante :

– Mais, monsieur, il y a des vendeuses beaucoup plus anciennes que moi au rayon.

– Eh bien ? qu'est-ce que cela fait ? reprit-il. Vous êtes la plus capable, la plus sérieuse. Je vous choisis, c'est bien naturel… N'êtes-vous pas satisfaite ?

Alors, elle rougit. C'était, en elle, un bonheur et un embarras délicieux, où son premier effroi se fondait. Pourquoi donc avait-elle songé d'abord aux suppositions dont on allait accueillir cette faveur inespérée ? Et elle demeurait confuse, malgré l'élan de sa reconnaissance. Lui, la regardait en souriant, dans sa robe de soie toute simple, sans un bijou, n'ayant que le luxe de sa royale chevelure blonde. Elle s'était affinée, la peau blanche, l'air délicat et grave. Son insignifiance chétive d'autrefois devenait un charme d'une discrétion pénétrante.

– Vous êtes bien bon, monsieur, balbutia-t-elle. Je ne sais comment vous dire…

Mais elle eut la voix coupée. Dans le cadre de la porte, Lhomme était debout. Il tenait de sa bonne main une grande sacoche de cuir, et son bras mutilé serrait contre sa poitrine un portefeuille énorme ; tandis que, derrière son dos, son fils Albert portait une charge de sacs, qui lui cassait les membres.

– Cinq cent quatre-vingt-sept mille, deux cent dix francs, trente centimes ! cria le caissier dont la face molle et usée semblait s'éclairer d'un coup de soleil, au reflet d'une pareille somme.

C'était la recette de la journée, la plus forte que le *Bonheur* eût encore faite. Au loin, dans les profondeurs des magasins, que Lhomme venait de traverser lentement, de la marche pesante d'un bœuf trop chargé, on entendait le brouhaha, le remous de surprise et de joie, laissé par cette recette géante qui passait.

– Mais c'est superbe ! dit Mouret enchanté. Mon brave Lhomme, mettez ça là, reposez-vous, car vous n'en pouvez plus. Je vais faire porter cet argent à la caisse centrale… Oui, oui, tout sur mon bureau. Je veux voir le tas.

Il avait une gaieté d'enfant. Le caissier et son fils se déchargèrent. La sacoche eut une claire sonnerie d'or, deux des sacs en crevant lâchèrent des coulées d'argent et de cuivre, tandis que, du portefeuille, sortaient des coins de billets de banque. Tout un bout du grand bureau fut couvert, c'était comme l'écroulement d'une fortune, ramassée en dix heures.

Lorsque Lhomme et Albert se furent retirés, en s'épongeant le visage, Mouret demeura un moment immobile, perdu, les yeux sur l'argent. Puis, ayant levé la tête, il aperçut Denise qui s'était écartée. Alors, il se remit à sourire, il la força de s'avancer, finit par dire qu'il lui donnerait ce qu'elle pourrait prendre dans une poignée ; et il y avait un marché d'amour, au fond de sa plaisanterie.

– Tenez ! dans la sacoche, je parie pour moins de mille francs, votre main est si petite !

Mais elle se recula encore. Il l'aimait donc ? Brusquement, elle comprenait, elle sentait la flamme croissante du coup de désir dont il l'enveloppait, depuis qu'elle était de retour aux confections. Ce qui la bouleversait davantage, c'était de sentir son cœur battre à se rompre. Pourquoi la blessait-il avec tout cet argent, lorsqu'elle débordait de gratitude et qu'il l'eût fait défaillir d'une seule parole amie ? Il se rapprochait, en continuant de plaisanter, lorsque, à son grand mécontentement, Bourdoncle parut, sous le prétexte de lui apprendre le chiffre des entrées, l'énorme chiffre de soixante-dix mille clientes, venues au *Bonheur* ce jour-là. Et elle se hâta de sortir, après avoir remercié de nouveau.

Extraits du chapitre IX.

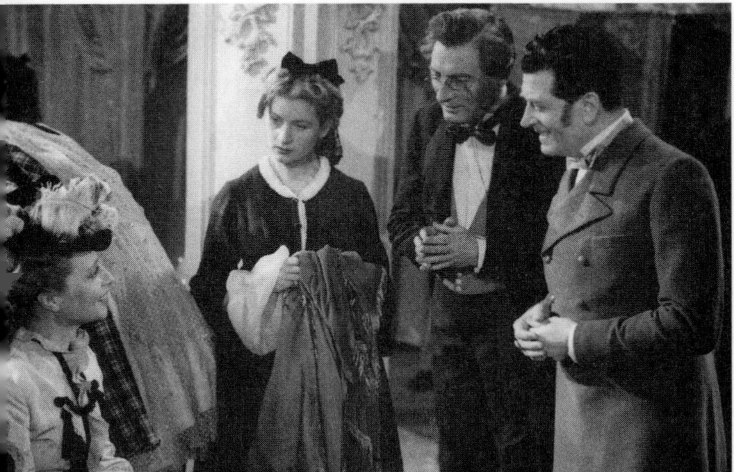

Suzy Prim, Blanchette Brunoy, Jean Tissier et Albert Préjean dans le film *Au Bonheur des Dames* d'André Cayatte, 1943.

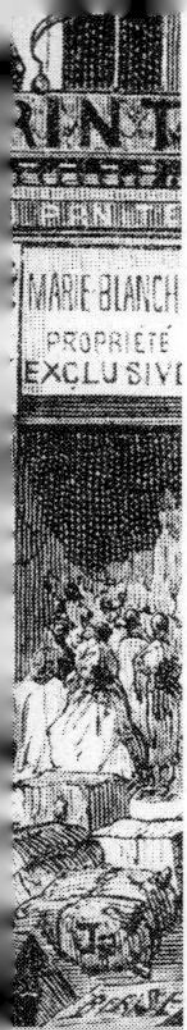

QUESTIONS SUR LE TEXTE 9

J'ÉTUDIE LA LANGUE

1 Quel est l'événement annoncé dans les premières lignes ? Quelle est sa durée ?

2 Donnez le nom des trois principales clientes qui parcourent le magasin ? Laquelle est accompagnée par Denise ?

3 La journée est-elle un succès pour Mouret ? Qu'est-ce qui le prouve ?

4 Quelle promotion Mouret accorde-t-il à Denise ?

J'ANALYSE LE TEXTE

La description du magasin

5 **a.** Relevez les expressions (comparaison et métaphores) qui renvoient à la religion (l. 1-60).

b. Quels éléments, dans l'architecture même, peuvent faire penser à une cathédrale ?

c. Comment la lumière est-elle mise en valeur ?

6 Indiquez les caractéristiques de la modernité dans cette construction : quels sont notamment les matériaux utilisés ?

Les clientes

7 **a.** Quel comportement les différentes clientes adoptent-elles (Mme Desforges, Mme Marty, Mme Guibal, Mme Bourdelais, Mme de Boves) ? Montrez que chacune d'elles est fidèle au type de cliente défini dans le texte 4 (voir p. 94).

b. Pourquoi Mme Desforges tient-elle à ce que Denise l'accompagne dans l'ensemble du magasin ?

8 Que signifie l'expression la « névrose des grands bazars » (l. 427) ? Quelle cliente en est atteinte ? Retrouvez les signes de cette « maladie » dans son comportement et son apparence physique.

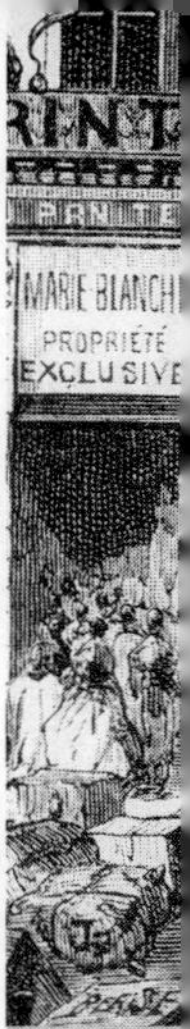

9 **a.** Relevez les termes qui appartiennent au champ lexical de la bataille et de la domination dans les lignes 352-427. Quel est le moment de la journée ? Comment les clientes se sont-elles comportées ?
b. Montrez que la clientèle ne respecte plus les conventions sociales de la politesse et de la bonne tenue (l. 352-380).

Le parcours professionnel de Mouret

Zola fait de Mouret un **personnage emblématique**, qui, à l'exemple d'Aristide Boucicaut (fondateur du *Bon Marché*, en 1852) fait de son magasin un palais de la femme.

10 Pourquoi Mouret trouve-t-il soudain que « le classement des rayons adopté par lui était inepte » (l. 133-134) ? Que décide-t-il alors ? Comment justifie-t-il cette décision ?
11 **a.** Faites la liste des différentes techniques commerciales inventées par Mouret pour vendre davantage.
b. Quelles expressions montrent que Mouret est :
– un fin connaisseur de la psychologie féminine ;
– un génie commercial ;
– un patron absolu ?
12 **a.** Montrez, en vous appuyant sur les nombreuses indications chiffrées, que cette journée est un succès pour Mouret.
b. Quels sentiments éprouve-t-il lorsque le caissier déverse la recette sur son bureau ?

Le parcours de Mouret et de Denise

13 Le retour de Denise au *Bonheur des Dames* s'est-il bien passé ? Est-elle une bonne vendeuse ?
14 **a.** Pourquoi Mouret a-t-il convoqué Denise dans son bureau ?
b. Quel regard porte-t-il sur elle ? Citez le texte. En quoi Denise a-t-elle changé ?

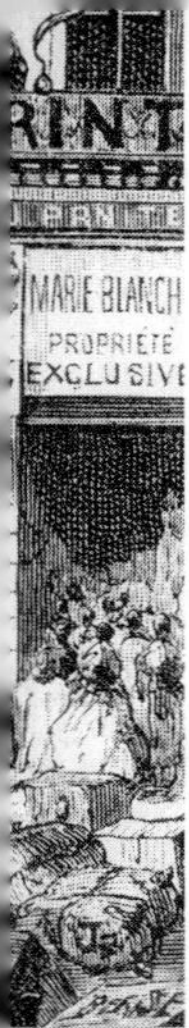

c. Pour quelle raison Mouret veut-il donner à Denise une part de la recette ? Quel « marché » implicite lui propose-t-il (l. 487-507) ?

15 **a.** Quelles réactions a-t-elle, d'abord devant la nomination à sa nouvelle fonction, puis quand elle comprend le sens des gestes de Mouret ?

b. À quelles valeurs Denise est-elle attachée (l. 498-502) ?

J'ÉTUDIE LA LANGUE

Vocabulaire : le mot « commerce »

16 Définissez le mot « commerce » dans les expressions suivantes en les employant dans une phrase qui éclairera leur sens.
a. tenir un commerce. **b.** le petit commerce. **c.** commerce en gros. **d.** être d'un commerce agréable. **e.** un geste commercial. **f.** commercialiser un produit.

Orthographe : les chiffres et les nombres

– Les chiffres et les nombres sont invariables (ex. : *J'ai monté les quatre étages*) sauf **vingt** et **cent** qui prennent un *s* quand ils sont multipliés sans être suivis par un autre nombre (*quatre-vingts, quatre cents,* mais *quatre-vingt-onze, huit cent cinq*).
– **Mille** est invariable (ex. : *deux mille kilomètres*).
– Les nombres composés inférieurs à **cent** prennent un trait d'union (*vingt-huit, cinquante-six*...). On tolère aujourd'hui la présence de traits d'union entre chaque élément même quand il y a *et* (ex. : *soixante-et-un*).

17 Écrivez en lettres.
a. 45 rayons. **b.** 2 250 employés. **c.** 200 femmes. **d.** 5 500 affiches. **e.** 285 610 euros. **f.** 80 000 catalogues.

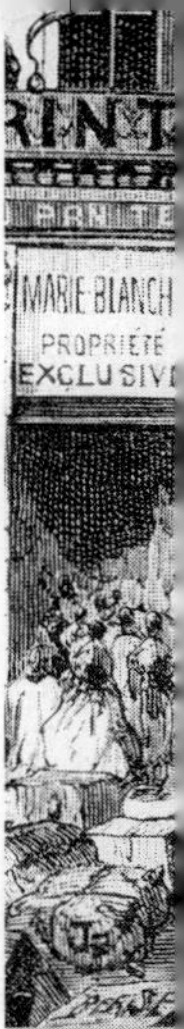

J'ÉCRIS

Décrire un magasin un jour d'affluence

18 Vous êtes allé dans un magasin ou un supermarché un jour de soldes ou un jour d'affluence. Racontez votre expérience.

CONSIGNES D'ÉCRITURE
- Commencez par votre arrivée dans le magasin.
- Décrivez l'ambiance générale (marchandises, bruits, haut-parleurs, foule...).
- Dites comment se comportent les clients (rayons, caisse...).
- Concluez par vos impressions à la sortie.

LE SAVIEZ-VOUS ?

L'architecture des années 1880

Caractérisée par l'emploi du fer et du verre, elle a permis l'édification de bâtiments grandioses destinés à abriter un grand magasin, une gare, une banque, le siège social d'une entreprise... ou parfois le pavillon d'une exposition universelle. Bien des témoins de cette architecture spectaculaire sont encore debout aujourd'hui.

Le buffet public

Voici quelques notes prises par Zola sur le Bon Marché : « Des garçons de magasin versent des sirops, du bordeaux ou du madère. Aux deux bouts, une fontaine. Comme il y avait des bousculades terribles les jours de foule, on a fait établir une barrière comme au théâtre, pour maintenir la queue. Cordon de velours rouge. Des habituées, les enfants gorgés de sirop. Des femmes qui profitent et s'empiffrent, gâteaux, biscuits. Trente-cinq litres de sirop les jours ordinaires, quatre-vingt-cinq litres de sirop et vingt bouteilles de bordeaux les jours de foule. De sept à huit vols par jour. »

TEXTE 10 MATIN D'INVENTAIRE

« Elle l'aimait... »

Chapitre X

Le premier dimanche d'août, on faisait l'inventaire, qui devait être terminé le soir même. Dès le matin, comme un jour de semaine, tous les employés étaient à leur poste, et la besogne avait commencé, les portes closes, dans les magasins vides de clientes.

Denise n'était pas descendue à huit heures, avec les autres vendeuses. Retenue depuis le jeudi dans sa chambre, par une entorse prise en montant aux ateliers, elle allait enfin beaucoup mieux ; mais, comme Mme Aurélie la gâtait, elle ne se hâtait pas, achevait de se chausser avec peine, résolue cependant à se montrer au rayon. Maintenant, les chambres des demoiselles occupaient le cinquième étage des bâtiments neufs, le long de la rue Monsigny ; elles étaient au nombre de soixante, aux deux côtés d'un corridor, et plus confortables, toujours meublées pourtant du lit de fer, de la grande armoire et de la petite toilette de noyer. La vie intime des vendeuses y prenait des propretés et des élégances, une pose pour les savons chers et les linges fins, toute une montée naturelle vers la bourgeoisie, à mesure que leur sort s'améliorait ; bien qu'on entendît encore voler des gros mots et les portes battre, dans le coup de vent d'hôtel garni[1] qui les emportait matin et soir. D'ailleurs, à titre

1. **Hôtel garni :** hôtel meublé.

de seconde[2], Denise avait une des plus grandes chambres, dont les deux fenêtres mansardées[3] ouvraient sur la rue. Riche à présent, elle se donnait du luxe, un édredon rouge recouvert d'un voile de guipure*, un petit tapis devant l'armoire, deux vases de verre bleu sur la toilette, où se fanaient des roses.

[...]

Doucement, elle continuait de s'essayer à marcher, en se promettant de se coucher de bonne heure, afin de reposer sa jambe, lorsque la surveillante, Mme Cabin, frappa et lui donna une lettre, d'un air de mystère.

La porte refermée, Denise, étonnée du sourire discret de cette femme, ouvrit la lettre. Elle se laissa tomber sur une chaise : c'était une lettre de Mouret, où il se disait heureux de son rétablissement[4] et la priait de descendre le soir dîner avec lui, puisqu'elle ne pouvait sortir. Le ton de ce billet, à la fois familier et paternel, n'avait rien de blessant ; mais il lui était impossible de se méprendre, le *Bonheur* connaissait bien la signification vraie de ces invitations, une légende courait là-dessus : Clara avait dîné, d'autres aussi, toutes celles que le patron remarquait. Après le dîner, comme disaient les commis farceurs, il y avait le dessert. Et les joues blanches de la jeune fille étaient peu à peu envahies par un flot de sang.

Alors, la lettre glissée entre les genoux, le cœur battant à coups profonds, Denise resta les yeux fixés sur la

---

2. **À titre de seconde :** Denise a été nommée seconde vendeuse, au rayon des confections, en remplacement de Mme Frédéric.
3. **Fenêtres mansardées :** fenêtres sous le toit.
4. **Rétablissement :** guérison.

lumière aveuglante d'une des fenêtres. C'était un aveu qu'elle avait dû se faire, dans cette chambre même, aux heures d'insomnie : si elle tremblait encore quand il passait, elle savait maintenant que ce n'était pas de crainte ; et son malaise d'autrefois, son ancienne peur ne pouvait être que l'ignorance effarée de l'amour, le trouble de ses tendresses naissantes, dans sa sauvagerie d'enfant. Elle ne raisonnait pas, elle sentait seulement qu'elle l'avait toujours aimé, depuis l'heure où elle avait frémi et balbutié devant lui. Elle l'aimait lorsqu'elle le redoutait comme un maître sans pitié, elle l'aimait lorsque son cœur éperdu rêvait de Hutin, inconscient, cédant à un besoin d'affection. Peut-être se serait-elle donnée à un autre, mais jamais elle n'avait aimé que cet homme dont un regard la terrifiait. Et tout le passé revivait, se déroulait dans la clarté de la fenêtre : les sévérités des premiers temps, cette promenade si douce sous les ombrages noirs des Tuileries, enfin les désirs dont il l'effleurait depuis l'heure où elle était rentrée. La lettre glissa jusqu'à terre, Denise regardait toujours la fenêtre, dont le plein soleil l'éblouissait.

Brusquement, on frappa, et elle se hâta de ramasser la lettre, de la faire disparaître dans sa poche. C'était Pauline, qui, s'échappant de son rayon sous un prétexte, venait causer un peu.

– Êtes-vous remise, ma chère ? On ne se rencontre plus.

Mais, comme il était défendu de remonter dans les chambres, et surtout de s'y enfermer à deux, Denise l'emmena au bout du couloir, où se trouvait le salon de réunion, une galanterie[5] du directeur pour ces demoiselles, qui pouvaient y causer ou y travailler, en attendant onze heures. La pièce, blanc et or, d'une nudité banale de salle d'hôtel, était meublée d'un piano, d'un guéridon central, de fauteuils et de canapés recouverts de housses blanches.

[...]

– Vous voyez, mon pied va mieux, dit Denise. Je descendais.

– Ah bien ! cria la lingère, en voilà du zèle !... C'est moi qui resterais à me dorloter, si j'avais un prétexte !

Toutes deux s'étaient assises sur un canapé. L'attitude de Pauline avait changé, depuis que son amie était seconde aux confections. Il entrait, dans sa cordialité de bonne fille, une nuance de respect, une surprise de sentir la petite vendeuse chétive d'autrefois en marche pour la fortune. Cependant, Denise l'aimait beaucoup et se confiait à elle seule, au milieu du continuel galop des deux cents femmes que la maison occupait maintenant.

– Qu'avez-vous ? demanda vivement Pauline, quand elle remarqua le trouble de la jeune fille.

– Mais rien, assura celle-ci, avec un sourire embarrassé.

– Si, si, vous avez quelque chose... Vous vous méfiez donc de moi, que vous ne me dites plus vos chagrins ?

Alors, Denise, dans l'émotion qui gonflait sa poitrine et qui ne pouvait se calmer, s'abandonna. Elle tendit la lettre à son amie, en balbutiant :

– Tenez ! il vient de m'écrire.

---

5. Galanterie : amabilité.

Entre elles, jamais encore elles n'avaient parlé ouvertement de Mouret. Mais ce silence même était comme un aveu de leurs secrètes préoccupations. Pauline n'ignorait rien. Après avoir lu la lettre, elle se serra contre Denise, la prit à la taille, pour lui murmurer doucement :

– Ma chère, si vous voulez que je sois franche, je croyais que c'était fait... Ne vous révoltez donc pas, je vous assure que tout le magasin doit le croire comme moi. Dame ! il vous a nommée seconde si vite, puis il est toujours après vous, ça crève les yeux !

Elle lui mit un gros baiser sur la joue. Puis, elle l'interrogea.

– Vous irez ce soir, naturellement ?

Denise la regardait sans répondre. Et, tout d'un coup, elle éclata en sanglots, la tête appuyée sur l'épaule de son amie. Celle-ci demeura très surprise.

– Voyons, calmez-vous. Il n'y a rien là-dedans qui puisse vous bouleverser ainsi.

– Non, non, laissez-moi, bégayait Denise. Si vous saviez comme j'ai du chagrin ! Depuis que j'ai reçu cette lettre, je ne vis plus... Laissez-moi pleurer, cela me soulage.

Très apitoyée, sans comprendre pourtant, la lingère chercha des consolations. D'abord, il ne voyait plus Clara. On disait bien qu'il allait chez une dame au-dehors, mais ce n'était pas prouvé. Puis, elle expliqua qu'on ne pouvait être jalouse d'un homme dans une pareille position. Il avait trop d'argent, il était le maître après tout.

Denise l'écoutait ; et, si elle avait encore ignoré son amour, elle n'en aurait plus douté à la souffrance dont le nom de

Clara et l'allusion à Mme Desforges lui tordirent le cœur. Elle entendait la voix mauvaise de Clara, elle revoyait Mme Desforges la promener dans les magasins, avec son mépris de dame riche.

– Alors, vous iriez, vous. demanda-t-elle.

Pauline, sans se consulter, cria :

– Sans doute, est-ce qu'on peut faire autrement !

Puis, elle réfléchit, elle ajouta :

– Pas maintenant, autrefois, parce que maintenant je vais me marier avec Baugé, et ce serait mal tout de même.

En effet, Baugé, qui avait quitté depuis peu le *Bon Marché* pour le *Bonheur des Dames*, allait l'épouser, vers le milieu du mois. Bourdoncle n'aimait guère les ménages ; cependant, ils avaient l'autorisation, ils espéraient même obtenir un congé de quinze jours.

– Vous voyez bien, déclara Denise. Quand un homme vous aime, il vous épouse... Baugé vous épouse.

Pauline eut un bon rire.

– Mais, ma chérie, ce n'est pas la même chose. Baugé m'épouse, parce que c'est Baugé. Il est mon égal, ça va tout seul... Tandis que M. Mouret ! Est-ce que M. Mouret peut épouser ses vendeuses ?

– Oh ! non, oh ! non, cria la jeune fille révoltée par l'absurdité de la question, et c'est pourquoi il n'aurait pas dû m'écrire.

Ce raisonnement acheva d'étonner la lingère. Son visage épais, aux petits yeux tendres, prenait une commisération[6]

6. Commisération : sentiment qui fait prendre part ou intérêt à la misère, aux malheurs d'autrui ; attendrissement.

maternelle. Puis, elle se leva, ouvrit le piano, joua doucement avec un seul doigt « Le Roi Dagobert », pour égayer la situation sans doute. Dans la nudité du salon, dont les housses blanches semblaient augmenter le vide, montaient les bruits de la rue, la mélopée[7] lointaine d'une marchande criant des pois verts. Denise s'était renversée au fond du canapé, la tête contre le bois, secouée par une nouvelle crise de sanglots, qu'elle étouffait dans son mouchoir.

– Encore ! reprit Pauline, en se retournant. Vous n'êtes vraiment pas raisonnable... Pourquoi m'avez-vous amenée ici ? Nous aurions mieux fait de rester dans votre chambre.

Elle s'agenouilla devant elle, recommença à la sermonner. Que d'autres auraient voulu être à sa place ! D'ailleurs, si la chose ne lui plaisait pas, c'était bien simple : elle n'avait qu'à dire non, sans se chagriner si fort. Mais elle réfléchirait, avant de risquer sa position par un refus que rien n'expliquait, puisqu'elle n'avait pas d'engagement ailleurs. Était-ce donc si terrible ? et la semonce[8] finissait par des plaisanteries chuchotées gaiement, lorsqu'un bruit de pas vint du corridor.

Pauline courut à la porte jeter un coup d'œil.

– Chut ! Mme Aurélie ! murmura-t-elle. Je me sauve... Et vous, essuyez vos yeux. On n'a pas besoin de savoir.

Quand Denise fut seule, elle se mit debout, renfonça ses larmes ; et, les mains tremblantes encore, de peur d'être surprise ainsi, elle ferma le piano, que son amie avait

---

7. Mélopée : chant monotone.
8. Semonce : gronderie, remontrance.

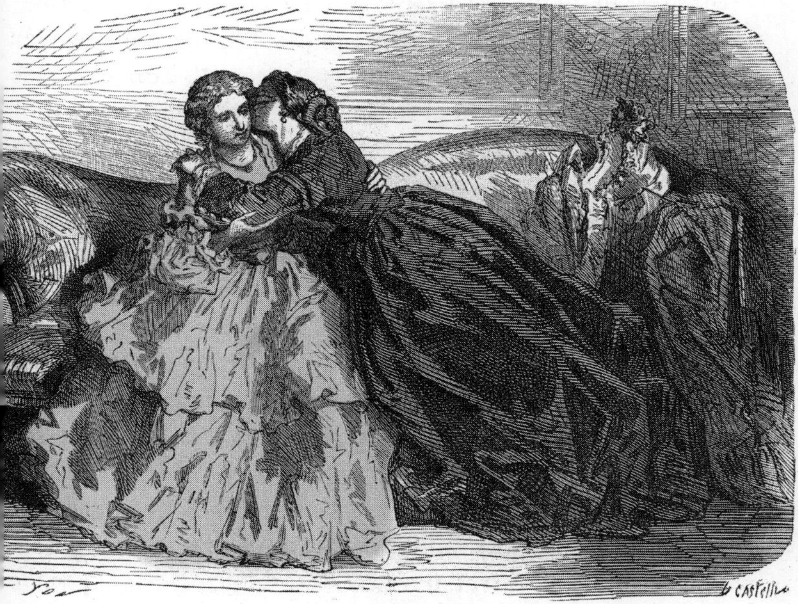

Illustration du roman *Au Bonheur des Dames* d'Émile Zola. Éditions Fasquelle, 1906.

laissé ouvert. Mais elle entendit Mme Aurélie frapper à sa porte. Alors, elle quitta le salon.

– Comment ! vous êtes levée ! cria la première. C'est une imprudence, ma chère enfant. Je montais justement prendre de vos nouvelles et vous dire que nous n'avons pas besoin de vous, en bas.

Denise lui assura qu'elle allait mieux, que cela lui ferait du bien de s'occuper, de se distraire.

– Je ne me fatiguerai pas, madame. Vous m'installerez sur une chaise, je travaillerai aux écritures.

Toutes deux descendirent. Très prévenante, Mme Aurélie l'obligeait à s'appuyer sur son épaule. Elle avait dû remarquer les yeux rouges de la jeune fille, car elle l'examinait à la dérobée. Sans doute, elle savait bien des choses.

C'était une victoire inespérée: Denise avait enfin conquis le rayon. Après s'être jadis débattue pendant près de dix mois, au milieu de ses tourments de souffre-douleur, sans lasser le mauvais vouloir de ses camarades, elle venait en quelques semaines de les dominer, de les voir autour d'elle souples et respectueuses. [...]

Neuf heures sonnaient. Au-dehors, un ciel d'un bleu ardent chauffait les rues, des fiacres roulaient vers les gares, toute la population endimanchée gagnait en longues files les bois de la banlieue. Dans le magasin, inondé de soleil par les grandes baies ouvertes, le personnel enfermé venait de commencer l'inventaire. On avait retiré les boutons des portes, des gens s'arrêtaient sur le trottoir, regardant par les glaces, étonnés de cette fermeture, lorsqu'on distinguait à l'intérieur une activité extraordinaire. C'était, d'un bout à l'autre des galeries, du haut en bas des étages, un piétinement d'employés, des bras en l'air, des paquets volant par-dessus les têtes ; et cela au milieu d'une tempête de cris, de chiffres lancés, dont la confusion montait et se brisait en un tapage assourdissant. [...]

– Pourquoi descendez-vous? reprit Marguerite obligeamment, en s'adressant à Denise. Vous allez vous faire du mal, et nous avions le monde nécessaire.

– C'est ce que je lui ai dit, déclara Mme Aurélie. Mais elle a voulu quand même nous aider.

Toutes ces demoiselles s'empressaient auprès de Denise. Le travail s'en trouva interrompu. On la complimentait, on écoutait avec des exclamations l'histoire de son entorse. Enfin, Mme Aurélie la fit asseoir devant une table ; et il fut entendu qu'elle se contenterait d'inscrire les articles appelés. [...]

– Cinq manteaux, drap, garnis fourrure, troisième grandeur, à deux cent quarante ! criait Marguerite. Quatre idem, première grandeur, à deux cent vingt !

Le travail recommença. Derrière Marguerite, trois vendeuses vidaient les armoires, classaient les articles, les lui donnaient par paquets ; et, quand elle les avait appelés, elle les jetait sur les tables, où ils s'entassaient peu à peu, en piles énormes. [...]

Les augmentations avaient lieu au lendemain de l'inventaire ; c'était également l'époque où, le chiffre d'affaires réalisées pendant l'année étant connu, les chefs de rayon touchaient leurs intérêts sur l'augmentation de ce chiffre, comparé au chiffre de l'année précédente. Aussi, malgré le vacarme et le tohu-bohu de la besogne, les commérages passionnés allaient-ils leur train. Entre deux articles appelés, on ne causait que d'argent. Le bruit courait que Mme Aurélie dépasserait vingt-cinq mille francs ; et une pareille somme excitait beaucoup ces demoiselles. [...]

Le grand affairement du magasin n'empêche pas les commérages au sujet de Denise, que tout le monde croit être la maîtresse du patron. Et Pauline a maladroitement répandu la nouvelle de l'invitation à dîner, si bien que tout le magasin guette les faits et gestes du patron et de sa vendeuse. Mouret arrive précisément au rayon des confections, il demande qu'on lui donne les listes de l'inventaire et entre dans le bureau où travaille Denise ; Mme Aurélie se retire et les laisse seuls…

– Vous viendrez, ce soir ? demanda-t-il à demi voix.

– Non, monsieur, répondit-elle, je ne pourrai pas. Mes frères doivent se trouver chez mon oncle, et j'ai promis de dîner avec eux.

– Mais votre pied ! vous marchez trop difficilement.

– Oh ! j'irai bien jusque-là, je me sens beaucoup mieux depuis ce matin.

À son tour, il était devenu pâle, devant ce refus tranquille. Une révolte nerveuse agitait ses lèvres. Pourtant, il se contenait, il reprit de son air de patron obligeant qui s'intéresse simplement à une de ses demoiselles :

– Voyons, si je vous priais… Vous savez dans quelle estime je vous tiens.

Denise garda son attitude respectueuse.

– Je suis très touchée, monsieur, de votre bonté pour moi, et je vous remercie de cette invitation. Mais, je le répète, c'est impossible, mes frères m'attendent ce soir.

Elle s'entêtait à ne pas comprendre. […] Les autres se moqueraient d'elle, si elle refusait l'invitation. […]

Il y eut un silence. Par moments, le bruit couvrait les paroles de Mouret, qu'il accompagnait du vacarme formidable d'une fortune de roi, gagnée dans les batailles.

– Alors, quand viendrez-vous ? demanda-t-il de nouveau. Demain ?

Cette simple question troubla Denise. Elle perdit un instant son calme, elle balbutia :

– Je ne sais pas… Je ne sais pas…

Il sourit, il essaya de lui prendre une main, qu'elle retira.

– De quoi donc avez-vous peur ?

Mais elle relevait déjà la tête, elle le regardait en face, et elle dit, en souriant de son air doux et brave :

– Je n'ai peur de rien, monsieur… On fait seulement ce qu'on veut faire, n'est-ce pas ? Moi, je ne veux pas, voilà tout ! […]

Denise, cependant, s'était levée. Mouret lui disait d'une voix basse, et tremblante :

– Écoutez, je vous aime… Vous le savez depuis longtemps, ne jouez pas le jeu cruel de faire l'ignorante avec moi… Et ne craignez rien. Vingt fois, j'ai eu l'envie de vous appeler dans mon cabinet. Nous aurions été seuls, je n'aurais eu qu'à pousser un verrou. Mais je n'ai pas voulu, vous voyez bien que je vous parle ici, où chacun peut entrer… Je vous aime, Denise…

Elle était debout, la face blanche, l'écoutant, le regardant toujours en face.

– Dites, pourquoi refusez-vous ?… N'avez-vous donc pas de besoins ? Vos frères sont une lourde charge. Tout ce que vous me demanderiez, tout ce que vous exigeriez de moi…

D'un mot, elle l'arrêta :

– Merci, je gagne maintenant plus qu'il ne me faut.

– Mais c'est la liberté que je vous offre, c'est une existence de plaisirs et de luxe… Je vous mettrai chez vous, je vous assurerai une petite fortune.

– Non, merci, je m'ennuierais à ne rien faire… Je n'avais pas dix ans que je gagnais ma vie.

Il eut un geste fou. C'était la première qui ne cédait pas. Il n'avait eu qu'à se baisser pour prendre les autres, toutes attendaient son caprice en servantes soumises ; et celle-ci disait non, sans même donner un prétexte raisonnable. Son désir, contenu depuis longtemps, fouetté par la résistance, s'exaspérait. Peut-être n'offrait-il pas assez ; et il doubla ses offres, et il la pressa davantage.

– Non, non, merci, répondait-elle. […] Je ne suis pas une Clara, qu'on lâche le lendemain. Et puis, monsieur, vous aimez une personne, oui, cette dame qui vient ici… Restez avec elle. Moi, je ne partage pas.

La surprise le tenait immobile. Que disait-elle donc et que voulait-elle ? Jamais les filles ramassées par lui dans les rayons, ne s'étaient inquiétées d'être aimées. Il aurait dû en rire, et cette attitude de fierté tendre achevait de lui bouleverser le cœur.

– Monsieur, reprit-elle, rouvrez cette porte. Ce n'est pas convenable, d'être ainsi ensemble.

Mouret obéit, et les tempes bourdonnantes, ne sachant comment cacher son angoisse, il rappela Mme Aurélie […].

Les employés du magasin, qui suivaient l'affaire, sont surpris du refus de Denise. À la fin de la journée, l'inventaire est terminé : le chiffre d'affaires est colossal. Mouret, le visage sombre, se tient en haut du grand escalier. Denise va sortir du magasin pour se rendre chez Baudu.

Elle se hâta de traverser le hall.

Puis, un instinct lui fit lever la tête, pendant qu'un inspecteur ouvrait la porte, fermée depuis le matin. Et elle aperçut Mouret. Il était toujours en haut de l'escalier, sur le grand palier central, dominant la galerie. Mais il avait oublié l'inventaire, il ne voyait pas son empire, ces magasins crevant de richesses. Tout avait disparu, les victoires bruyantes d'hier, la fortune colossale de demain. D'un regard désespéré, il suivait Denise, et quand elle eut passé la porte, il n'y eut plus rien, la maison devint noire.

Extraits du chapitre X.

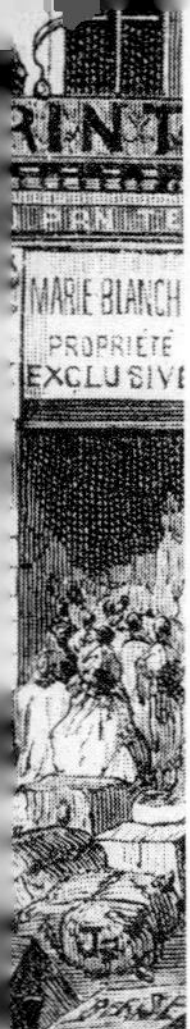

QUESTIONS SUR LE TEXTE 10

AI-JE BIEN LU ?

1 Pourquoi le magasin est-il fermé en ce dimanche d'août ?
2 Pourquoi Denise est-elle restée dans sa chambre ?
3 Quelle invitation reçoit-elle par lettre ? Quel conseil reçoit-elle de son amie Pauline ?
4 Quelle réponse Denise apporte-t-elle à cette lettre ? En quelle circonstance ?
5 Où Denise se rend-elle à la fin du chapitre ? Que fait Mouret ?

J'ANALYSE LE TEXTE

Le rythme de la narration et le cadre

> Le narrateur ralentit le **rythme** du récit pour s'attarder sur les temps forts de l'action. Il peut accélérer le rythme en passant sous silence certaines périodes moins importantes (ellipses temporelles).

6 Combien de mois se sont écoulés entre la fin du précédent chapitre et le début de celui-ci ?
7 Quel jour l'action se déroule-t-elle dans ce chapitre ? Dans quel cadre général ?
8 Sur quelles scènes le narrateur s'attarde-t-il ? Dans quels différents lieux se déroulent-elles ?

Le parcours de Denise et de Mouret

— Denise et ses collègues

9 **a.** « Denise avait enfin conquis le rayon. » (l. 200-201) : rappelez quel poste Denise occupe dans le rayon.
b. Comment a-t-elle réussi à gagner la sympathie de ses collègues ? Auprès de qui a-t-elle trouvé un solide appui ?
c. Qui s'obstine à se dresser contre elle ?

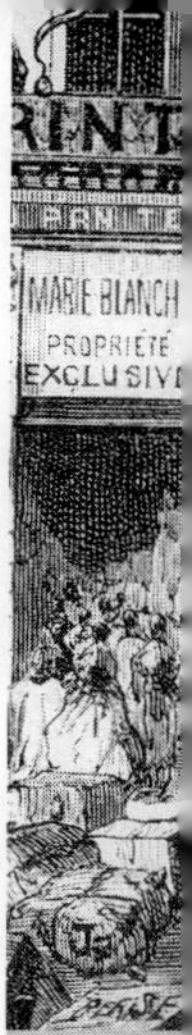

— La lettre de Mouret

10 Quel effet la lettre de Mouret produit-elle chez Denise ? Appuyez-vous sur ses réactions physiques (l. 34-48).

11 **a.** Denise opère un retour un arrière (l. 55-66) et fait un inventaire de sa relation avec Mouret : reconstituez-en les étapes.
b. Quel mot répété marque l'intensité de son sentiment (l. 55-62) ?
c. Relevez les expressions évoquant la lumière qui pénètre dans la chambre. Quelle est sa valeur symbolique ?

12 **a.** Quels conseils Pauline donne-t-elle à Denise ?
b. « Maintenant je vais me marier avec Baugé » (l. 140-141) : comment Denise se saisit-elle de cette information pour justifier son refus de répondre à l'invitation de Mouret ?
c. De qui Denise ne peut-elle s'empêcher d'être jalouse ?

— La scène entre Denise et Mouret

13 **a.** Quel aveu Mouret fait-il à Denise ?
b. Denise cède-t-elle pour autant à ses avances ? Comment lui explique-t-elle son refus ?

14 **a.** Quelle est la réaction de Mouret ? Quelle défaite subit-il ?
b. Rappelez-vous son projet de « vaincre la femme » : qu'a-il réussi ? Où a-t-il échoué ?

Les principes naturalistes

— La condition des employés

15 **a.** Les conditions de vie et de logement des vendeuses se sont-elles améliorées ? Justifiez votre réponse.
b. Le règlement est-il toujours rigoureux ?

— L'inventaire

16 **a.** Qu'est-ce qu'un inventaire ? Quelle est son utilité pour un magasin ? Pourquoi choisir un dimanche pour l'effectuer ?
b. Montrez que le magasin bourdonne d'activité (l. 214-239).
c. De quoi les employés parlent-ils le jour de l'inventaire ? Pourquoi (l. 239-248) ?

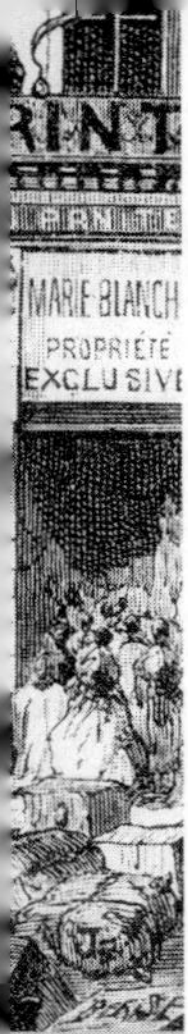

J'ÉTUDIE LA LANGUE

Grammaire : les propositions subordonnées circonstancielles

Les **propositions subordonnées circonstancielles** sont introduites par une conjonction de subordination qui exprime une circonstance. Ex. : *quand, lorsque...* → temps ; *parce que, comme...* → cause ; *si* → condition.

17 Dans les phrases suivantes, identifiez les propositions subordonnées circonstancielles et indiquez leur fonction.
a. « Si la chose ne lui plaisait pas, c'était bien simple : elle n'avait qu'à dire non. » **b.** « Pas maintenant, autrefois, parce que maintenant je vais me marier avec Baugé. » **c.** « Quand un homme vous aime, il vous épouse... »

Vocabulaire : autour du mot « salaire »

18 Donnez le sens des expressions suivantes :
a. bulletin de salaire. **b.** gel des salaires. **c.** toute peine mérite salaire. **d.** revendication de salaire.

19 Qu'est-ce que le SMIC ? Que signifient ces initiales ?

J'ÉCRIS

Imaginer les pensées de Denise

20 Dans un paragraphe rédigé, imaginez le retour de Denise dans sa chambre, le soir.

CONSIGNES D'ÉCRITURE
- Introduisez votre paragraphe par l'arrivée de Denise dans sa chambre ; que fait-elle ?
- Rédigez ses pensées à la troisième personne, comme dans les lignes 55-62.

« Alors c'est cette fille que vous aimez ? »

Chapitre XI

De nouveau (voir texte 3 p. 66), Madame Desforges organise un thé chez elle, un samedi d'automne (fin octobre, début novembre 1867), Celle-ci, délaissée par Mouret et jalouse de Denise, a en effet décidé de les confronter pour les démasquer : elle a convoqué Denise chez elle sous prétexte d'un manteau à retoucher. Mouret est venu avec son ami Vallagnosc. Arrivent ensuite Mesdames de Boves et Marty. Puis Denise se présente, le domestique la fait attendre dans l'entrée.

Tout le monde trouve que Mouret a l'air fatigué. Le baron Hartmann fait à son tour son entrée, il croise Denise qui attend dans l'antichambre (pièce d'entrée)...

– Il y a une bien charmante jeune fille, dans l'antichambre... Qui est-ce ?

– Oh ! personne, répondit Mme Desforges de sa voix mauvaise. Une demoiselle de magasin qui attend.

[...] Denise se tenait debout ; il y avait bien une banquette recouverte de cuir, mais une fierté l'en éloignait. Elle sentait l'injure. Depuis une demi-heure, elle était là, sans un geste, sans un mot ; ces dames et le baron l'avaient dévisagée au passage ; maintenant, les voix du salon lui arrivaient par bouffées légères, tout ce luxe aimable la souffletait de son indifférence ; et elle ne bougeait toujours pas. Brusquement, dans l'entrebâillement de la porte, elle reconnut Mouret. Lui, venait enfin de la deviner.

– Est-ce une de vos vendeuses ? demandait le baron Hartmann.

Mouret avait réussi à cacher son grand trouble. L'émotion fit seulement trembler sa voix.

– Sans doute, mais je ne sais pas laquelle.

– C'est la petite blonde des confections, se hâta de répondre Mme Marty, celle qui est seconde, je crois.

Henriette le regardait à son tour.

– Ah ! dit-il simplement. [...]

Madame Desforges s'éclipse pour faire des essayages avec Denise, tandis que Mouret discute avec Hartmann et Vallagnosc. Soudain elle sort la tête de sa chambre...

– Monsieur Mouret ! monsieur Mouret !

Puis, quand elle les aperçut :

– Oh ! messieurs, vous permettez, j'enlève M. Mouret pour une minute. C'est bien le moins, puisqu'il m'a vendu un manteau affreux, qu'il me prête ses lumières. Cette fille est une sotte qui n'a pas une idée... Voyons, je vous attends.

Il hésitait, combattu, reculant devant la scène qu'il prévoyait. Mais il dut obéir. Le baron lui disait de son air paternel et railleur à la fois :

– Allez, allez donc, mon cher. Madame a besoin de vous.

Alors, Mouret la suivit. La porte retomba, et il crut

entendre le ricanement de Vallagnosc, étouffé par les tentures. D'ailleurs, il était à bout de courage. Depuis qu'Henriette avait quitté le salon, et qu'il savait Denise au fond de l'appartement, entre des mains jalouses, il éprouvait une anxiété croissante, un tourment nerveux qui lui faisait prêter l'oreille, comme tressaillant à un bruit lointain de larmes. Que pouvait inventer cette femme pour la torturer ? Et tout son amour, cet amour qui le surprenait encore, allait à la jeune fille, ainsi qu'un soutien et une consolation. Jamais il n'avait aimé ainsi, avec ce charme puissant dans la souffrance. Ses tendresses d'homme affairé, Henriette elle-même, si fine, si jolie, et dont la possession flattait son orgueil, n'étaient qu'un agréable passe-temps, parfois un calcul, où il cherchait uniquement du plaisir profitable. Il sortait tranquille de chez ses maîtresses, rentrait se coucher, heureux de sa liberté de garçon, sans un regret ni un souci au cœur. Tandis que, maintenant, son cœur battait d'angoisse, sa vie était prise, il n'avait plus l'oubli du sommeil, dans son grand lit solitaire. Toujours Denise le possédait. Même à cette minute, il n'y avait qu'elle, et il songeait qu'il préférait être là pour la protéger, tout en suivant l'autre avec la peur de quelque scène fâcheuse.

D'abord, ils traversèrent la chambre à coucher, silencieuse et vide. Puis, Mme Desforges, poussant une porte, passa dans le cabinet, où Mouret entra derrière elle. C'était une pièce assez vaste, tendue de soie rouge, meublée d'une toilette[1] de marbre et d'une armoire à trois corps, aux larges

1. **Toilette :** table de toilette, coiffeuse. Voir « Le saviez-vous ? », p. 253.

glaces. Comme la fenêtre donnait sur la cour, il y faisait déjà sombre ; et l'on avait allumé deux becs de gaz, dont les bras nickelés s'allongeaient, à droite et à gauche de l'armoire.

– Voyons, dit Henriette, ça va mieux marcher peut-être.

En entrant, Mouret avait trouvé Denise toute droite, au milieu de la vive lumière. Elle était très pâle, modestement serrée dans une jaquette de cachemire[2], coiffée d'un chapeau noir ; et elle tenait, sur un bras, le manteau acheté au *Bonheur*. Lorsqu'elle vit le jeune homme, ses mains eurent un léger tremblement.

– Je veux que monsieur juge, reprit Henriette. Aidez-moi, mademoiselle.

Et Denise, s'approchant, dut lui remettre le manteau. Dans un premier essayage, elle avait posé des épingles aux épaules, qui n'allaient pas. Henriette se tournait, s'étudiait devant l'armoire.

– Est-ce possible ? Parlez franchement.

– En effet, madame, il est manqué, dit Mouret, pour couper court. C'est bien simple, mademoiselle va vous prendre mesure, et nous vous en ferons un autre.

– Non, je veux celui-ci, j'en ai besoin tout de suite, reprit-elle avec vivacité. Seulement, il m'étrangle la poitrine, tandis qu'il fait une poche là, entre les épaules.

Puis, de sa voix sèche :

– Quand vous me regarderez, mademoiselle, ça ne corrigera pas le défaut !... Cherchez, trouvez quelque chose. C'est votre affaire.

---

2. Jaquette de cachemire : veste boutonnée par devant, ajustée et à basques en tissu de laine mêlé de poils de chèvre du Cachemire.

Denise, sans ouvrir la bouche, recommença à poser des épingles. Cela dura longtemps : il lui fallait passer d'une épaule à l'autre ; même elle dut un instant se baisser, s'agenouiller presque, pour tirer le devant du manteau. Au-dessus d'elle, s'abandonnant à ses soins, Mme Desforges avait le visage dur d'une maîtresse difficile à contenter. Heureuse de rabaisser la jeune fille à cette besogne de servante, elle lui donnait des ordres brefs, en guettant sur la face de Mouret les moindres plis nerveux.

– Mettez une épingle ici. Eh ! non, pas là, ici, près de la manche. Vous ne comprenez donc pas ?... Ce n'est pas ça, voici la poche qui reparaît... Et prenez garde, vous me piquez maintenant !

À deux reprises encore, Mouret tâcha vainement d'intervenir, pour faire cesser cette scène. Son cœur bondissait, sous l'humiliation de son amour ; et il aimait Denise davantage, d'une tendresse émue, devant le beau silence qu'elle gardait. Si les mains de la jeune fille tremblaient toujours un peu, d'être ainsi traitée en face de lui, elle acceptait les nécessités du métier, avec la résignation fière d'une fille de courage. Quand Mme Desforges comprit qu'ils ne se trahiraient pas, elle chercha autre chose, elle inventa de sourire à Mouret, de l'afficher comme son amant. Alors, les épingles étant venues à manquer :

– Tenez, mon ami, regardez dans la boîte d'ivoire, sur la toilette[3]. Vraiment ! elle est vide ?... Soyez aimable, voyez donc sur la cheminée de la chambre : vous savez, au coin de la glace.

---

3. Toilette : voir note 1, p. 243.

Et elle le mettait chez lui, l'installait en homme qui avait couché là, qui connaissait la place des peignes et des brosses. Quand il lui rapporta une pincée d'épingles, elle les prit une par une, le força de rester debout près d'elle, le regardant, lui parlant à voix basse.

– Je ne suis pas bossue peut-être... Donnez votre main, tâtez les épaules, par plaisir. Est-ce que je suis faite ainsi ?

Denise, lentement, avait levé les yeux, plus pâle encore, et s'était remise à piquer en silence les épingles. Mouret n'apercevait que ses lourds cheveux blonds, tordus sur la nuque délicate ; mais, au frisson qui les soulevait, il croyait voir le malaise et la honte du visage. Maintenant, elle le repousserait, elle le renverrait à cette femme, qui ne cachait même pas sa liaison devant les étrangers. Et des brutalités lui venaient aux poignets, il aurait battu Henriette. Comment la faire taire ? comment dire à Denise qu'il l'adorait, qu'elle seule existait à cette heure, qu'il lui sacrifiait toutes ses anciennes tendresses d'un jour ? Une fille[4] n'aurait pas eu les familiarités équivoques de cette bourgeoise. Il retira sa main, il répéta :

– Vous avez tort de vous entêter, madame, puisque je trouve moi-même que ce vêtement est manqué.

Un des becs de gaz sifflait ; et, dans l'air étouffé et moite de la pièce, on n'entendit plus que ce souffle ardent. Les glaces de l'armoire reflétaient de larges pans de clarté vive sur les tentures de soie rouge, où dansaient les ombres des deux femmes. Un flacon de verveine[5], qu'on avait oublié de

4. Fille : ici, prostituée.
5. Verveine : parfum à base de verveine (plante odorante).

reboucher, exhalait une odeur vague et perdue de bouquet qui se fane.

– Voilà, madame, tout ce que je puis faire, dit enfin Denise en se relevant.

Elle se sentait à bout de forces. Deux fois, elle s'était enfoncé les épingles dans les mains, comme aveuglée, les yeux troubles. Était-il du complot ? l'avait-il fait venir, pour se venger de ses refus, en lui montrant que d'autres femmes l'aimaient ? Et cette pensée la glaçait, elle ne se souvenait pas d'avoir jamais eu besoin d'autant de courage, même aux heures terribles de son existence où le pain lui avait manqué. Ce n'était rien encore d'être humiliée ainsi, mais de le voir presque aux bras d'une autre, comme si elle n'eût pas été là !

Henriette s'examinait devant la glace. De nouveau, elle éclata en paroles dures.

– C'est une plaisanterie, mademoiselle. Il va plus mal qu'auparavant… Regardez comme il me bride la poitrine. J'ai l'air d'une nourrice.

Alors, Denise, poussée à bout, eut une parole fâcheuse.

– Madame est un peu forte… Nous ne pouvons pourtant pas faire que madame soit moins forte.

– Forte, forte, répéta Henriette qui blêmissait à son tour. Voilà que vous devenez insolente, mademoiselle… En vérité, je vous conseille de juger les autres !

Toutes deux, face à face, frémissantes, se contemplaient. Il n'y avait désormais ni dame, ni demoiselle de magasin.

Elles n'étaient plus que femmes, comme égalées dans leur rivalité. L'une avait violemment retiré le manteau pour le jeter sur une chaise ; tandis que l'autre lançait au hasard sur la toilette les quelques épingles qui lui restaient entre les doigts.

– Ce qui m'étonne, reprit Henriette, c'est que M. Mouret tolère une pareille insolence... Je croyais, monsieur, que vous étiez plus difficile pour votre personnel.

Denise avait retrouvé son calme brave. Elle répondit doucement :

– Si M. Mouret me garde, c'est qu'il n'a rien à me reprocher... Je suis prête à vous faire des excuses, s'il l'exige.

Mouret écoutait, saisi par cette querelle, ne trouvant pas la phrase pour en finir. Il avait l'horreur de ces explications entre femmes, dont l'âpreté blessait son continuel besoin de grâce. Henriette voulait lui arracher un mot qui condamnât la jeune fille ; et, comme il restait muet, partagé encore, elle le fouetta d'une dernière injure.

– C'est bien, monsieur, s'il faut que je souffre chez moi les insolences de vos maîtresses !... Une fille ramassée dans quelque ruisseau.

Deux grosses larmes jaillirent des yeux de Denise. Elle les retenait depuis longtemps ; mais tout son être défaillait sous l'insulte. Quand il la vit pleurer ainsi, sans répondre par une violence, d'une dignité muette et désespérée, Mouret n'hésita plus, son cœur allait vers elle, dans une tendresse immense. Il lui prit les mains, il balbutia :

– Partez vite, mon enfant, oubliez cette maison.

Henriette, pleine de stupeur, étranglée de colère, les regardait.

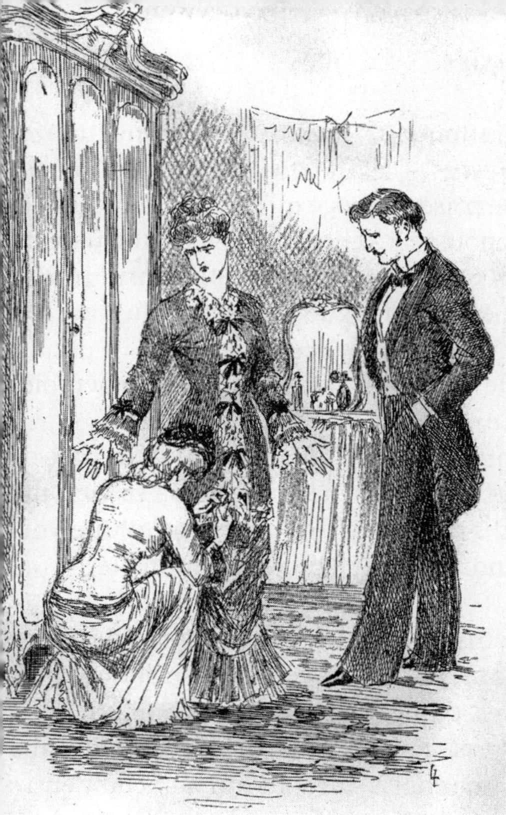

Illustration du roman *Au Bonheur des Dames* d'Émile Zola. Éditions Fasquelle, 1906.

– Attendez, continua-t-il en pliant lui-même le manteau, remportez ce vêtement. Madame en achètera un autre ailleurs. Et ne pleurez plus, je vous en prie. Vous savez quelle estime j'ai pour vous.

Il l'accompagna jusqu'à la porte, qu'il referma ensuite. Elle n'avait pas prononcé une parole ; seulement, une flamme rose était montée à ses joues, tandis que ses yeux se mouillaient de nouvelles larmes, d'une douceur délicieuse.

Henriette, qui suffoquait[6], avait tiré son mouchoir et s'en écrasait les lèvres. C'était le renversement de ses calculs, elle-même prise au piège qu'elle avait tendu. Elle se désolait d'avoir poussé les choses trop loin, torturée de jalousie. Être quittée pour une pareille créature ! se voir dédaignée devant elle ! Son orgueil souffrait plus que son amour.

– Alors, c'est cette fille que vous aimez ? dit-elle péniblement, quand ils furent seuls.

Mouret ne répondit pas tout de suite, il marchait de la fenêtre à la porte, en cherchant à vaincre sa violente émotion. Enfin, il s'arrêta, et très poliment, d'une voix qu'il tâchait de rendre froide, il dit avec simplicité :

– Oui, madame.

Le bec de gaz sifflait toujours, dans l'air étouffé du cabinet. Maintenant, les reflets des glaces n'étaient plus traversés d'ombres dansantes, la pièce semblait nue, tombée à une tristesse lourde. Et Henriette s'abandonna brusquement sur une chaise, tordant son mouchoir entre ses doigts fébriles, répétant au milieu de ses sanglots :

– Mon Dieu ! que je suis malheureuse !

Il la regarda quelques secondes, immobile. Puis, tranquillement, il s'en alla. Elle, toute seule, pleurait dans le silence, devant les épingles semées sur la toilette et sur le parquet.

[...]

Extraits du chapitre XI.

6. **Suffoquait :** étouffait.

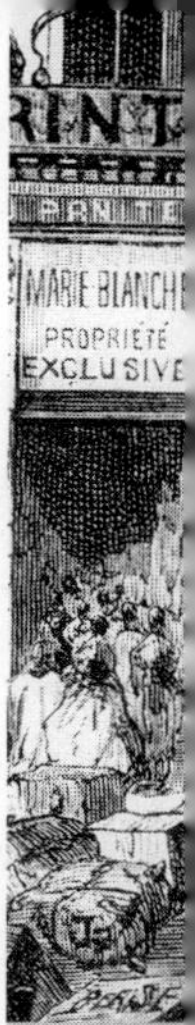

QUESTIONS SUR LE TEXTE 11

AI-JE BIEN LU ?

1 **a.** Pourquoi Henriette Desforges a-t-elle convoqué Denise chez elle, en même temps que Mouret ?
b. Quel type d'humiliation lui fait-elle subir ?

2 Quelle est la réaction de Mouret ?

3 Comment la scène se termine-t-elle ?

J'ANALYSE LE TEXTE

Le cadre

4 Dans quelle pièce Henriette entraîne-t-elle Mouret ?

Le symbole

> Le symbole est une représentation concrète (objet, éclairage...) d'une idée, d'un sentiment... Ex. : le feu qui brûle dans la cheminée lors d'une scène d'amour peut symboliser la passion.

5 **a.** À trois reprises, il est question de la lumière des becs de gaz qui encadrent les miroirs de l'armoire (l. 64-67, 140-144 et 226-229). Comment le jeu des ombres et lumières symbolise-t-il la situation ?
b. « Un flacon de verveine [...] exhalait une odeur vague et perdue de bouquet qui se fane », l. 144-146) : identifiez le sens de cet autre symbole.

Une lutte de femmes

— L'humiliation (l. 67-163)

6 **a.** Quelle tâche Mme Desforges demande-t-elle à Denise ? Sur quel ton lui parle-t-elle ? Justifiez votre réponse.
b. Quelle posture Denise est-elle contrainte d'adopter ? Comment Mme Desforges considère-t-elle cette posture (l. 86-102) ?
c. Que fait Henriette pour prolonger l'humiliation (l. 110-124) ?

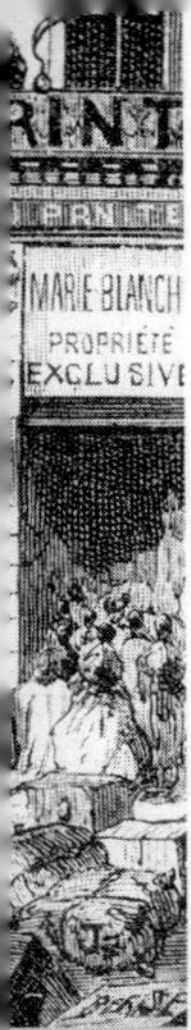

❼ De quelles qualités Denise fait-elle preuve ?
❽ Quelle attitude Mouret adopte-t-il ?

— L'affrontement (l. 164-218)

❾ **a.** Quelle parole de Denise déclenche l'affrontement ? Montrez que les deux femmes ont changé d'attitude (l. 170-176).
b. Quelle est l'injure proférée par Henriette (l. 191-192) ? À qui est-elle adressée ? Qu'est-ce qui la pousse à prononcer ces paroles ?
c. Comment Denise réagit-elle à cette injure ?
❿ Quelle femme est vaincue (l. 212-236) ?

Le parcours de Denise et de Mouret

⓫ **a.** Montrez que Mouret est transformé par l'amour qu'il éprouve pour Denise (l. 44-54).
b. Relisez le passage qui restitue les pensées de Mouret et de Denise (l. 126-158). Quelles inquiétudes chacun d'eux ressent-il ?
⓬ **a.** De quelle femme Mouret prend-il le parti ? De quelle façon ?
b. Quels sentiments laisse-t-il transparaître (à partir de la ligne 195) ?
⓭ Comment interprétez-vous les « nouvelles larmes » de Denise (l. 208-211) ?

J'ÉTUDIE LA LANGUE

Grammaire : l'expression de l'ordre

> L'**impératif** est le mode le plus employé pour donner un ordre (ou à la forme négative une défense). Sa conjugaison ne compte que trois personnes : *chante – chantons – chantez*.
> À la troisième personne, on emploie le subjonctif.

⓮ **a.** Réécrivez le passage suivant en imaginant que Mme Desforges tutoie Mouret.
« – Tenez, mon ami, regardez dans la boîte d'ivoire, sur la toilette...

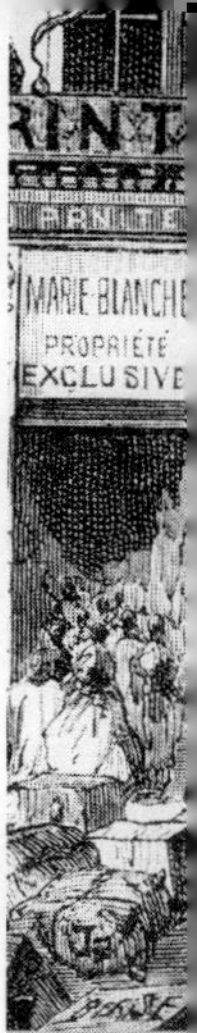

Vraiment ! elle est vide ? Soyez aimable, voyez donc sur la cheminée de la chambre : vous savez, au coin de la glace. »

b. Dans les lignes 25 à 27, relevez le groupe verbal qui exprime un ordre. À quel mode est-il ? À quelle personne ? À qui cet ordre s'adresse-t-il ?

J'ÉCRIS

Écrire une page de journal intime

⓯ Le soir de cette scène, Henriette Desforges prend son journal intime et rédige de son point de vue le récit de cette journée.

CONSIGNES D'ÉCRITURE

- Le texte est à la première personne.
- Mme Desforges exprime son dépit, sa haine, sa jalousie...

LE SAVIEZ-VOUS ?

Les différents sens du mot « toilette »

« C'était une pièce assez vaste, tendue de soie rouge, meublée d'une toilette de marbre » (l. 60-62).

Les sens du mot « toilette » ont évolué au cours des siècles ; en voici les différentes définitions :

– à l'origine, petite toile fine ordinairement bordée de dentelle, posée sur une petite table devant laquelle une femme se place quand elle veut se coiffer, se maquiller ;

– la petite table elle-même (*une table de toilette, une coiffeuse*) ;

– les vêtements dont on se pare pour aller dans le monde (*une riche toilette*) ;

– le soin que l'on prend pour se laver, se nettoyer (*faire sa toilette, eau de toilette, cabinet de toilette*) ;

– les sanitaires (*cabinet de toilette*, d'où *cabinet*).

TEXTE 12 LE RÈGNE DE DENISE

« Denise était nommée première. »

Chapitre XII

Un an plus tard, le 25 septembre, commencent les travaux qui vont permettre au Bonheur de s'étendre jusqu'à la rue du Dix-Décembre et d'y avoir une nouvelle façade. Mais Mouret ne profite pas de son triomphe. Il parcourt le magasin, de plus en plus triste, obsédé par le refus de Denise. Bourdoncle, adjoint de Mouret, qui n'a jamais aimé Denise, est à l'affût d'une occasion pour la perdre. Il a déjà laissé entendre à Mouret qu'elle avait pour amants deux vendeurs : Hutin et Deloche.

Un jour Denise, montée aux ateliers de confection, rencontre Deloche, toujours amoureux d'elle. Souvent il la guette, affectant la surprise quand il la rencontre. Ce jour-là, ils s'accoudent à la fenêtre du couloir qui donne sur les toits du Bonheur des Dames. *Ils évoquent leurs souvenirs d'enfance : Deloche comme Denise sont originaire de la même région de Normandie.*

[...]

Justement, ce jour-là, Deloche parlait de Valognes.

– J'avais six ans, ma mère m'emmenait dans une carriole au marché de la ville. Vous savez qu'il y a treize bons kilomètres, il fallait partir de Briquebec à cinq heures... C'est très beau, par chez nous. Est-ce que vous connaissez ?

– Oui, oui, répondait lentement Denise, les regards au loin. J'y suis allée une fois, mais j'étais bien petite... [...]

Elle se taisait, puis reprenait avec un vague sourire :

– Nous autres, nous avons des routes droites pendant des lieues, entre les arbres qui font de l'ombre... Nous avons des herbages entourés de haies plus grandes que moi, où il y a des chevaux et des vaches... Nous avons une petite rivière, et l'eau est très froide, sous les broussailles, dans un endroit que je sais bien.

[...] Ils voyaient des pâturages à l'infini, le Cotentin trempé par les haleines de l'océan, baigné d'une vapeur lumineuse, qui fondait l'horizon dans un gris délicat d'aquarelle. En bas, sous la colossale charpente de fer, dans le hall des soieries, ronflait la vente, la trépidation de la machine en travail ; toute la maison vibrait du piétinement de la foule [...].

– Mon Dieu ! mademoiselle Denise, balbutia Deloche, pourquoi n'êtes-vous pas plus gentille ?... Moi qui vous aime tant !

Des larmes lui étaient montées aux yeux et comme elle voulait l'interrompre d'un geste, il continua vivement :

– Non, laissez-moi vous dire ces choses une fois encore... Nous nous entendrions si bien ensemble ! On a toujours à causer, quand on est du même pays.

Il suffoqua, elle put enfin dire doucement :

– Vous n'êtes pas raisonnable, vous m'aviez promis de ne plus parler de cela... C'est impossible. J'ai beaucoup d'amitié pour vous, parce que vous êtes un brave garçon ; mais je veux rester libre.

– Oui, oui, je sais, reprit-il d'une voix brisée, vous ne m'aimez pas. Oh ! vous pouvez le dire, je comprends ça, je n'ai rien pour que vous m'aimiez… Tenez ! il n'y a eu qu'une bonne heure dans ma vie, le soir où je vous ai rencontrée à Joinville[1], vous vous souvenez ? Un instant, sous les arbres, où il faisait si noir, j'ai cru que votre bras tremblait, j'ai été assez bête pour m'imaginer…

Mais elle lui coupa de nouveau la parole. Son oreille fine venait d'entendre les pas de Bourdoncle et de Jouve, au bout du corridor.

– Écoutez donc, on a marché.

– Non, dit-il, en l'empêchant de quitter la fenêtre. C'est dans ce réservoir[2] : il en sort toujours des bruits extraordinaires, on croirait qu'il y a du monde dedans.

Et il continua ses plaintes timides et caressantes. Elle ne l'écoutait plus, […] promenant ses regards sur les toitures du *Bonheur des Dames*. […] Deloche s'était emparé de sa main. Et il avait le visage si bouleversé, qu'elle ne la retira pas.

– Pardonnez-moi, murmurait-il. C'est fini maintenant, je serais trop malheureux, si vous me punissiez en reprenant votre amitié… Je vous jure que je voulais vous dire autre chose. […] Je voulais vous dire de ne pas avoir de la peine à cause de moi. Je ne vous ennuierai plus. Tâchez d'être heureuse, aimez-en un autre ; oui, ça me fera plaisir. Si vous êtes heureuse, je serai heureux… Ce sera mon bonheur.

Il ne put continuer. Comme pour sceller sa promesse, il avait posé les lèvres sur la main de la jeune fille, qu'il

1. Joinville : voir le texte 5, p. 119.
2. Ce réservoir : il s'agit d'un immense réservoir d'eau qui alimente le magasin.

baisait d'un humble baiser d'esclave. Elle était très touchée, elle dit simplement, avec une fraternité attendrie, qui atténuait la pitié des mots :

– Mon pauvre garçon !

Mais ils tressaillirent, ils se tournèrent. Mouret était devant eux. Depuis dix minutes, Jouve cherchait le directeur[3] dans les magasins. Celui-ci se trouvait sur les chantiers de la nouvelle façade, rue du Dix-Décembre. Tous les jours, il y passait de longues heures, il tentait de s'intéresser à ces travaux, dont il avait si longtemps rêvé. C'était son refuge contre ses tourments, au milieu des maçons établissant les piles[4] d'angle en pierre de taille, et des serruriers posant les fers des grandes charpentes. Déjà, la façade, sortie du sol, indiquait le vaste porche, les baies[5] du premier étage, un développement de palais à l'état d'ébauche[6]. Il montait aux échelles, discutait avec l'architecte l'ornementation qui devait être tout à fait neuve, enjambait les fers et les briques, descendait jusque dans les caves ; et le ronflement de la machine à vapeur, le tic-tac des treuils, le tapage des marteaux, la clameur de ce peuple d'ouvriers, au travers de cette grande cage entourée de planches sonores, arrivaient à l'étourdir un instant. Il en sortait blanc de plâtre, noir de limaille[7], les pieds éclaboussés par les robinets des prises d'eau, si peu guéri de son mal, que l'angoisse revenait et

3. **Jouve cherchait le directeur :** pour qu'il vienne vite surprendre Denise et Deloche.
4. **Piles :** piliers.
5. **Baies :** grandes fenêtres.
6. **À l'état d'ébauche :** au début, tout juste commencé.
7. **Limaille :** particules métalliques.

battait son cœur à coups plus retentissants, à mesure que le vacarme du chantier s'éteignait derrière lui. Précisément, ce jour-là, une distraction lui avait rendu sa gaieté, il se passionnait en regardant sur un album les dessins des mosaïques et des terres cuites émaillées, qui devaient décorer les frises[8], lorsque Jouve était venu le chercher essoufflé, très ennuyé de salir sa redingote parmi ces matériaux. D'abord, il avait crié qu'on pouvait bien l'attendre ; puis, sur un mot de l'inspecteur dit à voix basse, il l'avait suivi, frissonnant, repris tout entier. Plus rien n'existait, la façade croulait avant d'être debout : à quoi bon ce triomphe suprême de son orgueil, si le nom seul d'une femme, murmuré tout bas, le torturait à ce point !

En haut, Bourdoncle et Jouve crurent prudent de disparaître. Deloche s'était enfui. Seule Denise restait en face de Mouret, plus blanche que d'habitude, mais le regard franchement levé sur lui.

– Mademoiselle, veuillez me suivre, dit-il d'une voix dure.

Elle le suivit, ils descendirent deux étages, traversèrent les rayons des meubles et des tapis, sans dire un mot. Quand il fut devant son cabinet, il ouvrit la porte toute grande.

– Entrez, mademoiselle.

Et il referma la porte, il marcha jusqu'à son bureau. Le nouveau cabinet du directeur était plus luxueux que l'ancien, une tenture de velours vert avait remplacé le reps[9],

8. Frise : bande de faible largeur qui décore le haut d'un édifice (ou d'un objet quelconque).
9. Reps : tissu d'ameublement.

un corps de bibliothèque incrusté d'ivoire tenait tout un panneau ; mais, sur les murs, on ne voyait toujours que le portrait de Mme Hédouin, une jeune femme au beau visage calme, qui souriait dans son cadre d'or.

– Mademoiselle, dit-il enfin, en tâchant de garder une sévérité froide, il y a des choses que nous ne pouvons tolérer... La bonne conduite est ici de rigueur...

Il s'arrêtait, cherchait les mots, pour ne pas céder à la colère qui lui montait des entrailles. Eh quoi ! c'était ce garçon qu'elle aimait, ce misérable vendeur, la risée de son comptoir ! c'était le plus humble et le plus gauche de tous qu'elle lui préférait, à lui le maître ! car il les avait bien vus, elle abandonnant sa main, lui couvrant cette main de baisers.

– J'ai été très bon pour vous, mademoiselle, continua-t-il, en faisant un nouvel effort. Je ne m'attendais guère à être récompensé de cette façon.

Denise, dès la porte, avait eu les yeux attirés par le portrait de Mme Hédouin ; et, malgré son grand trouble, elle en demeurait préoccupée. Chaque fois qu'elle entrait à la direction, son regard se croisait avec celui de cette dame peinte. Elle en avait un peu peur, elle la sentait pourtant très bonne. Cette fois, elle trouvait là comme une protection.

– En effet, monsieur, répondit-elle doucement, j'ai eu tort de m'arrêter à causer, et je vous demande pardon de cette faute... Ce jeune homme est de mon pays...

– Je le chasse ! cria Mouret, qui mit toute sa souffrance dans ce cri furieux.

Et, bouleversé, sortant de son rôle de directeur sermonnant une vendeuse coupable d'une infraction au règlement, il se répandit en paroles violentes. N'avait-elle pas de honte ? une jeune fille comme elle s'abandonner à un être pareil ! et il en vint à des accusations atroces, il lui reprocha Hutin, d'autres encore, dans un tel flot de paroles, qu'elle ne pouvait même se défendre. Mais il allait faire maison nette, il les jetterait dehors à coups de pied. L'explication sévère qu'il s'était promis d'avoir, en suivant Jouve, tombait aux brutalités d'une scène de jalousie.

– Oui, vos amants !... On me le disait bien, et j'étais assez bête pour en douter... Il n'y avait que moi ! il n'y avait que moi !

Denise, suffoquée, étourdie, écoutait ces affreux reproches. Elle n'avait pas compris d'abord. Mon Dieu ! il la prenait donc pour une malheureuse[10] ? À un mot plus dur, elle se dirigea vers la porte, silencieusement. Et, sur un geste qu'il fit pour l'arrêter :

– Laissez, monsieur, je m'en vais... Si vous croyez ce que vous dites, je ne veux pas rester une seconde de plus dans la maison.

Mais il se précipita devant la porte.

– Défendez-vous, au moins !... Dites quelque chose !

Elle restait toute droite, dans un silence glacé. Longtemps, il la pressa de questions, avec une anxiété croissante ; et la dignité muette de cette vierge semblait une

10. Une malheureuse : une femme méprisable, de mauvaise vie.

fois encore le calcul savant d'une femme rompue[11] à la tactique de la passion. [...]

– Voyons, vous dites qu'il est de votre pays... Vous vous êtes peut-être rencontrés là-bas... Jurez-moi qu'il ne s'est rien passé entre vous.

Alors, comme elle s'entêtait dans son silence, et qu'elle voulait toujours ouvrir la porte et s'en aller, il acheva de perdre la tête. Il eut une explosion suprême de douleur.

– Mon Dieu ! je vous aime, je vous aime... Pourquoi prenez-vous plaisir à me martyriser ainsi ? Vous voyez bien que plus rien n'existe, que les gens dont je vous parle ne me touchent que par vous, que c'est vous seule maintenant qui importez dans le monde... Je vous ai crue jalouse et j'ai sacrifié mes plaisirs. On vous a dit que j'avais des maîtresses ; eh bien ! je n'en ai plus, c'est à peine si je sors. Ne vous ai-je pas préférée, chez cette dame ? n'ai-je pas rompu pour être à vous seule ? J'attends encore un remerciement, un peu de gratitude... Et, si vous craignez que je retourne chez elle, vous pouvez être tranquille : elle se venge, en aidant un de nos anciens commis à fonder une maison rivale... Dites, faut-il que je me mette à genoux, pour toucher votre cœur ?

Il en était là. Lui qui ne tolérait pas une peccadille[12] à ses vendeuses, qui les jetait sur le pavé au moindre caprice, se trouvait réduit à supplier une d'elles de ne pas partir, de ne pas l'abandonner dans sa misère. Il défendait la porte contre elle, il était prêt à lui pardonner, à s'aveugler, si

11. Rompue : expérimentée.
12. Peccadille : faute légère.

elle daignait mentir. Et il disait vrai, le dégoût lui venait des filles ramassées dans les coulisses des petits théâtres et dans les restaurants de nuit ; il ne voyait plus Clara, il n'avait pas remis les pieds chez Mme Desforges, où Bouthemont[13] régnait maintenant, en attendant l'ouverture des nouveaux magasins : les *Quatre Saisons*, qui emplissaient déjà les journaux de réclames.

– Dites, dois-je me mettre à genoux, répéta-t-il, la gorge étranglée de larmes contenues.

Elle l'arrêta de la main, ne pouvant plus elle-même cacher son trouble, profondément remuée par cette passion souffrante.

– Vous avez tort de vous faire de la peine, monsieur, répondit-elle enfin. Je vous jure que ces vilaines histoires sont des mensonges… Ce pauvre garçon de tout à l'heure est aussi peu coupable que moi.

Et elle avait sa belle franchise, ses yeux clairs qui regardaient droit devant elle.

– C'est bien, je vous crois, murmura-t-il, je ne renverrai aucun de vos camarades, puisque vous prenez tout ce monde sous votre protection… Mais alors pourquoi me repoussez-vous, si vous n'aimez personne ?

Une gêne soudaine, une pudeur inquiète s'empara de la jeune fille.

– Vous aimez quelqu'un, n'est-ce pas ? reprit-il d'une voix tremblante. Oh ! vous pouvez le dire, je n'ai aucun droit sur vos tendresses… Vous aimez quelqu'un.

13. Bouthemont : premier à la soie au *Bonheur*. Licencié, il ouvre un magasin rival, grâce à la protection de Mme Desforges.

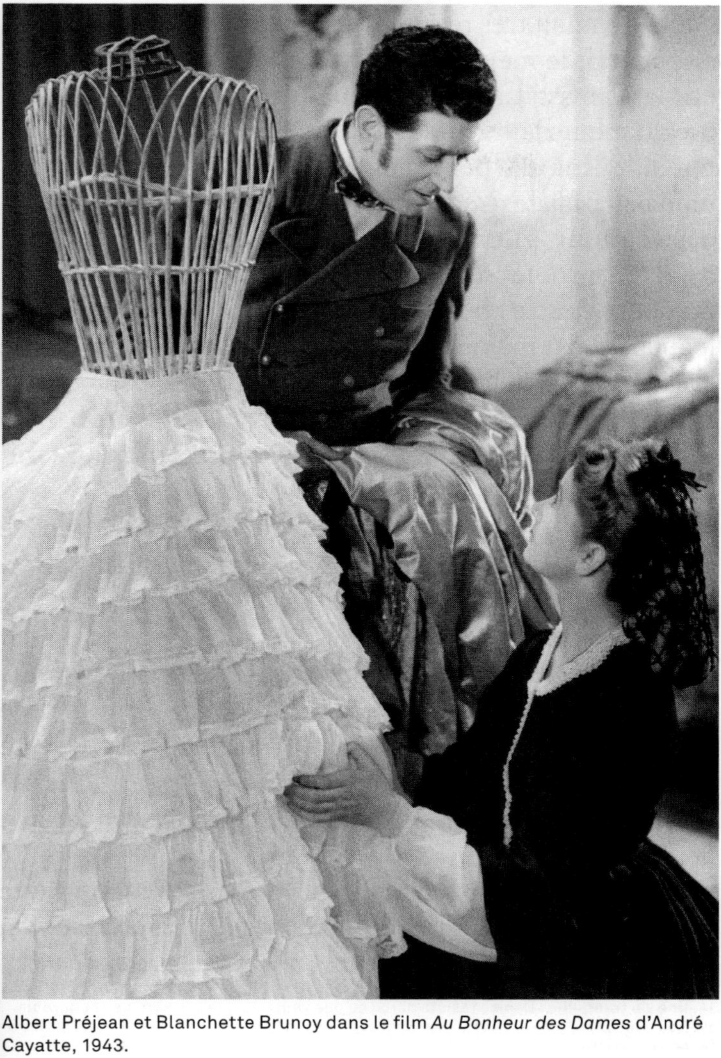

Albert Préjean et Blanchette Brunoy dans le film *Au Bonheur des Dames* d'André Cayatte, 1943.

Elle devenait très rouge, son cœur était sur ses lèvres, et elle sentait le mensonge impossible, avec cette émotion qui la trahissait, cette répugnance à mentir qui mettait quand même la vérité sur son visage.

– Oui, finit-elle par avouer faiblement. Je vous en prie, monsieur, laissez-moi, vous me faites du chagrin.

À son tour, elle souffrait. N'était-ce point assez déjà d'avoir à se défendre contre lui ? aurait-elle encore à se défendre contre elle, contre les souffles de tendresse qui lui ôtaient par moments tout courage ? Quand il lui parlait ainsi, quand elle le voyait si ému, si bouleversé, elle ne savait plus pourquoi elle se refusait [...]. C'était par un instinct du bonheur qu'elle s'entêtait, pour satisfaire son besoin d'une vie tranquille[14] [...].

Cependant, Mouret avait eu un geste de morne[15] découragement. Il ne comprenait pas. Il retourna vers son bureau, où il feuilleta des papiers qu'il reposa tout de suite, en disant :

– Je ne vous retiens plus, mademoiselle, je ne puis vous garder malgré vous.

– Mais je ne demande pas à m'en aller, répondit-elle en souriant. Si vous me croyez honnête, je reste... On doit toujours croire les femmes honnêtes, monsieur. Il y en a beaucoup qui le sont, je vous assure.

Les yeux de Denise, involontairement, s'étaient levés sur le portrait de Mme Hédouin, de cette dame si belle et si

14. Une vie tranquille : Denise résiste parce qu'elle veut une relation sérieuse et durable avec Mouret.
15. Morne : triste.

sage, dont le sang, disait-on, portait bonheur à la maison. Mouret suivit le regard de la jeune fille, en tressaillant, car il avait cru entendre sa femme morte prononcer la phrase, une phrase à elle, qu'il reconnaissait. Et c'était comme une résurrection, il retrouvait chez Denise le bon sens, le juste équilibre de celle qu'il avait perdue, jusqu'à la voix douce, avare de paroles inutiles. Il en resta frappé, plus triste encore.

– Vous savez que je vous appartiens, murmura-t-il pour conclure. Faites de moi ce qu'il vous plaira.

Alors, elle reprit avec gaieté :

– C'est cela, monsieur. L'avis d'une femme, si humble qu'elle soit, est toujours utile à écouter, quand elle a un peu d'intelligence... Je ne ferai de vous qu'un brave homme, allez ! si vous vous remettez entre mes mains.

Elle plaisantait, de son air simple qui avait tant de charme.

Il eut à son tour un faible sourire, il la reconduisit jusqu'à la porte, comme une dame.

Le lendemain, Denise était nommée première. La direction avait dédoublé le rayon des robes et costumes, en créant spécialement en sa faveur un rayon de costumes pour enfants, qui fut installé près du comptoir des confections. [...]

Du reste, Denise était maintenant au sommet. Sa nomination de première avait abattu autour d'elle les dernières résistances. Si l'on clabaudait[16] toujours, par cette déman-

16. Clabaudait : critiquait injustement une personne, médisait.

geaison de langue qui ravage toute réunion d'hommes et de femmes, on s'inclinait très bas, jusqu'à terre. Marguerite, passée seconde aux confections, se répandait en éloges. Clara elle-même, travaillée d'un sourd respect en face de cette fortune dont elle était incapable, avait plié la tête. Mais la victoire de Denise était plus complète encore sur ces messieurs, sur Jouve qui ne lui parlait à présent que courbé en deux, sur Hutin pris d'inquiétude en sentait craquer sa situation, sur Bourdoncle enfin réduit à l'impuissance. Quand ce dernier l'avait vue sortir du cabinet de la direction, souriante, de son air tranquille, et que le lendemain le directeur avait exigé du conseil[17] la création du nouveau comptoir, il s'était incliné, vaincu sous la terreur sacrée de la femme. Toujours il avait cédé ainsi devant la grâce de Mouret, il le reconnaissait pour son maître, malgré les fuites du génie et les coups de cœur imbéciles. Cette fois, la femme était la plus forte, et il attendait d'être emporté dans le désastre.

Cependant, Denise avait le triomphe paisible et charmant. Elle était touchée de ces marques de considération, elle voulait y voir une sympathie pour la misère de ses débuts et le succès final de son long courage. Aussi accueillait-elle avec une joie rieuse les moindres témoignages d'amitié, ce qui la fit réellement aimer de quelques-uns, tellement elle était douce et accueillante, toujours prête à donner son cœur. Elle ne montra une invincible répulsion que pour Clara, car elle avait appris

17. Conseil : ici, ensemble des chefs de rayon intéressés aux bénéfices.

que cette fille s'était amusée, comme elle en annonçait en plaisantant le projet, à mener un soir Colomban[18] chez elle ; et le commis, emporté par sa passion enfin satisfaite, découchait maintenant, tandis que la triste Geneviève agonisait. On en causait au *Bonheur*, on trouvait l'aventure drôle.

Mais ce chagrin, le seul qu'elle eût au-dehors, n'altérait pas[19] l'humeur égale de Denise. C'était surtout à son rayon qu'il fallait la voir, au milieu de son peuple de bambins de tout âge. Elle adorait les enfants, on ne pouvait la mieux placer. Parfois, on comptait là une cinquantaine de fillettes, autant de garçons, tout un pensionnat turbulent, lâché dans les désirs de la coquetterie naissante. Les mères perdaient la tête. Elle, conciliante, souriait, faisait aligner ce petit monde sur des chaises ; et, quand il y avait dans le tas une gamine rose, dont le joli museau la tentait, elle voulait la servir elle-même, apportait la robe, l'essayait sur les épaules potelées, avec des précautions tendres de grande sœur. Des rires clairs sonnaient, de légers cris d'extase partaient, au milieu de voix grondeuses. Parfois, une fillette déjà grande personne, neuf ou dix ans, ayant aux épaules un paletot de drap*, l'étudiait devant la glace, se tournait, la mine absorbée, les yeux luisant du besoin de plaire. Et le déballage encombrait les comptoirs, des robes en toile d'Asie rose ou bleue pour enfants d'un an à cinq ans, des costumes de marin

18. Colomban : fiancé à Geneviève, fille de Baudu, qui se meurt de tristesse.
19. N'altérait pas : ne modifiait pas.

en zéphyr*, jupe plissée et blouse ornée d'appliques[20] en percale*, des costumes Louis XV, des manteaux, des jaquettes, un pêle-mêle de vêtements étroits, raidis dans leur grâce enfantine, quelque chose comme le vestiaire d'une bande de grandes poupées, sorti des armoires et livré au pillage. Denise avait toujours au fond des poches quelques friandises, apaisait les pleurs d'un marmot désespéré de ne pas emporter des culottes rouges, vivait là parmi les petits, comme dans sa famille naturelle, rajeunie elle-même de cette innocence et de cette fraîcheur sans cesse renouvelées autour de ses jupes.

Maintenant, il lui arrivait d'avoir de longues conversations amicales avec Mouret. Quand elle devait se rendre à la direction pour prendre des ordres ou pour donner un renseignement, il la retenait à causer, il aimait l'entendre. C'était ce qu'elle appelait en riant « faire de lui un brave homme ». Dans sa tête raisonneuse et avisée de Normande, poussaient toutes sortes de projets, ces idées sur le nouveau commerce, qu'elle osait effleurer déjà chez Robineau, et dont elle avait exprimé quelques-unes, le beau soir de leur promenade aux Tuileries. Elle ne pouvait s'occuper d'une chose, voir fonctionner une besogne, sans être travaillée du besoin de mettre de l'ordre, d'améliorer le mécanisme. Ainsi, depuis son entrée au *Bonheur des Dames*, elle était surtout blessée par le sort précaire des commis ; les renvois brusques la soulevaient, elle les trouvait maladroits et iniques[21], nuisibles à tous, autant à la maison qu'au person-

20. Appliques : applications, décorations.
21. Iniques : très injustes.

nel. Ses souffrances du début la poignaient encore, une pitié lui remuait le cœur, à chaque nouvelle venue qu'elle rencontrait dans les rayons, les pieds meurtris, les yeux gros de larmes, traînant sa misère sous sa robe de soie, au milieu de la persécution aigrie des anciennes. Cette vie de chien battu rendait mauvaises les meilleures ; et le triste défilé commençait : toutes mangées par le métier avant quarante ans, disparaissant, tombant à l'inconnu, beaucoup mortes à la peine, phtisiques[22] ou anémiques[23], de fatigue et de mauvais air, quelques-unes roulées au trottoir, les plus heureuses mariées, enterrées au fond d'une petite boutique de province. Était-ce humain, était-ce juste, cette consommation effroyable de chair que les grands magasins faisaient chaque année ? Et elle plaidait la cause des rouages de la machine, non par des raisons sentimentales, mais par des arguments tirés de l'intérêt même des patrons. Quand on veut une machine solide, on emploie du bon fer ; si le fer casse ou si on le casse, il y a un arrêt de travail, des frais répétés de mise en train, toute une déperdition de force. [...] il était ébranlé, séduit, par cette voix jeune, encore frémissante des maux endurés, si convaincue, lorsqu'elle indiquait des réformes qui devaient consolider la maison ; et il l'écoutait en la plaisantant, le sort des vendeurs était amélioré peu à peu, on remplaçait les renvois en masse par un système de congés accordés aux mortes-saisons, enfin on allait créer une caisse de secours mutuels, qui mettrait les employés à l'abri des chômages forcés, et leur assure-

22. **Phtisiques :** atteintes de tuberculose.
23. **Anémiques :** dans un état d'épuisement, d'affaiblissement.

rait une retraite. C'était l'embryon[24] des vastes sociétés ouvrières du vingtième siècle.

D'ailleurs, Denise ne s'en tenait pas à vouloir panser[25] les plaies vives dont elle avait saigné : des idées délicates de femme, soufflées à Mouret, ravirent la clientèle. Elle fit aussi la joie de Lhomme[26], en appuyant un projet qu'il nourrissait depuis longtemps, celui de créer un corps de musique, dont les exécutants seraient tous choisis dans le personnel. Trois mois plus tard, Lhomme avait cent vingt musiciens sous sa direction, le rêve de sa vie était réalisé. Et une grande fête fut donnée dans les magasins, un concert et un bal, pour présenter la musique du *Bonheur* à la clientèle, au monde entier. Les journaux s'en occupèrent, Bourdoncle lui-même, ravagé par ces innovations, dut s'incliner devant l'énorme réclame. Ensuite, on installa une salle de jeu pour les commis, deux billards, des tables de trictrac[27] et d'échecs. Il y eut des cours le soir dans la maison, cours d'anglais et d'allemand, cours de grammaire, d'arithmétique, et géographie ; on alla jusqu'à des leçons d'équitation et d'escrime. Une bibliothèque fut créée, dix mille volumes mis à la disposition des employés. Et l'on ajouta encore un médecin à demeure donnant des consultations gratuites, des bains, des buffets, un salon de coiffure. Toute la vie était là, on avait tout sans sortir, l'étude, la table, le lit, le vêtement. Le *Bonheur des Dames* se suffisait, plaisirs et besoins,

24. Embryon : germe, origine (sens figuré).
25. Panser : mettre un pansement sur.
26. Lhomme : le caissier, passionné de musique.
27. Trictrac : jeu qui se joue avec des dés et qui consiste à faire avancer des dames sur un tablier à deux compartiments comprenant chacun six cases triangulaires ou flèches.

au milieu du grand Paris, occupé de ce tintamarre[28], de cette cité du travail qui poussait si largement dans le fumier des vieilles rues, ouvertes enfin au plein soleil.

[...] Des mois s'étaient écoulés, la façade dressait maintenant ses lignes monumentales, derrière la vaste chemise de planches qui la cachait au public. Toute une armée de décorateurs se mettaient à l'œuvre : des marbriers, des faïenciers, des mosaïstes ; on dorait le groupe central, au-dessus de la porte [...]. Et c'était sur ce chantier enfiévré de travail, au milieu des artistes achevant la réalisation de son rêve, commencée par les maçons, que Mouret venait de sentir plus amèrement que jamais la vanité de sa fortune. La pensée de Denise lui avait brusquement serré la poitrine, cette pensée qui, sans relâche, le traversait d'une flamme, comme l'élancement d'un mal inguérissable. Il s'était enfui, il n'avait pas trouvé un mot de satisfaction, craignant de montrer ses larmes, laissant derrière lui le dégoût du triomphe. Cette façade, qui se trouvait debout enfin, lui semblait petite, pareille à un de ces murs de sable que les gamins bâtissent, et l'on aurait pu la prolonger d'un faubourg de la cité à l'autre, l'élever jusqu'aux étoiles, elle n'aurait pas rempli le vide de son cœur, que le seul « oui » d'une enfant pouvait combler.

Lorsque Mouret rentra dans son cabinet, il étouffait de sanglots contenus. [...]

Extraits du chapitre XII.

28. Tintamarre : grand bruit.

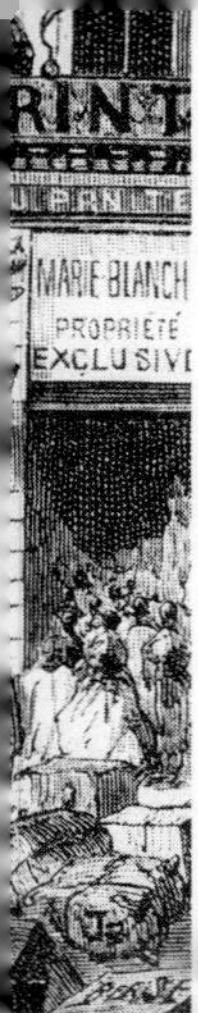

QUESTIONS SUR LE TEXTE 12

AI-JE BIEN LU ?

1 Pourquoi Mouret est-il malheureux malgré les grands travaux d'agrandissement de son magasin ?

2 Qui est Deloche ? Pour quelles raisons Denise a-t-elle sympathisé avec lui ?

3 Dans quelles circonstances les jeunes gens se font-ils surprendre par Mouret ? Comment Mouret interprète-t-il la relation entre Denise et Deloche ? Se trompe-t-il ?

4 Denise parvient-elle à le détromper lorsqu'elle est convoquée dans son bureau ?

5 **a.** À quel poste Mouret nomme-t-il Denise ensuite ?
b. Quelle influence a-t-elle sur lui dans le domaine professionnel ?

J'ANALYSE LE TEXTE

Le parcours de Denise et Mouret

— Denise et Deloche

6 Où Mouret se trouve-il lorsque l'inspecteur Jouve vient le chercher ? Pourquoi arrive-t-il tout de suite ?

7 **a.** Quels sentiments Deloche éprouve-t-il pour Denise ? Quels sont ceux de Denise à son égard ?
b. De quoi parlaient-ils, accoudés à la fenêtre ?
c. Quels gestes et paroles du jeune homme ont mis Denise dans une position embarrassante face à Mouret ?

— Denise face à Mouret

8 **a.** « Denise suffoquait, écoutait ces affreux reproches » (l. 159-160) : quel est le reproche le plus blessant que Mouret fait à la jeune fille ?
b. Comment Denise réagit-elle d'abord face aux accusations injustes de Mouret ?
c. Qu'est-ce qui détermine son changement d'attitude (l. 177-210) ?

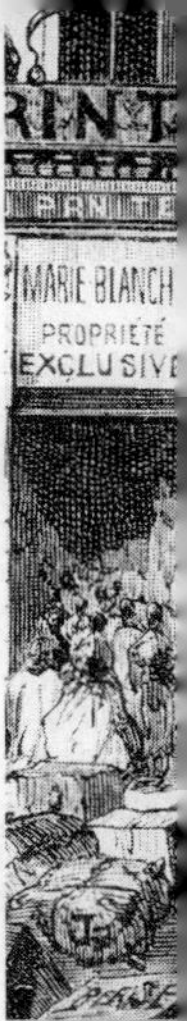

9 **a.** Pourquoi Denise ne révèle-t-elle pas ses sentiments ?
b. Quel rôle le portrait de Mme Hédouin joue-t-il ?
c. Que veut-elle faire de Mouret ? Citez le texte.

— La promotion professionnelle de Denise

10 **a.** Quel est le comportement des employés envers Denise après sa nomination de première ?
b. Montrez que Denise a « le triomphe paisible » (l. 297).
c. Pourquoi cependant en veut-elle à Clara ?

11 **a.** Quelles sont les différentes activités de Denise dans son rayon (l. 313-342) ?
b. Quels rapports a-t-elle avec sa jeune clientèle ? De quelles qualités témoigne-t-elle ?

— Passion amoureuse et passion du métier

12 **a.** Quel type de relation Denise entretient-elle avec Mouret ?
b. Montrez que Denise est impliquée dans la marche du *Bonheur des Dames* : quelles différentes propositions fait-elle à Mouret pour améliorer les conditions de vie au magasin ?
c. Quel argument habile utilise-t-elle (l. 372-377) ?
d. Mouret se laisse-t-il convaincre ? Pourquoi ?

— Mouret patron du *Bonheur des Dames*

13 **a.** Quels travaux ont été effectués dans le magasin ?
b. Mouret a-t-il réalisé ses rêves de grandeur ? En est-il heureux pour autant ? Pourquoi ?

J'ÉTUDIE LA LANGUE

Grammaire : l'apposition

L'**apposition** est un mot ou groupe de mots qui apporte un complément d'information à un nom ou pronom et en est séparé par une virgule. Ex. : *Denise,* ***une jeune provinciale****, venait d'arriver à Paris.* → *une jeune provinciale* est un groupe nominal apposé au nom *Denise*.

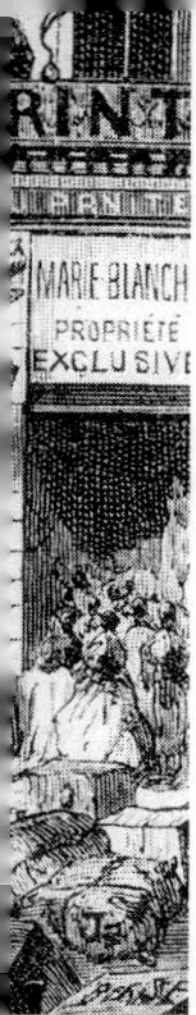

⓮ Relevez les appositions, indiquez leur classe grammaticale (groupes nominaux ou adjectifs) et le mot qu'elles complètent.

a. « ... sur les murs, on ne voyait toujours que le portrait de Mme Hédouin, une jeune femme au beau visage calme... »

b. « Et, bouleversé, [...] il se répandit en paroles violentes. »

Orthographe : le sujet inversé

⓯ « Dans sa tête raisonneuse et avisée de Normande, poussaient toutes sortes de projets... » (l. 348-349) : relevez le sujet. Pourquoi dit-on qu'il est inversé ?

J'ÉCRIS

Imaginer une autre suite à une scène

⓰ Imaginez une autre fin à l'entrevue entre Denise et Mouret.

CONSIGNES D'ÉCRITURE

- Poursuivez la scène autrement à partir de : « Elle restait toute droite, dans un silence glacé. » (l. 169).
- Conservez le narrateur et les temps du récit.
- Introduisez des dialogues et des passages qui feront connaître les pensées des personnages.

LE SAVIEZ-VOUS ?

Les patrons paternalistes au XIXe siècle

Vers le milieu du XIXe siècle, aucune loi sociale ne protège les salariés contre la misère, le chômage, la maladie. Et les moins payés d'entre eux, les ouvriers d'usine, vivent pour la plupart dans des conditions misérables sur lesquelles s'apitoient les œuvres charitables et que dénoncent certains écrivains au cœur généreux, tels

Hugo et Dickens, ou des penseurs, comme Fourier ou Proudhon, qui sont les premiers « socialistes ».
En face d'une telle situation, des industriels intelligents commencent à pratiquer le « paternalisme » : ils construisent des logements pour leurs ouvriers, créent des fonds de prévoyance (en cas de maladie ou d'accident) et des caisses de retraite. Ces mesures de protection sociale, qui renforcent la solidarité entre les ouvriers et leur patron, ont l'énorme avantage de fixer et de discipliner la main-d'œuvre dans l'entreprise paternaliste, et par conséquent d'améliorer la production. Cela explique que dans les villes et surtout dans ces grands magasins qui fonctionnent à un rythme d'usine, des patrons comme Aristide Boucicaut et sa femme comprennent aussi les bienfaits du paternalisme : au *Bon Marché* (comme au *Bonheur des Dames*), on loge les employés célibataires, on nourrit le personnel deux fois par jour, on lui offre des cours de musique, d'anglais, de littérature et de sciences, ainsi que des consultations médicales.

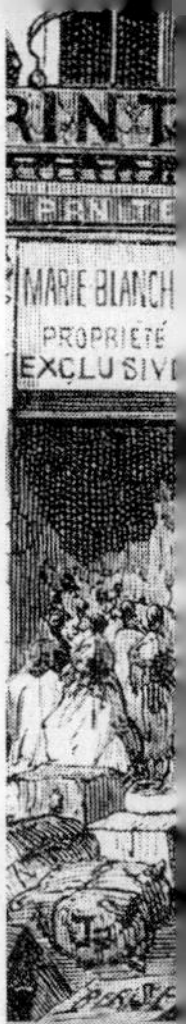

TEXTE 13 LA FIN DES PETITS COMMERÇANTS

« On entendit un craquement terrible »

Chapitre XIII

Un mois plus tard (novembre 1868), Geneviève est à l'agonie, Colomban l'a abandonnée pour Clara et a quitté le Vieil Elbeuf. *La jeune fille meurt et son enterrement rassemble les petits commerçants du quartier qui rendent Mouret responsable de cette mort. « Cette petite, c'est le quartier qu'on enterre », s'écrie Baudu aux funérailles de Geneviève. Le soir, Denise discute avec Mouret des méfaits inévitables du progrès ; elle voudrait soulager les victimes.*

Un peu plus tard, Robineau, ruiné, tente de se suicider ; puis en janvier, Mme Baudu meurt, Baudu ferme boutique, Bourras, le marchand de parapluies, occupant la dernière maison du quartier, est exproprié, après avoir refusé les offres d'Octave Mouret : trente mille francs, puis cinquante, puis quatre-vingts, puis cent mille.

[...]

Dans la rue de la Michodière, Bourras était debout, planté sur le trottoir en face de sa maison, dont on l'avait expulsé la veille, [...] l'architecte, qui arrivait avec sa bande de démolisseurs, avait dû requérir[1] le commissaire pour le mettre dehors. Les marchandises étaient vendues, les chambres déménagées ; lui, s'obstinait dans le coin où il couchait, et dont on n'osait le chasser, par

1. **Requérir :** aller chercher.

une pitié dernière. Même les démolisseurs attaquèrent la toiture sur sa tête. On avait retiré les ardoises pourries, les plafonds s'effondraient, les murs craquaient, et il restait là, sous les vieilles charpentes à nu, au milieu des décombres[2]. Enfin, devant la police, il était parti. Mais, dès le lendemain matin, il avait reparu sur le trottoir d'en face, après avoir passé la nuit dans un hôtel meublé du voisinage.

– Monsieur Bourras, dit doucement Denise.

Il ne l'entendait pas, ses yeux de flamme dévoraient les démolisseurs, dont la pioche entamait la façade de la masure[3]. Maintenant, par les fenêtres vides, on voyait l'intérieur, les chambres misérables, l'escalier noir, où le soleil n'avait pas pénétré depuis deux cents ans.

– Ah ! c'est vous, répondit-il enfin, quand il l'eut reconnue. Hein ? ils en font une besogne, ces voleurs !

Elle n'osait plus parler, remuée par la tristesse lamentable de la vieille demeure, ne pouvant elle-même détacher les yeux des pierres moisies qui tombaient. En haut, dans un coin du plafond de son ancienne chambre[4], elle apercevait encore le nom en lettres noires et tremblées : Ernestine, écrit avec la flamme d'une chandelle ; et le souvenir des jours de misère lui revenait, plein d'un attendrissement pour toutes les douleurs. Mais les ouvriers, afin d'abattre d'un coup un pan de muraille, avaient eu l'idée de l'attaquer à la base. Il chancelait[5].

---

2. Décombres : ruines.
3. Masure : maison en ruines, habitation misérable, délabrée.
4. Son ancienne chambre : voir le texte 7, p. 158.
5. Chancelait : menaçait de tomber.

– S'il pouvait les écraser tous ! murmura Bourras d'une voix sauvage.

On entendit un craquement terrible. Les ouvriers épouvantés se sauvèrent dans la rue. En s'abattant, la muraille ébranlait et emportait toute la ruine. Sans doute, la masure ne tenait plus, au milieu des tassements et des gerçures[6] : une poussée avait suffi pour la fendre du haut en bas. Ce fut un éboulement pitoyable, l'aplatissement d'une maison de fange[7], détrempée par les pluies. Pas une cloison ne resta debout, il n'y eut plus par terre qu'un amas de débris, le fumier du passé tombé à la borne[8].

– Mon Dieu ! avait crié le vieillard, comme si le coup lui eût retenti dans les entrailles.

Il demeurait béant[9], jamais il n'aurait cru que ce serait fini si vite. Et il regardait l'entaille ouverte, le creux libre enfin dans le flanc du *Bonheur des Dames*, débarrassé de la verrue qui le déshonorait. C'était le moucheron écrasé, le dernier triomphe sur l'obstination cuisante de l'infiniment petit, toute l'île envahie et conquise. Des passants attroupés causaient très haut avec les démolisseurs, qui se fâchaient contre ces vieilles bâtisses, bonnes à tuer le monde.

– Monsieur Bourras, répéta Denise, en tâchant de l'emmener à l'écart, vous savez qu'on ne vous abandonnera pas. Il sera pourvu à tous vos besoins…

Il se redressa.

---

6. Gerçures : fissures, crevasses.
7. Fange : boue épaisse.
8. À la borne : dans la rue.
9. Béant : grand ouvert ; ici, frappé de stupeur.

– Je n'ai pas de besoins... Ce sont eux qui vous envoient, n'est-ce pas ? Eh bien ! dites-leur que le père Bourras sait encore travailler, et qu'il trouvera de l'ouvrage où il voudra... Vrai ! ce serait trop commode, de faire la charité aux gens qu'on assassine !

Alors, elle le supplia.

– Je vous en prie, acceptez, ne me laissez pas ce chagrin.

Mais il secouait sa tête chevelue.

– Non, non, c'est fini, bonsoir... Vivez donc heureuse, vous qui êtes jeune, et n'empêchez pas les vieux de partir avec leurs idées.

Il jeta un dernier coup d'œil sur le tas des décombres, puis s'en alla, péniblement. Elle suivit son dos, au milieu des bousculades du trottoir. Le dos tourna l'angle de la place Gaillon, et ce fut tout.

Un instant, Denise resta immobile, les yeux perdus. Enfin, elle entra chez son oncle. Le drapier était seul, dans la boutique sombre du *Vieil Elbeuf*. [...]

– Allez-vous mieux, mon oncle ? demanda Denise.

Il ne s'arrêta qu'une seconde, il repartit, allant de la caisse à un angle obscur.

– Oui, oui, très bien... Merci.

Elle cherchait un sujet consolant, des paroles gaies, et n'en trouvait point.

– Vous avez entendu ce bruit ? La maison est par terre.

– Tiens ! c'est vrai, murmura-t-il d'un air étonné, ce devait être la maison... J'ai senti le sol trembler... Moi, ce matin, en les voyant sur le toit, j'avais fermé ma porte.

Et il eut un geste vague, pour dire que ces choses ne l'intéressaient plus. Chaque fois qu'il revenait devant la caisse, il regardait la banquette vide, cette banquette de velours usé, où sa femme et sa fille avaient grandi. Puis, lorsque son perpétuel piétinement le ramenait à l'autre bout, il regardait les casiers noyés d'ombre, dans lesquels achevaient de moisir quelques pièces de drap. [...]

Enfin, Denise aborda le sujet qui l'amenait.

– Mon oncle, vous ne pouvez rester ainsi. Il faudrait prendre une détermination[10].

Il répondit sans s'arrêter :

– Sans doute, mais que veux-tu que je fasse ? J'ai tâché de vendre, personne n'est venu... Mon Dieu ! un matin, je fermerai la boutique, et je m'en irai.

[...]

– Mais que ferez-vous ensuite ? murmura-t-elle, cherchant une transition pour arriver à l'offre qu'elle n'osait formuler.

[...]

– Écoutez, mon oncle, finit par dire Denise embarrassée, il y aurait peut-être une place pour vous...

Elle se reprit, elle bégaya :

– Oui, je suis chargée de vous offrir une place d'inspecteur.

– Où donc ? demanda Baudu.

– Mon Dieu ! là, en face... Chez nous... Six mille francs, un travail sans fatigue.

10. Détermination : décision.

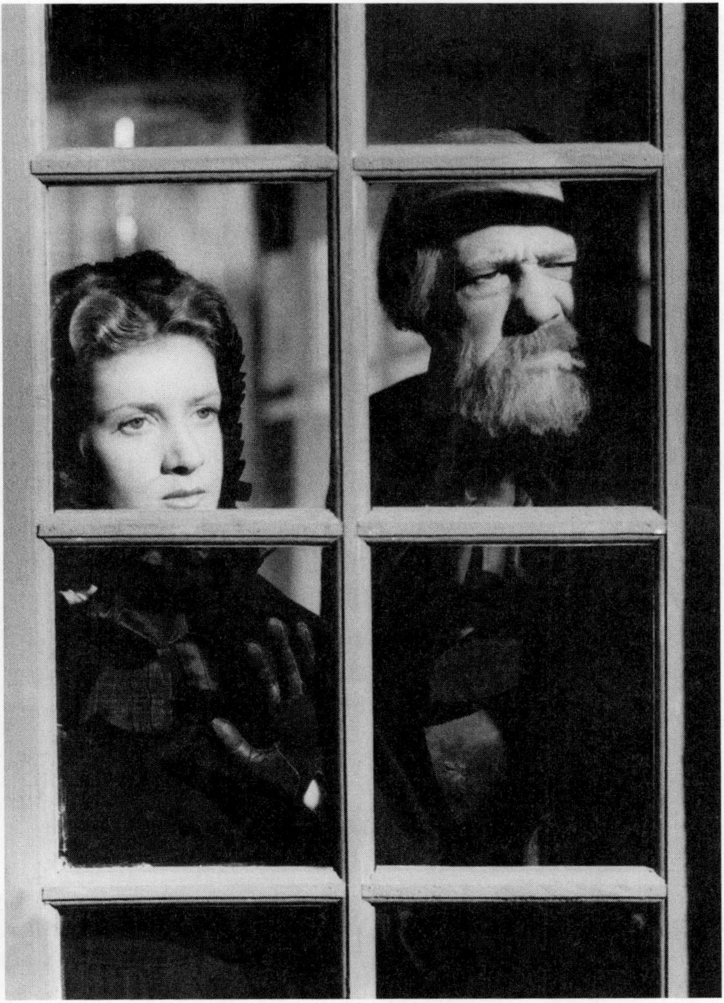

Blanchette Brunoy et Michel Simon dans le film *Au Bonheur des Dames* d'André Cayatte, 1943.

Brusquement, il s'était arrêté devant elle. Mais, au lieu de s'emporter comme elle le craignait, il devenait très pâle, il succombait sous une émotion douloureuse, d'une amère résignation.

– En face, en face, balbutia-t-il à plusieurs reprises. Tu veux que j'entre en face ? [...]. Voyons, Denise, ma fille, est-ce possible ? dit-il simplement, tandis qu'il croisait ses pauvres mains tremblantes.

– Non, non, mon oncle ! cria-t-elle dans un élan de tout son être juste et bon. Ce serait mal... Pardonnez-moi, je vous en supplie. [...]

Denise, cette nuit-là, eut encore une insomnie. Elle venait de toucher le fond de son impuissance. Même en faveur des siens, elle ne trouvait pas un soulagement. [...] Mouret avait inventé cette mécanique à écraser le monde, dont le fonctionnement brutal l'indignait ; il avait semé le quartier de ruines, dépouillé les uns, tué les autres ; et elle l'aimait quand même pour la grandeur de son œuvre, elle l'aimait davantage à chacun des excès de son pouvoir, malgré le flot de larmes qui la soulevait, devant la misère sacrée des vaincus.

Extraits du chapitre XIII.

QUESTIONS SUR LE TEXTE 13

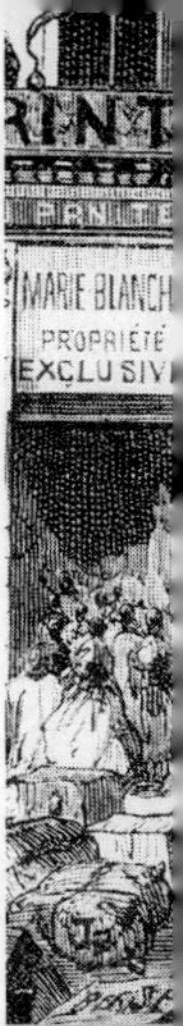

AI-JE BIEN LU ?

1 **a.** Pourquoi Bourras est-il exproprié ?
b. À quelle scène assiste-t-il ?
c. Accepte-t-il l'aide de Denise ?

2 Quelle proposition Denise fait-elle à Baudu ? Comment accueille-t-il sa proposition ?

J'ANALYSE LE TEXTE

L'effondrement de la vieille boutique

> Dans *Au Bonheur des Dames*, Zola décrit une fois de plus les transformations qui ont été effectuées à Paris à l'occasion de la construction des grands magasins : vieilles maisons abattues, vieux quartiers éventrés...

3 **a.** Relevez le champ lexical de la démolition (l. 24-44).
b. La démolition de la maison de Baudu a-t-elle été rapide ? impressionnante ? Justifiez vos réponses.
c. Dans quel état la maison était-elle ? Relevez un champ lexical.

4 **a.** Expliquez la métaphore de la verrue et celle du moucheron écrasé (l. 50). Qui sont les puissants, ceux qui écrasent ? Qui sont les faibles, ceux qui sont écrasés ?
b. Que symbolise l'effondrement de la vieille boutique de Bourras face au magasin *Au Bonheur des Dames* ?

Les personnages de Bourras et de Baudu

— Bourras

> Le **registre pathétique** : est pathétique ce qui inspire la pitié, ce qui émeut.

5 Relevez ce qui est pathétique dans la situation de Bourras (l. 5-15).

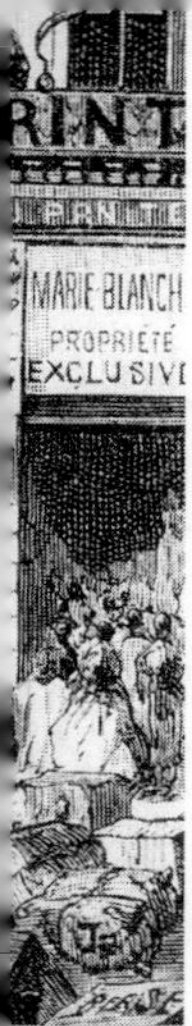

❻ **a.** Notez les réactions (paroles et attitudes) de Bourras à partir de la ligne 17.
b. À qui s'en prend-il ?
❼ Selon quel point de vue Bourras est-il décrit lorsqu'il quitte les lieux (l. 72-74) ? Par quel terme est-il désigné ? Quel effet la disparition de ce personnage dans la foule produit-elle ?

— Baudu

❽ Montrez que la situation de Baudu est aussi pathétique que celle de Bourras : quels deuils vient-il de subir ? Que fait-il dans son magasin ? Comment envisage-t-il son avenir ?
❾ Comparez sa réaction à celle de Bourras lorsque Denise lui propose son aide.

Le parcours de Denise

❿ Quels sentiments Denise éprouve-t-elle devant la maison de Bourras qui s'écroule ?
⓫ Que ressent-elle après avoir quitté Bourras, puis Baudu ? Pourquoi a-t-elle des insomnies ?
⓬ **a.** « Mouret avait inventé cette mécanique à écraser le monde » (l. 127) : que rejette-t-elle dans ce progrès représenté par Mouret et qu'est-ce qui l'attire ?
b. Son amour pour Mouret faiblit-il ? grandit-il ? Justifiez.

J'ÉTUDIE LA LANGUE

Grammaire : transposer au style indirect

⓭ Réécrivez au style indirect les phrases suivantes.
a. « Allez-vous mieux, mon oncle, demanda Denise. »
b. « Je suis chargée de vous offrir une place d'inspecteur. »
Vous supprimerez les guillemets et vous commencerez par : *Denise demanda à son oncle...* (phrase a) ; *Denise dit à Baudu...* (phrase b).

Vocabulaire : autour du mot « besogne »

⓮ « Ils en font une besogne, ces voleurs ! » (l. 23) : donnez le sens des expressions suivantes.

a. Abattre de la besogne.
b. Ce n'est pas une mince besogne.
c. Aller vite en besogne.

⓯ Donnez un synonyme de l'adjectif *besogneux* puis un antonyme (son contraire).

J'ÉCRIS

Imaginer une autre fin de chapitre

⓰ Imaginez que Bourras ou Baudu accepte la proposition de Denise. Réécrivez la fin du chapitre.

CONSIGNES D'ÉCRITURE
- Pour le dialogue, introduisez chaque réplique par un tiret.
- Montrez les émotions des personnages.
- En retournant au magasin, Denise fait part de sa joie à Mouret.

TEXTE 14 LA GRANDE EXPOSITION DE BLANC

« Oh ! Monsieur Mouret, c'est vous que j'aime ! »

Chapitre XIV

Denise, que l'on accuse dans les rayons de se refuser à Mouret pour se faire épouser, a décidé de quitter le Bonheur des Dames. *On lance même les paris au sujet de ce mariage. Elle donne sa démission à Mouret qui lui donne une semaine pour réfléchir : elle partira après l'exposition de blanc. Mouret en ressent une douleur profonde. La question du mariage commence à occuper ses pensées. Bourdoncle lui-même, l'adversaire le plus acharné du mariage des directeurs de grands magasins, l'incite à se marier, avec la secrète intention de prendre sa place.*

Ce lundi de février, le Bonheur des Dames *inaugure sa « façade monumentale » sur la rue du Dix-Décembre « à l'occasion de la grande exposition de blanc ». C'est un énorme succès. Mme de Boves, sa fille Blanche, Mme Guibal ainsi que Mme Desforges se retrouvent dans le magasin.*

[...]

Une surprise immobilisa ces dames. Devant elles, s'étendaient les magasins, les plus vastes magasins du monde, comme disaient les réclames. À cette heure, la grande galerie centrale allait de bout en bout, ouvrait sur la rue du Dix-Décembre et sur la rue Neuve-Saint- Augustin ; tandis que, à droite et à gauche, pareilles aux bas-côtés d'une église, la galerie Monsigny et la galerie Michodière, plus étroites, filaient elles aussi le long des deux rues, sans une interruption. De place en place, les halls élargissaient des carrefours, au milieu de la charpente métallique des escaliers suspendus et des ponts volants. On avait retourné la disposition intérieure : maintenant, les soldes étaient sur la rue du Dix-Décembre, la soie se trouvait au milieu, la ganterie occupait, au fond, le hall Saint-Augustin ; et du nouveau vestibule d'honneur, lorsqu'on levait les yeux, on apercevait toujours la literie, déménagée d'une extrémité à l'autre du second étage. Le chiffre énorme des rayons montait au nombre de cinquante ; plusieurs, tout neufs, étaient inaugurés ce jour-là ; d'autres, devenus trop importants, avaient dû être simplement dédoublés, afin de faciliter la vente ; et, devant cet accroissement continu des affaires, le personnel lui-même, pour la nouvelle saison, venait d'être porté à trois mille quarante-cinq employés.

Ce qui arrêtait ces dames, c'était le spectacle prodigieux de la grande exposition de blanc. Autour d'elles, d'abord, il y avait le vestibule, un hall aux glaces claires, pavé de mosaïques, où les étalages à bas prix retenaient la foule vorace[1]. Ensuite, les galeries s'enfonçaient, dans une blancheur éclatante, une échappée boréale[2], toute une contrée de neige, déroulant l'infini des steppes tendues d'hermine*, l'entassement des glaciers allumés sous le soleil. On retrouvait le blanc des vitrines du dehors, mais

1. Vorace : qui a envie de tout dévorer, de tout acheter.
2. Boréale : qui est au nord.

avivé, colossal, brûlant d'un bout à l'autre de l'énorme vaisseau, avec la flambée blanche d'un incendie en plein feu. Rien que du blanc, tous les articles blancs de chaque rayon, une débauche de blanc, un astre blanc dont le rayonnement fixe aveuglait d'abord, sans qu'on pût distinguer les détails, au milieu de cette blancheur unique. Bientôt les yeux s'accoutumaient : à gauche, la galerie Monsigny allongeait les promontoires[3] blancs des toiles et des calicots, les roches blanches des draps de lit, des serviettes, des mouchoirs ; tandis que la galerie Michodière, à droite, occupée par la mercerie, la bonneterie et les lainages, exposait des constructions blanches en boutons de nacre[4], un grand décor bâti avec des chaussettes blanches, toute une salle recouverte de molleton* blanc, éclairée au loin d'un coup de lumière. Mais le foyer de clarté rayonnait surtout de la galerie centrale, aux rubans et aux fichus, à la ganterie et à la soie. Les comptoirs disparaissaient sous le blanc des soies et des rubans, des gants et des fichus. Autour des colonnettes de fer, s'élevaient des bouillonnés[5] de mousseline* blanche, noués de place en place par des foulards blancs. Les escaliers étaient garnis de draperies blanches, des draperies de piqué* et de basin* alternées, qui filaient le long des rampes, entouraient les halls, jusqu'au second étage ; et cette montée du blanc prenait des ailes, se pressait et

3. Promontoires : pointes de relief élevé s'élevant en saillie au-dessus de la mer.
4. Nacre : matière calcaire, blanche, dure, à reflets irisés, sécrétée par certains mollusques (huître...) et revêtant l'intérieur de leur coquille, formée de lamelles parallèles superposées, utilisée en bijouterie, en tabletterie et en marqueterie.
5. Bouillonnés : ornements d'étoffe plissés de façon à faire bouffer le tissu.

se perdait, comme une envolée de cygnes. Puis, le blanc retombait des voûtes, une tombée de duvet, une nappe neigeuse en larges flocons : des couvertures blanches, des couvre-pieds blancs, battaient l'air, accrochés, pareils à des bannières d'église ; de longs jets de guipure* traversaient, semblaient suspendre des essaims de papillons blancs, au bourdonnement immobile ; des dentelles frissonnaient de toutes parts, flottaient comme des fils de la Vierge par un ciel d'été, emplissaient l'air de leur haleine blanche. Et la merveille, l'autel de cette religion du blanc, était, au-dessus du comptoir des soieries, dans le grand hall, une tente faite de rideaux blancs, qui descendaient du vitrage. Les mousselines*, les gazes*, les guipures d'art, coulaient à flots légers, pendant que des tulles* brodés, très riches, et des pièces de soie orientale, lamées* d'argent, servaient de fond à cette décoration géante, qui tenait du tabernacle[6] et de l'alcôve. On aurait dit un grand lit blanc, dont l'énormité virginale attendait, comme dans les légendes, la princesse blanche, celle qui devait venir un jour, toute puissante, avec le voile blanc des épousées.

– Oh ! extraordinaire ! répétaient ces dames. Inouï !

Elles ne se lassaient pas de cette chanson du blanc, que chantaient les étoffes de la maison entière. Mouret n'avait encore rien fait de plus vaste, c'était le coup de génie de son art de l'étalage. Sous l'écroulement de ces blancheurs, dans l'apparent désordre des tissus, tombés comme au hasard des cases éventrées, il y avait une phrase harmo-

6. **Tabernacle :** tente où sont enfermés des objets sacrés.

nique, le blanc suivi et développé dans tous ses tons, qui naissait, grandissait, s'épanouissait, avec l'orchestration compliquée d'une fugue[7] de maître, dont le développement continu emporte les âmes d'un vol sans cesse élargi. Rien que du blanc, et jamais le même blanc, tous les blancs s'enlevant les uns sur les autres, s'opposant, se complétant, arrivant à l'éclat même de la lumière. Cela partait des blancs mats[8] du calicot et de la toile, des blancs sourds de la flanelle et du drap ; puis, venaient les velours, les soies, les satins, une gamme montante, le blanc peu à peu allumé, finissant en petites flammes aux cassures des plis ; et le blanc s'envolait avec la transparence des rideaux, devenait de la clarté libre avec les mousselines, les guipures, les dentelles, les tulles surtout, si légers, qu'ils étaient comme la note extrême et perdue ; tandis que l'argent des pièces de soie orientale chantait le plus haut, au fond de l'alcôve géante.

Cependant, les magasins vivaient, du monde assiégeait les ascenseurs, on s'écrasait au buffet et au salon de lecture, tout un peuple voyageait au milieu de ces espaces couverts de neige. Et la foule paraissait noire, on eût dit les patineurs d'un lac de Pologne, en décembre. Au rez-de-chaussée, il y avait une houle assombrie, agitée d'un reflux, où l'on ne distinguait que les visages délicats et ravis des femmes. Dans les découpures des charpentes de fer, le long des escaliers, sur les ponts volants, c'était ensuite une ascension sans fin de petites figures, comme

7. Fugue : composition musicale.
8. Mat : terne, qui n'est pas brillant.

égarées au milieu de pics neigeux. Une chaleur de serre, suffocante, surprenait, en face de ces hauteurs glacées. Le bourdonnement des voix faisait un bruit énorme de fleuve qui charrie. Au plafond, les ors prodigués[9], les vitres niellées[10] d'or et les rosaces d'or semblaient un coup de soleil, luisant sur les Alpes de la grande exposition de blanc.

– Voyons, dit Mme de Boves, il faut pourtant avancer. Nous ne pouvons rester là.

[...]

Ces dames se précipitent dans les rayons, où la bousculade est extrême. On n'entend parler que des « amours du patron » et du départ annoncé de Denise.

Il est trois heures. Bourdoncle surprend Mouret en larmes ; lui lance : « Voyons, du courage, que diable !... Épousez-la, et que cela finisse. » Mouret se décide à faire un tour dans le magasin. Denise, pendant ce temps, s'affaire avec une cliente, quand apparaît Jean, son frère, qui s'est marié huit jours auparavant, et est venu faire des courses pour sa jeune femme Thérèse. Il est accompagné de Pépé, maintenant âgé de douze ans, interne dans un collège parisien.

Elle avait donné à l'aîné quatre mille francs, la moitié de ses économies, pour qu'il pût installer son ménage. Le cadet lui coûtait gros au collège, tout son argent allait à eux, comme autrefois. Ils étaient sa seule raison de vivre et de travailler, puisque, de nouveau, elle jurait de ne se marier jamais.

---

9. Prodigués : en abondance.
10. Niellées : incrustées d'émail.

– Enfin, voici, reprit Jean. Il y a d'abord, dans ce paquet, le paletot havane que Thérèse…

Mais il s'arrêta, et Denise en se tournant pour voir ce qui l'intimidait, aperçut Mouret debout derrière eux. Depuis un instant, il la regardait faire son ménage de petite mère, entre les deux gaillards, les grondant et les embrassant, les retournant comme des bébés qu'on change de linge. Bourdoncle était resté à l'écart, l'air intéressé par la vente ; et il ne perdait pas la scène des yeux.

– Ce sont vos frères, n'est-ce pas ? demanda Mouret, après un silence.

Il avait sa voix glacée, cette attitude rigide dont il lui parlait à présent. Denise elle-même faisait un effort, afin de rester froide. Son sourire s'effaça, elle répondit :

– Oui, monsieur… J'ai marié l'aîné, et sa femme me l'envoie, pour des emplettes.

Mouret continuait à les regarder tous les trois. Il finit par reprendre :

– Le plus jeune a beaucoup grandi. Je le reconnais, je me souviens de l'avoir vu aux Tuileries, un soir, avec vous.

Et sa voix, qui se ralentissait, eut un léger tremblement. Elle, suffoquée, se baissa, sous le prétexte d'arranger le ceinturon de Pépé. Les deux frères, devenus roses, souriaient au patron de leur sœur.

– Ils vous ressemblent, dit encore celui-ci.

– Oh ! cria-t-elle, ils sont plus beaux que moi !

Un moment, il sembla comparer les visages. Mais il était à bout de forces. Comme elle les aimait ! Et il fit quelques pas ; puis, il revint lui dire à l'oreille :

– Montez à mon cabinet, après la vente. Je veux vous parler, avant votre départ.

Cette fois, Mouret s'éloigna et reprit son inspection. [...]

La journée se poursuit. L'inspecteur Jouve surprend Mme de Boves à voler des dentelles... Paul de Vallagnosc, qui a épousé Blanche, intervient auprès de Mouret pour qu'il étouffe l'affaire. Cet incident distrait un moment Mouret de ses préoccupations : va-t-il finalement épouser Denise ? La journée se termine, Mouret s'arrête en haut de l'escalier central pour contempler son magasin.

Et Mouret regardait toujours son peuple de femmes, au milieu de ces flamboiements. [...] C'était lui qui les possédait de la sorte, qui les tenait à sa merci, par son entassement continu de marchandises, par sa baisse des prix et ses rendus, sa galanterie et sa réclame. Il avait conquis les mères elles-mêmes, il régnait sur toutes avec la brutalité d'un despote, dont le caprice ruinait des ménages. Sa création apportait une religion nouvelle, les églises que désertait peu à peu la foi chancelante étaient remplacées par son bazar, dans les âmes inoccupées désormais. La femme venait passer chez lui les heures vides, les heures frissonnantes et inquiètes qu'elle vivait jadis au fond des chapelles [...], il les tenait à ses pieds, sous l'éblouissement des feux électriques, ainsi qu'un bétail dont il avait tiré sa fortune.

D'un pas machinal, Mouret suivit les galeries, tellement absorbé, qu'il s'abandonnait à la poussée de la foule. Quand il leva la tête, il était dans le nouveau rayon des modes, dont les glaces donnaient sur la rue du Dix-

Décembre. Et là, le front contre le verre, il fit encore une halte, il regarda la sortie. Le soleil couchant jaunissait le faîte[11] des maisons blanches, le ciel bleu de cette belle journée pâlissait, rafraîchi d'un grand souffle pur ; tandis que, dans le crépuscule qui noyait déjà la chaussée, les lampes électriques du *Bonheur des Dames* jetaient cet éclat fixe des étoiles allumées sur l'horizon, au déclin du jour. [...]

Mouret, les regards perdus, venait de sentir passer en lui quelque chose de grand ; et, dans ce frisson du triomphe dont tremblait sa chair, en face de Paris dévoré et de la femme conquise, il éprouva une faiblesse soudaine, une défaillance de sa volonté, qui le renversait à son tour, sous une force supérieure. C'était un besoin irraisonnable d'être vaincu, dans sa victoire, le non-sens d'un homme de guerre pliant sous le caprice d'un enfant, au lendemain de ses conquêtes. [...]

Le soir, après la dernière table, il attendit dans son cabinet. Frémissant comme un jeune homme qui va jouer son bonheur, il ne pouvait rester en place, il retournait sans cesse à la porte, pour prêter l'oreille aux rumeurs des magasins, où les commis faisaient le déplié, enfoncés jusqu'aux épaules dans le saccage de la vente. À chaque bruit de pas, son cœur battait. Et il eut une émotion, il se précipita, car il avait entendu au loin un sourd murmure, peu à peu grossi.

C'était l'approche lente de Lhomme, chargé de la recette. Ce jour-là, elle pesait si lourd, il y avait tellement du

11. Faîte : sommet.

cuivre et de l'argent, dans le numéraire encaissé, qu'il s'était fait accompagner par deux garçons. Derrière lui, Joseph et un de ses collègues pliaient sous les sacs, des sacs énormes, jetés comme des sacs de plâtre sur leurs dos ; tandis que, marchant le premier, il portait les billets et l'or, un portefeuille gonflé de papiers, deux sacoches pendues à son cou, dont le poids tirait à droite, du côté de son bras coupé. [...]

Cependant, Mouret avait ouvert la porte. Lhomme parut, suivi des deux garçons, qui chancelaient ; et, hors d'haleine, il eut encore la force de crier :

– Un million, deux cent quarante-sept francs, quatre-vingt-quinze centimes !

Enfin, c'était le million, le million ramassé en un jour, le chiffre dont Mouret avait longtemps rêvé ! Mais il eut un geste de colère, il dit avec impatience, de l'air déçu d'un homme dérangé dans son attente par un importun :

– Un million, eh bien ! mettez-le là.

Lhomme savait qu'il aimait ainsi à voir sur son bureau les fortes recettes, avant qu'on les déposât à la caisse centrale. Le million couvrit le bureau, écrasa les papiers, faillit renverser l'encre ; et l'or, et l'argent, et le cuivre, coulant des sacs, crevant des sacoches, faisaient un gros tas, le tas de la recette brute, telle qu'elle sortait des mains de la clientèle, encore chaude et vivante.

Au moment où le caissier se retirait, navré de l'indifférence du patron, Bourdoncle arriva, en criant gaiement :

– Hein ! nous le tenons, cette fois !... Il est décroché, le million !

Mais il remarqua la préoccupation fébrile de Mouret, il comprit et se calma. Une joie avait allumé son regard. Après un court silence, il reprit :

– Vous vous êtes décidé, n'est-ce pas ? Mon Dieu ! je vous approuve.

Brusquement, Mouret s'était planté devant lui, et de sa voix terrible des jours de crise :

– Dites donc, mon brave, vous êtes trop gai... N'est-ce pas ? vous me croyez fini, et les dents vous poussent. Méfiez-vous, on ne me mange pas, moi !

Décontenancé par la rude attaque de ce diable d'homme qui devinait tout, Bourdoncle balbutia :

– Quoi donc ? vous plaisantez ? moi qui ai tant d'admiration pour vous !

– Ne mentez pas ! reprit Mouret plus violemment. Écoutez, nous étions stupides, avec cette superstition que le mariage devait nous couler. Est-ce qu'il n'est pas la santé nécessaire, la force et l'ordre mêmes de la vie !... Eh bien ! oui, mon cher, je l'épouse, et je vous flanque tous à la porte, si vous bougez. Parfaitement ! vous passerez comme un autre à la caisse, Bourdoncle !

D'un geste, il le congédiait. Bourdoncle se sentit condamné, balayé dans cette victoire de la femme. Il s'en alla. Denise entrait justement, et il s'inclina dans un salut profond, la tête perdue.

– Enfin ! c'est vous ! dit Mouret, doucement.

Denise était pâle d'émotion. Elle venait d'éprouver un dernier chagrin, Deloche lui avait appris son renvoi[12] ; et,

12. Deloche : vendeur aux dentelles, il a rendu possible le vol de Mme de Boves.

comme elle essayait de le retenir, en offrant de parler en sa faveur, il s'était obstiné dans sa malchance, il voulait disparaître : à quoi bon rester ? pourquoi aurait-il gêné les gens heureux ? Denise lui avait dit un adieu fraternel, gagnée par les larmes. Elle-même n'aspirait-elle pas à l'oubli ? Tout allait finir, elle ne demandait plus à ses forces épuisées que le courage de la séparation. Dans quelques minutes, si elle était assez vaillante pour s'écraser le cœur, elle pourrait s'en aller seule, pleurer au loin.

– Monsieur, vous avez désiré me voir, dit-elle de son air calme. Du reste, je serais venue vous remercier de toutes vos bontés.

En entrant, elle avait aperçu le million sur le bureau, et l'étalage de cet argent la blessait. Au-dessus d'elle, comme s'il eût regardé la scène, le portrait de Mme Hédouin, dans son cadre d'or, gardait l'éternel sourire de ses lèvres peintes.

– Vous êtes toujours résolue à nous quitter ? demanda Mouret, dont la voix tremblait.

– Oui, monsieur, il le faut.

Alors, il lui prit les mains, il dit dans une explosion de tendresse, après la longue froideur qu'il s'était imposée :

– Et si je vous épousais, Denise, partiriez-vous ?

Mais elle avait retiré ses mains, elle se débattait comme sous le coup d'une grande douleur.

– Oh ! monsieur Mouret, je vous en prie, taisez-vous ! Oh ! ne me faites pas plus de peine encore !… Je ne peux pas ! je ne peux pas !… Dieu est témoin que je m'en allais pour éviter un malheur pareil !

Elle continuait de se défendre par des paroles entrecoupées. N'avait-elle pas trop souffert déjà des commérages de la maison ? Voulait-il donc qu'elle passât aux yeux des autres et à ses propres yeux pour une gueuse[13] ? Non, non, elle aurait de la force, elle l'empêcherait bien de faire une telle sottise. Lui, torturé, l'écoutait, répétait avec passion :

– Je veux... je veux...

– Non, c'est impossible... Et mes frères ? j'ai juré de ne point me marier, je ne puis vous apporter deux enfants, n'est-ce pas ?

– Ils seront aussi mes frères... Dites oui, Denise.

– Non, non, oh ! laissez-moi, vous me torturez !

Peu à peu, il défaillait, ce dernier obstacle le rendait fou. Eh quoi ! même à ce prix, elle se refusait encore ! Au loin, il entendait la clameur de ses trois mille employés, remuant à pleins bras sa royale fortune. Et ce million imbécile qui était là ! Il en souffrait comme d'une ironie, il l'aurait poussé à la rue.

– Partez donc ! cria-t-il dans un flot de larmes. Allez retrouver celui que vous aimez... C'est la raison, n'est-ce pas ? Vous m'aviez prévenu, je devrais le savoir et ne pas vous tourmenter davantage.

Elle était restée saisie, devant la violence de ce désespoir. Son cœur éclatait. Alors, avec une impétuosité d'enfant, elle se jeta à son cou, sanglota elle aussi, en bégayant :

– Oh ! monsieur Mouret, c'est vous que j'aime !

---

13. Gueuse : personne à la conduite méprisable.

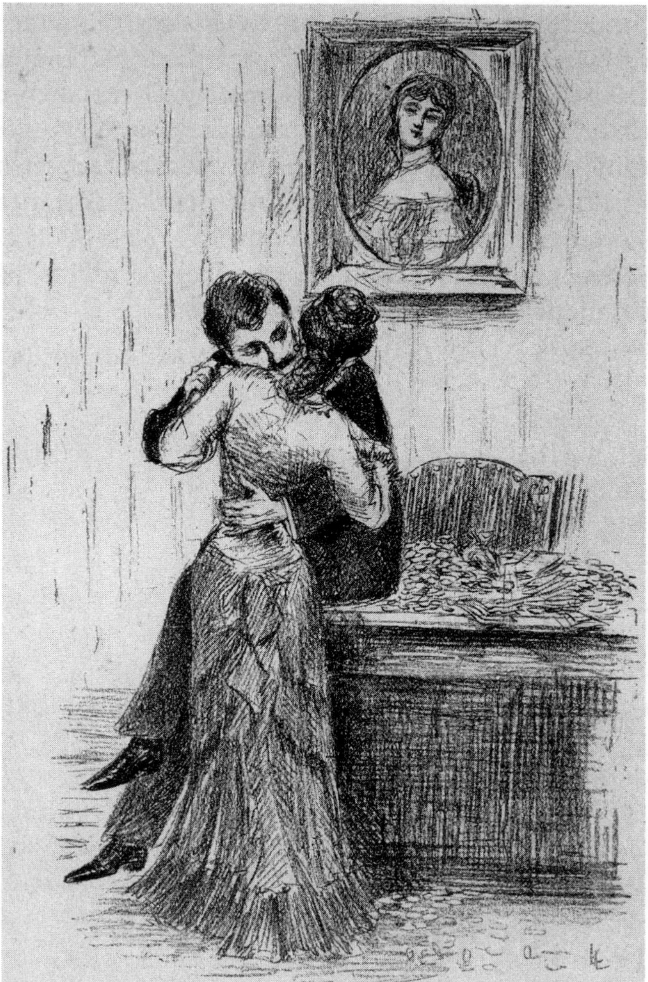

Illustration du roman *Au Bonheur des Dames* d'Émile Zola.
Éditions Fasquelle, 1906.

Une dernière rumeur monta du *Bonheur des Dames*, l'acclamation lointaine d'une foule. Le portrait de Mme Hédouin souriait toujours, de ses lèvres peintes. Mouret était tombé assis sur le bureau, dans le million, qu'il ne voyait plus. Il ne lâchait pas Denise, il la serrait éperdument sur sa poitrine, en lui disant qu'elle pouvait partir maintenant, qu'elle passerait un mois à Valognes, ce qui fermerait la bouche du monde, et qu'il irait ensuite l'y chercher lui-même, pour l'en ramener à son bras, toute-puissante.

Extraits du chapitre XIV.

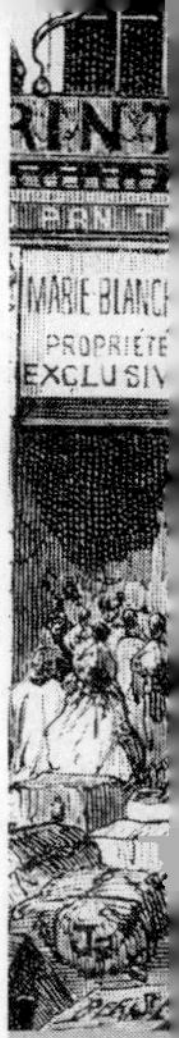

QUESTIONS SUR LE TEXTE 14

AI-JE BIEN LU ?

1 **a.** Quel événement a lieu au *Bonheur des Dames* ce lundi de février ?

b. Cette journée est-elle un succès ? Justifiez votre réponse.

2 Pourquoi Denise a-t-elle donné sa démission ?

3 **a.** Quelle décision Mouret prend-il à l'égard de Denise ?

b. Dans quelles circonstances et à quel moment de la journée lui fait-il part de sa décision ?

c. Quel aveu Denise fait-elle finalement à Mouret ?

J'ANALYSE LE TEXTE

Jour d'inauguration au *Bonheur des Dames*

— La transformation du magasin

4 Relisez les lignes 1-23.

a. Relevez les termes qui soulignent la taille du magasin.

b. À quoi celui-ci est-il comparé ?

c. Combien le *Bonheur des Dames* compte-t-il maintenant de rayons ? d'employés ?

— L'exposition de blanc

5 Relevez le lexique de la lumière associé à la couleur blanche (l. 28-49).

6 Quel effet le narrateur a-t-il voulu produire en introduisant de longues énumérations (l. 35-47, 53-74 et 91-104) ? Quels sont les éléments énumérés ?

7 Le narrateur utilise des comparaisons et des métaphores pour décrire cette exposition de blanc. Classez-les selon le domaine auquel elles se réfèrent (nature, musique…) :

– « les promontoires blancs » (l. 40), « les roches blanches » (l. 41) ;

– « comme une envolée de cygnes » (l. 58) ;

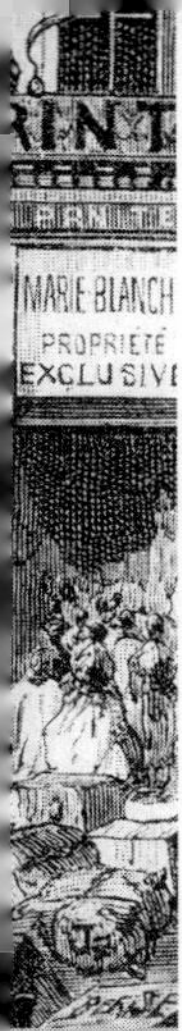

– « une nappe neigeuse en larges flocons » (l. 59) ;
– « pareilles à des bannières d'église » (l. 61-62) ;
– « des essaims de papillons blancs » (l. 63-64) ;
– « l'autel de cette religion du blanc » (l. 67) ;
– « cette chanson du blanc » (l. 79).

8 **a.** Que symbolise la couleur blanche à ce point du parcours Denise / Octave Mouret ?
b. Quelles expressions évoquent le mariage (l. 70-77) ?

Le parcours professionnel de Mouret

9 De quelle qualité professionnelle Mouret témoigne-t-il une fois de plus lors de cette exposition de blanc (l. 80-82) ?

10 Relisez les lignes 163-176.
a. Quel rôle le grand magasin joue-t-il auprès des femmes ?
b. Comment Mouret considère-t-il ces dernières ? Quel effet la dernière comparaison produit-elle (l. 176) ?

11 Quel est le montant de la recette ? Mouret a-t-il réussi son projet professionnel ?

Le parcours amoureux de Denise et de Mouret

12 **a.** Quel est l'état intérieur de Mouret durant cette journée ? Qu'est-ce qui ternit son succès ?
b. Comment Mouret en vient-il soudain à prendre la décision d'épouser Denise (l. 193-196) ? Pour répondre, dites à qui il est comparé et en quoi il est à la fois vainqueur et vaincu.

13 Relevez les expressions qui montrent que la recette de la journée n'a plus d'importance. En quoi Mouret est-il transformé ?

14 **a.** Quels sont les arguments de la jeune fille pour ne pas accepter la demande en mariage ?
b. Quelles paroles de Mouret la font changer d'avis ?
c. Comment exprime-t-elle sa joie et son amour ?
d. Quel rôle symbolique le portrait de Mme Hédouin joue-t-il ?

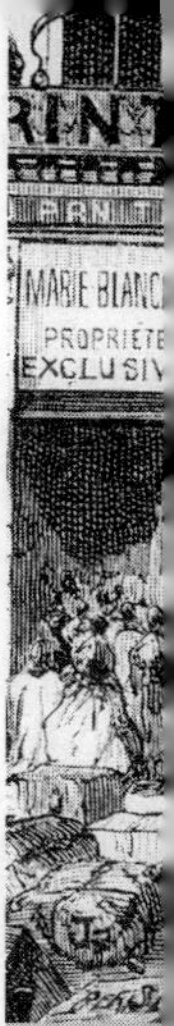

J'ÉTUDIE LA LANGUE

Vocabulaire : le mot « recette »

15 **a.** « C'était l'approche lente de Lhomme, chargé de la recette. » (l. 206) : quels sont les deux sens que peuvent prendre le mot « recette » dans l'expression *la recette du jour ?*
b. Qu'est-ce qu'une *recette miracle* ?

J'ÉCRIS

Écrire une lettre

16 Denise, de Valognes, écrit à Mouret pour lui ouvrir son cœur.

CONSIGNES D'ÉCRITURE
- Respectez les codes de la lettre (emploi des pronoms *je / vous*).
- Utilisez les temps de la lettre : présent, futur, passé composé, imparfait… (pas de passé simple).
- Denise exprime ses sentiments pour Mouret, depuis le premier jour.
- Denise exprime sa joie et fait des projets d'avenir.

LE SAVIEZ-VOUS ?

Le blanc

Voici quelques notes prises par Zola sur le magasin Au Bon Marché *:*
« Pour l'exposition du blanc, tout le magasin est blanc, tous les rayons mettent à l'étalage ce qu'ils ont de blanc ; ainsi la draperie met la flanelle. On garnit de blanc les rampes des galeries supérieures et des escaliers. Tous les trumeaux sont blancs. Des rideaux tombent du vitrage, des dentelles larges pour meubler. Des fleurs blanches, des chaussettes blanches. »

Émile Zola.

Le « déplié »

« Il retournait sans cesse à la porte, pour prêter l'oreille aux rumeurs des magasins, où les commis faisaient le déplié » (l. 199-201).

Voici quelques notes prises par Zola :

« Au fur et à mesure que les clientes arrivent, les marchandises sont sorties, dépliées, étalées de tous côtés. Alors, au milieu de ce désordre, quand un employé est libre, le chef de comptoir lui dit : "Faites le déplié", c'est-à-dire rangez les étoffes dépliées. Mais il arrive, les jours de grande foule, qu'on n'a pas le temps de faire le déplié, et tout s'encombre alors, c'est un écroulement de marchandises jusqu'au soir. Alors, dès six heures, quand la foule s'en va, on se met à ranger, et les employés ne partent que lorsque tout est ordre dans le rayon, couvert de toile, bouclé, cadenassé, etc. »

Émile Zola.

BILAN DE LECTURE

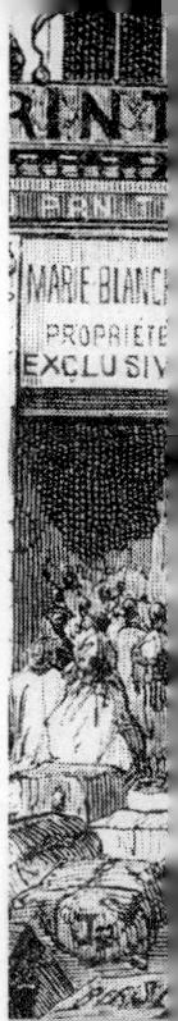

L'ATELIER D'ORAL

Préparer un exposé

1 Vous allez présenter un exposé sur les transformations de Paris sous le Second Empire. Faites une recherche sur le baron Haussmann et sur les agrandissements de Paris (architecture et nouvelles conceptions de l'urbanisme et du commerce, notamment à travers le magasin *Au Bon Marché*).

CONSEILS POUR VOTRE PRÉPARATION

- Documentez-vous sur Internet, dans votre manuel d'Histoire, consultez des ouvrages au CDI. Sélectionnez les informations.
- Préparez vous-même votre texte, ne recopiez pas, reformulez... Soignez le plan (l'ordre dans lequel vous allez donner les informations).
- Choisissez l'iconographie qui accompagnera votre exposé. Apportez des documents papiers (photographies, photocopies...) ; utilisez le vidéoprojecteur ; vous pouvez projeter un diaporama. Vérifiez auprès de votre professeur, avant de faire votre exposé, que tout est au point sur le plan technique.
- Votre exposé ne doit pas être trop long, cinq à dix minutes.
- Utilisez un vocabulaire compréhensible par tous.
- Prenez en compte votre auditoire : parlez fort, soyez clair, écrivez votre plan au tableau ou projetez-le, cherchez à intéresser...
- Indiquez vos sources à la fin de l'exposé, remerciez votre auditoire.

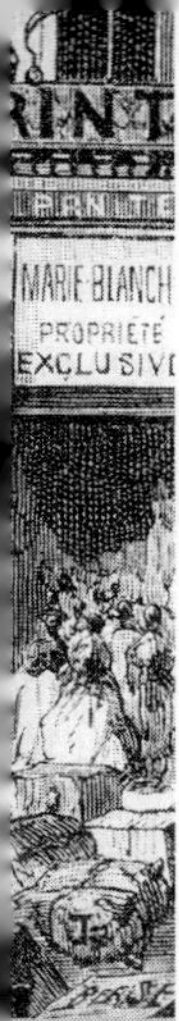

L'ATELIER D'ÉCRITURE

Écrire une suite au roman

2 Imaginez un court chapitre qui fait suite au chapitre XIV. Choisissez de développer une ou deux scènes parmi les événements suivants, sinon, effectuez des sommaires (résumés) ou des ellipses (saut dans le temps).
– Denise passe un mois à Valognes. Que fait-elle ? À quoi pense-t-elle ?
– Octave Mouret vient la chercher.
– Le mariage a lieu.
– Denise est de retour au *Bonheur*. Elle passe parmi les rayons puis s'arrête en haut du grand escalier où elle a une vue plongeante sur le magasin, elle regarde les vendeuses qui s'affairent et les clientes qui se pressent…
– Denise et Mouret se retrouvent dans leur appartement, à la fin de la journée, ils font des projets d'avenir…

CONSEILS D'ÉCRITURE
- Conservez le narrateur (récit à la troisième personne) et les temps du passé.
- Introduisez quelques indications temporelles.
- Insérez des dialogues.
- Rendez compte des pensées des personnages.
- Respectez le cadre réaliste.
- Introduisez des notations de lumières, de couleurs.
- Utilisez au moins une comparaison ou métaphore.

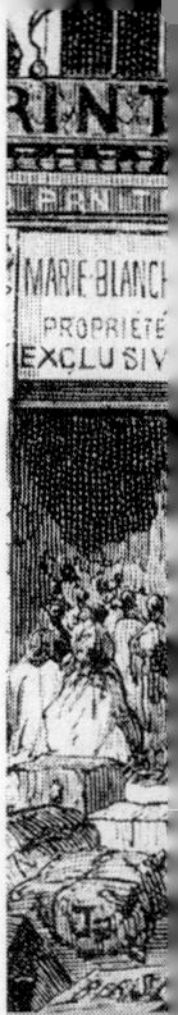

L'ATELIER JEU

Les personnages du *Bonheur des Dames*

❸ Remplissez la grille à l'aide des définitions.

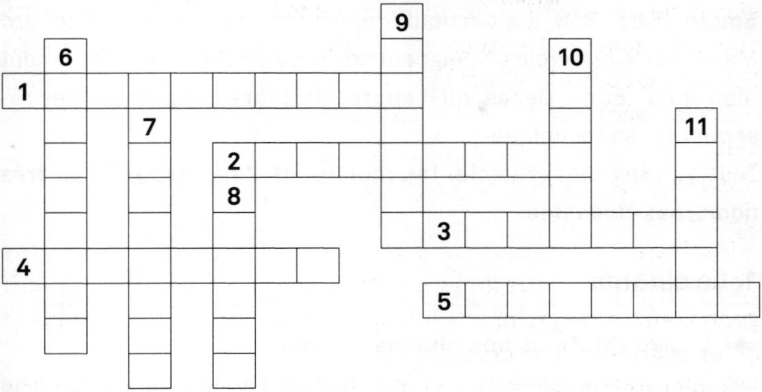

Horizontalement

1. Je suis la maîtresse de Mouret et je lui fais rencontrer le baron Hartmann. Mon prénom est… **2.** J'ai été renvoyé du *Bonheur des Dames* le même jour que Denise, puis j'ai ouvert mon propre magasin. Je suis… **3.** Je suis le propriétaire du *Bonheur des Dames*. Mon nom est… **4.** Première au rayon des confections, j'ai reçu Denise pour la première fois, je suis Madame… **5.** Je suis vendeuse à la lingerie et longtemps la seule amie de Denise. Mon prénom est…

Verticalement

6. Je dirige le *Crédit Immobilier*. Je suis le baron… **7.** Je fabrique et je vends des parapluies. Je suis… **8.** Je suis vendeuse aux confections et je deviens un temps la maîtresse de Mouret. Mon prénom est… **9.** Je vais me marier avec Mouret. Je suis… **10.** Je suis propriétaire du *Vieil Elbeuf* et oncle de Denise. Mon nom est… **11.** Je suis vendeur au rayon des soieries. Denise a cru être amoureuse de moi. Je suis…

Émile Zola à travers les arts

Dès le début de sa carrière de journaliste, Émile Zola s'est intéressé à la peinture et a défendu le **réalisme des jeunes peintres** contre la peinture académique et officielle appréciée des bourgeois du Second Empire. Dès 1866, il a particulièrement aimé et défendu Édouard Manet qui le remercie en peignant son portrait (1868). Il a également bien connu Edgar Degas, qu'il appréciait tout en exprimant des réserves sur sa technique.
Tout au long du XXe siècle, les romans de Zola inspirent de **très nombreux cinéastes**.

1. Le cinéma

— Les adaptations des romans de Zola

Les plus grands réalisateurs ont entrepris d'adapter les romans de Zola : Jean Renoir a tourné en 1926 le film muet *Nana*, puis en 1938 *La Bête humaine* avec Jean Gabin ; Marcel Carné en 1953 a réalisé *Thérèse Raquin* avec Simone Signoret. René Clément a adapté en 1956 *L'Assommoir* dans un film intitulé *Gervaise*, du nom de l'héroïne. *Germinal* a fait l'objet de multiples adaptations, par exemple en 1963 le film d'Yves Allégret, en 1993 celui de Claude Berri.

— L'affiche du film

Julien Duvivier avait déjà choisi l'histoire d'Octave Mouret avec *Au Bonheur des Dames* (1930) et *Pot-Bouille* (1957) qui racontait les débuts de Mouret, joué par Gérard Philipe. En 1943, pendant l'Occupation, André Cayatte s'empare à son tour du *Bonheur des Dames*. Il choisit Albert Préjean pour jouer Mouret ; Blanchette Brunoy pour Denise ; Suzy Prim pour Henriette Desforges ; Jean Tissier pour Bourdoncle. Le grand acteur Michel Simon est Baudu mais Cayatte

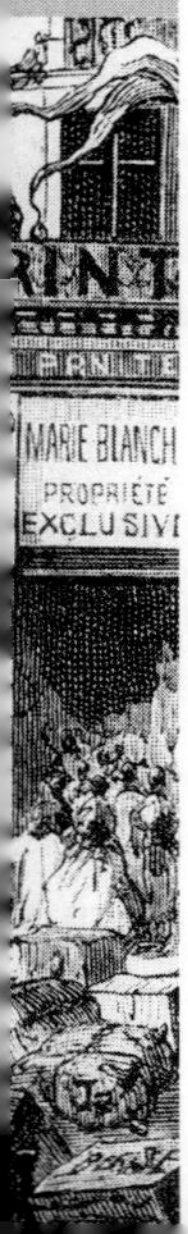

a condensé dans ce rôle des traits de plusieurs personnages du roman : Baudu, Bourras et Robineau.

L'affiche de film accompagne la **promotion d'un film** : elle doit susciter l'envie d'aller le voir. L'affiche de l'époque est imprimée sur papier. C'est l'œuvre d'un graphiste qui joue sur la **composition** et les **couleurs** pour mettre en évidence des éléments de l'histoire et les acteurs qui vont attirer les spectateurs.

► LE QUESTIONNAIRE ASSOCIÉ À CETTE IMAGE SE TROUVE P. 312

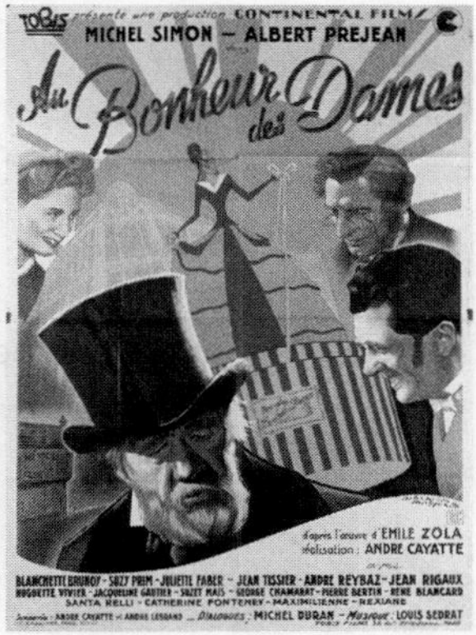

Affiche du film d'André Cayatte *Au Bonheur des Dames*, 1943.

2. La peinture

La représentation de femmes au travail

En France, les peintres ont le plus souvent considéré comme indigne de leur art la représentation de travailleurs. Au milieu du XIXe siècle, **Jean-François Millet** (1814-1875) est le premier à peindre des paysans occupés à leurs travaux. Un peu plus tard, les femmes au travail, plus particulièrement dans le domaine du linge, domaine spécifiquement féminin, inspirent des artistes qui défendent une peinture réaliste. Ce sont par exemple les œuvres d'**Honoré Daumier**, *La Blanchisseuse* (vers 1863), ou d'**Edgar Degas**, *Les Repasseuses* (1884-1886).

Edgar Degas, *Les Repasseuses* (1884-1886)

Edgar Degas (1834-1917) est un peintre impressionniste majeur qui cherche à rendre des « impressions » visuelles grâce au **jeu des couleurs** et à la **composition**. Il s'oppose à l'art officiel de son

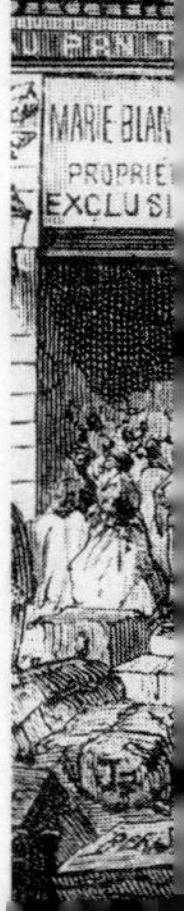

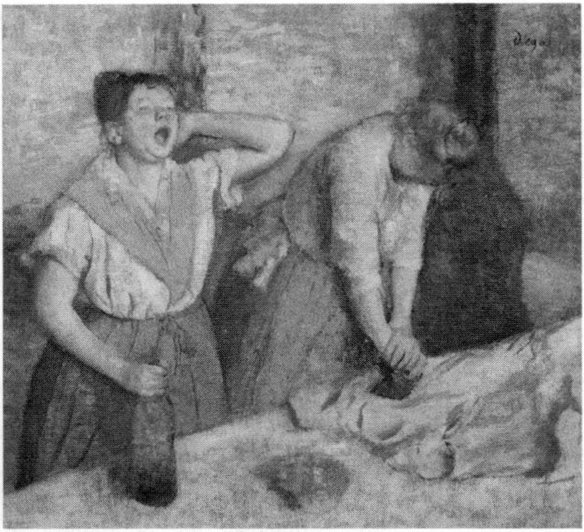

Edgar Degas (1834-1917), *Les Repasseuses*, 1884, huile sur toile, 76 x 81,5 cm. Paris, musée d'Orsay.

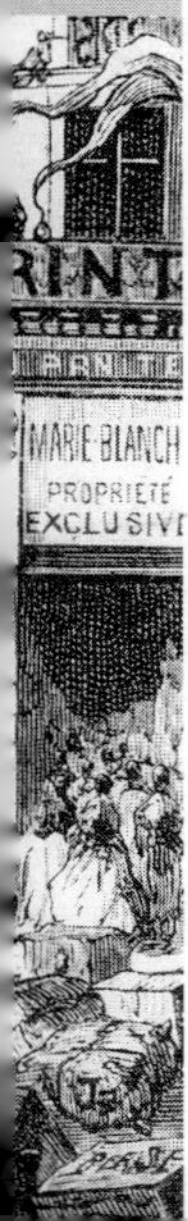

époque. Mais contrairement aux autres peintres impressionnistes, il ne s'intéresse pas aux paysages et préfère peindre des **scènes de la vie quotidienne**. Il représente des danseuses, des modistes, des blanchisseuses… Le choix de ces sujets fait écho aux préoccupations naturalistes et sociales de Zola : dans *L'Assommoir*, Gervaise, l'héroïne, est repasseuse.

► LE QUESTIONNAIRE ASSOCIÉ À CETTE IMAGE SE TROUVE P. 313

— L'art du portrait

Dans les arts plastiques, on parle de portrait pour une **représentation** en deux dimensions d'un homme ou d'une femme. C'est un **genre ancien,** présentant à l'origine une fonction essentiellement **funéraire** : en Égypte, aux IIe et IIIe siècles de notre ère, les portraits peints sur panneaux de bois et déposés sur les momies du Fayoum produisent une très forte impression de réalité et de vie avec leurs yeux grands ouverts pour l'éternité.

Mais le portrait a aussi une **fonction de mémoire** : il garde le souvenir des êtres chers, il perpétue celui des grands hommes.

À travers les portraits, chaque époque exprime une **sensibilité différente**. Les portraits peints par les **impressionnistes** sont nombreux : ces artistes renouvellent le genre en adoptant une grande liberté dans le sujet, la composition et la touche.

— Édouard Manet, *Émile Zola* (1868)

Dès 1866, Zola considère Manet comme un maître digne d'entrer au Louvre alors que le peintre est très contesté. Pour le remercier d'avoir écrit un article pour défendre sa peinture (publié sous forme d'une brochure à la couverture bleue, qui figure dans le portrait), Manet fait poser Zola dans son atelier. Ce n'est pas un modèle facile : il bouge beaucoup ! Manet a construit ce portrait et son environnement avec beaucoup de soin pour représenter les goûts communs des deux artistes. Le romancier feuillette l'*Histoire des peintres* de Charles Blanc, que Manet utilisait souvent. Au mur, on peut voir des reproductions d'***Olympia* de Manet** qui suscita un scandale et que Zola considérait comme un chef-d'œuvre, une **gravure d'après Vélasquez** exprimant l'importance de l'art espagnol aux yeux des deux artistes ainsi qu'une **estampe japonaise** qui témoigne de l'influence de l'art japonais sur la peinture de cette époque.

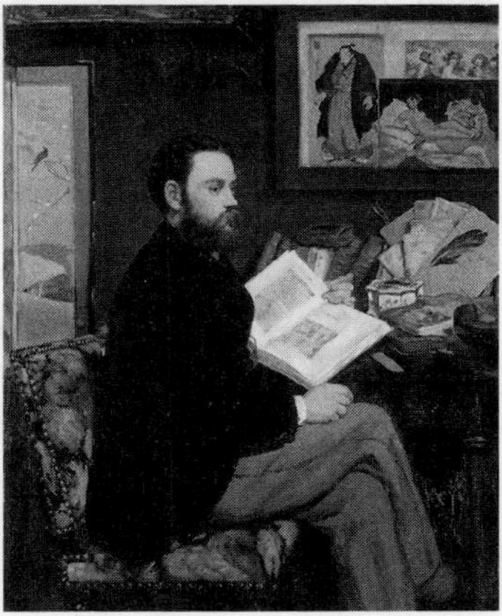

Édouard Manet (1832-1883), *Émile Zola*, 1868, huile sur toile, 146 x 114 cm. Paris, musée d'Orsay.

► LE QUESTIONNAIRE ASSOCIÉ À CETTE IMAGE SE TROUVE P. 314

AFFICHE DU FILM D'ANDRÉ CAYATTE

Vous trouverez la reproduction de l'affiche du film d'André Cayatte en 2e de couverture de cet ouvrage.

LA COMPOSITION DE L'AFFICHE

1 **a.** Quels sont les différents éléments qui composent l'affiche ?
b. Comment sont-ils disposés sur l'image ?
c. Quelle place est réservée au texte ?

LES ÉLÉMENTS TEXTUELS

2 Quelles sont les différentes informations données par le texte ?
3 **a.** Pourquoi les noms de Michel Simon et Albert Préjean sont-ils en haut de l'affiche ?
b. Quels sont les caractères utilisés pour le titre du film ?

L'ANALYSE DE L'IMAGE

4 Identifiez chacun des visages : Mouret, Denise, Bourdoncle, Baudu.
5 **a.** Quel personnage est au premier plan ? Quelle est l'expression de son visage ?
b. Qu'expriment les visages des autres personnages ? Justifiez les choix de l'affichiste.
6 Comment l'affichiste a-t-il traduit l'opposition entre le *Bonheur des Dames* et le *Vieil Elbeuf* (couleur, taille, position dans l'espace...) ?
7 **a.** Que peut symboliser le soleil à l'arrière-plan de l'image ?
b. Comment l'affichiste a-il montré que Mouret a fait du magasin le temple de la femme ?

LA FONCTION DE L'AFFICHE

8 **a.** Cette affiche donne-t-elle envie d'aller voir le film ?
b. À votre avis, donne-t-elle une idée juste du roman ?

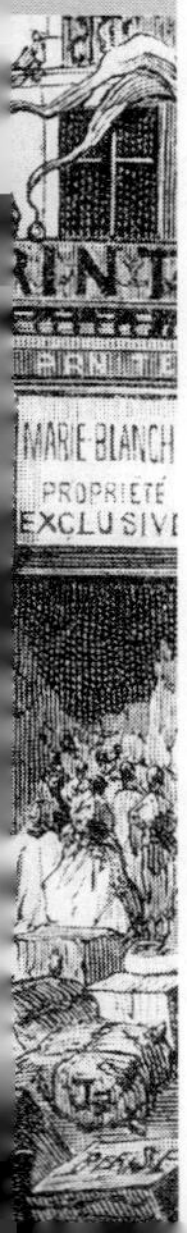

LES REPASSEUSES, E. DEGAS

Vous trouverez la reproduction en couleur de ce tableau en 3e de couverture de cet ouvrage.

LA NATURE DE L'IMAGE ET LA SCÈNE REPRÉSENTÉE

❶ Identifiez la nature de l'image, sa date, ses dimensions, la technique utilisée, le lieu d'exposition.

❷ Quelle est la scène représentée ?

❸ **a.** Distinguez les plans : que voyez-vous au premier plan (indiquez les objets représentés), au deuxième plan et au troisième plan (fond du tableau) ?

b. Repérez les lignes qui structurent le tableau. Quelles lignes mettent en valeur la position des personnages ?

UNE IMAGE DE FEMME AU TRAVAIL

❹ Décrivez les vêtements et l'attitude des deux repasseuses. Comment le peintre représente-t-il la pénibilité de leur travail ?

❺ **a.** Quelles sont les couleurs utilisées ? Sont-elles vives ou éteintes ? Quel est l'effet produit ?

b. Comment peut-on expliquer le flou du tableau ?

❻ **a.** Quel regard le peintre Degas porte-t-il sur ces femmes ?

b. En quoi ce tableau fait-il écho au naturalisme du *Bonheur des Dames* ? Pour répondre, précisez le thème du tableau et la manière de le traiter.

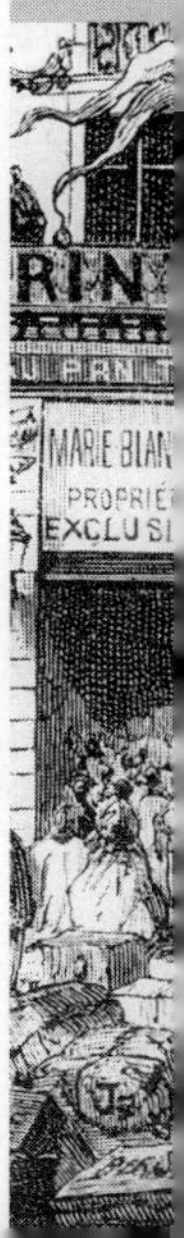

ÉMILE ZOLA, É. MANET

Vous trouverez la reproduction en noir et blanc du tableau d'Édouard Manet en p. 9 de cet ouvrage. Vous pouvez voir une reproduction en couleur sur le site du musée d'Orsay.

UN PORTRAIT D'ÉCRIVAIN

Un portrait d'écrivain

❶ **a.** Identifiez la nature de l'image, ses dimensions, la technique utilisée, le lieu d'exposition.

b. Quelle est la date d'exécution du portrait ? Quel âge Zola avait-il ?

❷ **a.** Dans quel lieu Zola pose-t-il ?

b. Quel plan du tableau occupe-t-il ? Est-il représenté de face ou de profil ?

❸ **a.** Décrivez l'écrivain : attitude, vêtements, expression et regard.

b. Que tient-il dans la main ?

❹ Zola est-il représenté en train d'écrire ? Quels éléments du décor évoquent son activité d'écrivain ?

LA PEINTURE D'UNE AMITIÉ ARTISTIQUE

❺ **a.** En quoi le paravent à gauche et l'estampe au mur témoignent-ils d'une communauté de goût entre Zola et Manet ?

b. Justifiez la présence au mur de la gravure d'après Vélasquez ainsi que de la reproduction de l'*Olympia* de Manet. Aidez-vous des « Repères », p. 6.

❻ Le tableau vous semble-t-il plutôt représentatif des goûts de Zola ou de ceux de Manet ?

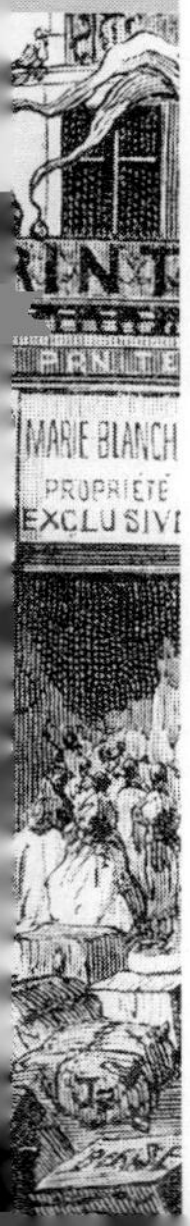

LISTE DES PERSONNAGES

Baudu : oncle de Denise, petit commerçant, propriétaire du *Vieil Elbeuf*, en face du *Bonheur des Dames*, vit avec sa femme Élisabeth et sa fille Geneviève, amoureuse de Colomban.

Mme Bourdelais : amie d'Henriette Desforges, trois enfants, garde la tête froide lors des achats.

Bourdoncle : adjoint de Mouret.

Bourras : petit commerçant, vend des cannes et des parapluies, résiste jusqu'au bout à Mouret.

Bouthemont : premier vendeur des soieries au *Bonheur*. Licencié, il ouvre, grâce à la protection de Mme Desforges dont il est devenu l'amant, un grand magasin rival.

Mme de Boves : cliente du *Bonheur*, toujours accompagnée de sa fille Blanche, souffre de ne pouvoir rien acheter car son mari ne lui donne pas d'argent. Elle finira par voler des dentelles.

Mme Cabin : chargée de la surveillance et du nettoyage des chambres des vendeuses du *Bonheur*.

Campion : responsable du service des livraisons du *Bonheur*.

Clara Prunaire : vendeuse au rayon des confections ; une des maîtresses et protégées de Mouret ; jalouse ; elle inspire une forte passion à Colomban, fiancé de Geneviève Baudu.

Colomban : premier commis des Baudu. Il tombe amoureux de Clara Prunaire et abandonne sa fiancée, Geneviève Baudu, et le *Vieil Elbeuf*.

Deloche : embauché le même jour que Denise au rayon des dentelles, amoureux de Denise. Licencié parce qu'il s'est laissé voler par Mme de Boves.

Henriette Desforges : riche veuve, maîtresse de Mouret, jalouse de Denise.

Mme Frédéric : seconde au rayon des confections.

Mme Guibal : cliente du *Bonheur*, maîtresse de M. de Boves ; n'achète rien jusqu'au jour où il devient possible de rendre la marchandise.

Baron Hartmann : banquier, ancien amant d'Henriette Desforges ; aide Mouret à réaliser ses projets ; inspiré par Haussmann.

Caroline Hédouin : héritière d'un petit magasin de nouveautés appelé *Au Bonheur des Dames* ; devenue veuve, se marie avec Octave Mouret. Elle meurt avant le début du roman.

Hutin et Favier : vendeurs du rayon des soieries. Denise se croit amoureuse pendant un moment du premier mais il la méprise.

Jouve : inspecteur au *Bonheur* ; fait des avances à Denise ; surprend Mme de Boves en train de voler.

Lhomme (famille) : Mme Aurélie, première vendeuse du rayon des confections ; son mari, premier caissier, manchot et musicien ; son fils Albert, caissier, qui cause des ennuis à sa mère en organisant divers trafics ; Joseph, son frère de lait, qui fait les paquets.

Marguerite Vadon : vendeuse au rayon des confections.

Mme Marty : cliente, atteinte de « rage de dépense », ruine son mari, et sa fille Valentine.

Pauline Cugnot : vendeuse à la lingerie, est longtemps la seule amie de Denise. Elle épouse son amant Baugé.

Robineau : second aux soieries, crée ensuite son magasin et tente de se suicider quand il est acculé à la faillite.

Paul de Vallagnosc : ami d'enfance de Mouret, épouse Blanche de Boves.

LEXIQUE

Les tissus et les fourrures

Basin : étoffe croisée dont la chaîne est de fil et la trame de coton.

Calicot : toile de coton.

Cheviotte : étoffe fabriquée à partir de la laine d'agneau d'Écosse.

Cretonne : forte toile, de coton ou de lin et de chanvre, blanche ou imprimée.

Drap : étoffe résistante de laine.

Faille : tissu de soie.

Flanelle : étoffe douce et légère, de laine peignée ou cardée, à tissage assez lâche.

Gaze : tissu très fin et très léger, de coton, de soie ou de lin, à l'aspect presque transparent.

Hermine : fourrure fournie par un petit mammifère carnivore dont le pelage devient blanc en hiver.

Indienne : étoffe de coton peinte ou imprimée, fabriquée d'abord en Inde, puis imitée en Europe.

Lamé : étoffe ornée de fines lames (d'or, d'argent, etc.) ; qui est tissé avec des fils de métal lui donnant un aspect scintillant.

Martre : fourrure fournie par un petit mammifère carnivore au pelage fin et lustré.

Matelassé : tissu doublé d'une couche moelleuse maintenue par des piqûres.

Mérinos : étoffe fabriquée à partir de la laine du mouton mérinos.

Molleton : tissu de laine ou de coton gratté, chaud, doux et moelleux, que l'on utilise notamment pour doubler les vêtements.

Mousseline : toile de coton claire, peu serrée, fine et légère.

Percale : tissu de coton ras, très fin et très serré.

Petit-gris : fourrure fournie par un écureuil de Sibérie au poil doux.

Piqué : tissu épais façonné, généralement de coton, dont le tissage forme des dessins géométriques semblables à des piqûres.

Rouennerie : toile en laine ou en coton d'abord fabriquée à Rouen.

Soie : étoffe fine et brillante fabriquée avec le fil produit par le bombyx ou ver à soie.

Taffetas : tissu de soie qui se distingue de la faille par le tissage.

Tartanelle : étoffe de laine à carreaux.

Tulle : tissu très léger, fabriqué avec de fins fils de soie, de coton, etc., formant des mailles lâches, rondes, carrées ou polygonales.

Velours : étoffe de coton, laine, soie, etc., qui présente généralement à l'envers une surface mate et lisse, à l'endroit une surface lustrée et moelleuse, formée de poils courts, dressés, serrés.

Vison d'Amérique : fourrure fournie par un petit mammifère carnivore très recherché pour la qualité de son pelage marron foncé aux poils doux et épais.

Zéphyr : tissu de coton léger.

Les dentelles

Elles portent souvent le nom de la ville où elles sont fabriquées.

Alençon : fabriquée à l'aiguille avec des fils de lin, d'une extrême finesse et au riche dessin.

Blonde espagnole : dentelle de soie plate, écrue à l'origine, exécutée au fuseau.

Bruxelles : dentelle exécutée à l'aiguille, formant des motifs de fleurs sur un tissu fin.

Chantilly : dentelle fabriquée au fuseau, en noir le plus souvent, à mailles hexagonales.

Guipure : dentelle (de fil ou de soie) sans fond, dont les motifs sont espacés.

Malines : dentelle très fine, primitivement fabriquée à Malines, ville de Flandres.

Valenciennes : dentelle blanche exécutée aux fuseaux.

INDEX

Les notions

Les exercices sur la langue

Les exercices d'écriture

Le saviez-vous ?

TABLE ICONOGRAPHIQUE

Plat 2 et 3 de couverture : ph © www.bridgemanart.com

Frise : ph © Archives Hatier

Iconographie : Hatier Illustrations

Graphisme : Mecano – Laurent Batard

Mise en page : Alinéa

Édition : Raphaële Patout assistée de Lisa Roche

Achevé d'imprimer par Black Print CPI Iberica S.L.U - Espagne
Dépôt légal 97831-9/02 - avril 2015